Emilio Di Biasi

O Tempo e a Vida de um Aprendiz

Emilio Di Biasi

O Tempo e a Vida de um Aprendiz

Erika Riedel

imprensaoficial

São Paulo, 2010

Governador Alberto Goldman

imprensaoficial Imprensa Oficial do Estado de São Paulo
Diretor-presidente Hubert Alquéres

Coleção Aplauso
Coordenador Geral Rubens Ewald Filho

No Passado Está a História do Futuro

A Imprensa Oficial muito tem contribuído com a sociedade no papel que lhe cabe: a democratização de conhecimento por meio da leitura.

A Coleção Aplauso, lançada em 2004, é um exemplo bem-sucedido desse intento. Os temas nela abordados, como biografias de atores, diretores e dramaturgos, são garantia de que um fragmento da memória cultural do país será preservado. Por meio de conversas informais com jornalistas, a história dos artistas é transcrita em primeira pessoa, o que confere grande fluidez ao texto, conquistando mais e mais leitores.

Assim, muitas dessas figuras que tiveram importância fundamental para as artes cênicas brasileiras têm sido resgatadas do esquecimento. Mesmo o nome daqueles que já partiram são frequentemente evocados pela voz de seus companheiros de palco ou de seus biógrafos. Ou seja, nessas histórias que se cruzam, verdadeiros mitos são redescobertos e imortalizados.

E não só o público tem reconhecido a importância e a qualidade da Aplauso. Em 2008, a Coleção foi laureada com o mais importante prêmio da área editorial do Brasil: o Jabuti. Concedido pela Câmara Brasileira do Livro (CBL), a edição especial sobre Raul Cortez ganhou na categoria biografia.

Mas o que começou modestamente tomou vulto e novos temas passaram a integrar a Coleção ao longo desses anos. Hoje, a Aplauso inclui inúmeros outros temas correlatos como a história das pioneiras TVs brasileiras, companhias de dança, roteiros de filmes, peças de teatro e uma parte dedicada à música, com biografias de compositores, cantores, maestros, etc.

Para o final deste ano de 2010, está previsto o lançamento de 80 títulos, que se juntarão aos 220 já lançados até aqui. Destes, a maioria foi disponibilizada em acervo digital que pode ser acessado pela internet gratuitamente. Sem dúvida, essa ação constitui grande passo para difusão da nossa cultura entre estudantes, pesquisadores e leitores simplesmente interessados nas histórias.

Com tudo isso, a Coleção Aplauso passa a fazer parte ela própria de uma história na qual personagens ficcionais se misturam à daqueles que os criaram, e que por sua vez compõe algumas páginas de outra muito maior: a história do Brasil.

Boa leitura.

Alberto Goldman
Governador do Estado de São Paulo

Coleção Aplauso

O que lembro, tenho.
Guimarães Rosa

A *Coleção Aplauso*, concebida pela Imprensa Oficial, visa resgatar a memória da cultura nacional, biografando atores, atrizes e diretores que compõem a cena brasileira nas áreas de cinema, teatro e televisão. Foram selecionados escritores com largo currículo em jornalismo cultural para esse trabalho em que a história cênica e audiovisual brasileiras vem sendo reconstituída de maneira singular. Em entrevistas e encontros sucessivos estreita-se o contato entre biógrafos e biografados. Arquivos de documentos e imagens são pesquisados, e o universo que se reconstitui a partir do cotidiano e do fazer dessas personalidades permite reconstruir sua trajetória.

A decisão sobre o depoimento de cada um na primeira pessoa mantém o aspecto de tradição oral dos relatos, tornando o texto coloquial, como se o biografado falasse diretamente ao leitor.

Um aspecto importante da *Coleção* é que os resultados obtidos ultrapassam simples registros biográficos, revelando ao leitor facetas que também caracterizam o artista e seu ofício. Biógrafo e biografado se colocaram em reflexões que se estenderam sobre a formação intelectual e ideológica do artista, contextualizada na história brasileira.

São inúmeros os artistas a apontar o importante papel que tiveram os livros e a leitura em sua vida, deixando transparecer a firmeza do pensamento crítico ou denunciando preconceitos seculares que atrasaram e continuam atrasando nosso país. Muitos mostraram a importância para a sua formação terem atuado tanto no teatro quanto no cinema e na televisão, adquirindo linguagens diferenciadas – analisando-as com suas particularidades.

Muitos títulos exploram o universo íntimo e psicológico do artista, revelando as circunstâncias que o conduziram à arte, como se abrigasse em si mesmo desde sempre, a complexidade dos personagens.

São livros que, além de atrair o grande público, interessarão igualmente aos estudiosos das artes cênicas, pois na *Coleção Aplauso* foi discutido o processo de criação que concerne ao teatro, ao cinema e à televisão. Foram abordadas a construção dos personagens, a análise, a história, a importância e a atualidade de alguns deles. Também foram examinados o relacionamento dos artistas com seus pares e diretores, os processos e as possibilidades de correção de erros no exercício do teatro e do cinema, a diferença entre esses veículos e a expressão de suas linguagens.

Se algum fator específico conduziu ao sucesso da *Coleção Aplauso* – e merece ser destacado –, é o interesse do leitor brasileiro em conhecer o percurso cultural de seu país.

À Imprensa Oficial e sua equipe coube reunir um bom time de jornalistas, organizar com eficácia a pesquisa documental e iconográfica e contar com a disposição e o empenho dos artistas, diretores, dramaturgos e roteiristas. Com a *Coleção* em curso, configurada e com identidade consolidada, constatamos que os sortilégios que envolvem palco, cenas, coxias, sets de filmagem, textos, imagens e palavras conjugados, e todos esses seres especiais – que neste universo transitam, transmutam e vivem – também nos tomaram e sensibilizaram.

É esse material cultural e de reflexão que pode ser agora compartilhado com os leitores de todo o Brasil.

Hubert Alquéres
Diretor-presidente
Imprensa Oficial do Estado de São Paulo

Aos meus amigos, por sonharem comigo.

E à minha mãe e a Ivam Cabral, por tudo.

Erika Riedel

Da Capo

Foi numa quinta-feira cinza e chuvosa que fui pela primeira vez à casa de Emilio. Um amplo e ao mesmo tempo acolhedor apartamento em Santana. Munida de gravador, bloquinho e toda a curiosidade típica de uma jornalista que pressente uma bela matéria.

Nossa primeira conversa começou muito tímida. Falamos um pouco de tudo, da sua carreira, da sua vida, mas eu sabia que havia muito mais.

E eu estava certa.

Ao todo foram dezenas de encontros, sempre regados a muito café, lanchinho e um ótimo papo. Também foram muitos os adiamentos, por conta do meu trabalho no jornal e outros acidentes de percurso. Emilio nunca me cobrou a demora. Este livro deveria ter ficado pronto muito tempo atrás.

Depois de abrir sua casa, ele me abriu seu coração. Eu estava feliz por conhecer em detalhes a trajetória de um dos maiores nomes do cenário artístico nacional. Ainda assim, Emilio resistia um pouco à ideia do livro. Achava, imaginem, que sua vida não valia o registro. Convencê-lo do contrário, considero meu maior mérito.

Essa convivência, além de prazerosa, foi para mim um aprendizado. Conversar durante todo esse tempo com Emilio me abriu perspectivas e pontos de vista, me fez compreender coisas e fatos surpreendentes. Foi praticamente uma pós-graduação nas artes cênicas e no universo artístico como um todo, porque Emilio vai muito além. Ele se interessa e tem muita propriedade para discutir com fluência também sobre cinema, música e, claro, televisão.

Durante o período em que duraram nossas entrevistas, aconteceram fatos curiosos que eu poderia chamar de coincidências, se acreditasse que elas existem. Bastava o Emilio mencionar o nome de alguém que há muito não via e a pessoa simplesmente reaparecia, como num passe de mágica. Não uma, nem duas, mas muitas vezes. Assim como aconteceu com o amigo uruguaio, que conheceu em Stratford, e reencontrou quase 40 anos depois. Acho que nem o universo e seus mistérios queriam ficar fora deste registro.

Outro desses *acasos do destino* diz respeito ao início e ao término deste livro. Foi o relato de uma ópera a primeira das lembranças que Emilio me revelou quando começamos as entrevistas e é com ele que eu começo a sua biografia. E é com o relato de outra ópera que vou encerrar esta história embora a história do Emilio esteja muito longe de acabar. Enquanto escrevo esta abertura, ele está em Brasília, filmando uma participação no longa *Insolação*, dirigido por Felipe Hirsch. E, de quebra, se prepara para dirigir mais uma megaprodução, mas essa é uma outra história. Fica para uma próxima vez.

Emilio é uma pessoa generosa, divertida, sensível, gentil, alto-astral. Impossível não se apaixonar por ele. Um homem que ama seu ofício e que transborda esse amor para a sua vida e para os que o rodeiam.

Claro que nos tornaríamos amigos, companheiros, parceiros. Assim, expandimos nossos encontros para as salas de espetáculos, que ambos adoramos, e para muitos cafés na Praça Roosevelt, outra paixão em comum.

A cada encontro descobria mais e mais facetas do homem e do artista. Conforme a peça ou o fato narrado, era possível ver o brilho nos seus olhos, um brilho que só existe nos olhos de quem ama. E essas cenas foram inesquecíveis. Assim como aqueles momentos em que a sua voz ficava embargada ao relembrar algum episódio doloroso, como os anos da repressão.

Quando me contava algo de que gostava muito, recorria à expressão *foi maravilhoso*. O adjetivo *maravilhoso*, sua variável feminina e seu substantivo, foi utilizado por ele 61 vezes* nesta biografia. Isso mesmo, eu contei. Praticamente uma vez para cada ano de existência. E, afinal, uma pessoa que consegue achar tantas coisas maravilhosas num mundo muitas vezes cruel, definitivamente, só pode ser um sujeito especial.

Cheguei a brincar com ele que ia batizar este livro de *Emilio, o Maravilhoso*. Ele sorria sem graça. Nunca levou a sério o que imaginava ser uma piada. Talvez tenha me achado meio maluca. Mas quando a gente gosta demais de alguém acaba parecendo maluca mesmo.

Também descobri que essa admiração que eu sentia por ele não era, nem poderia ser, um privilégio único. Talvez nem ele mesmo se dê conta do quão querido é por outros artistas e pelo seu público. Mas, se realmente lhe resta essa dúvida, quero deixar meu testemunho de que a simples menção de seu nome evoca nas pessoas sempre as melhores lembranças.

E, para terminar, espero, sinceramente, que esta breve introdução transmita o prazer e a emoção que senti ao escrever esta biografia. Então, é isso, só não queria, nem poderia, terminar esta história de outra maneira que não fosse agradecendo. Muito obrigada! Foi maravilhoso, Emilio!

Na conta não estão inclusas as vezes em que eu citei o adjetivo nesta abertura.

Erika Riedel

Dedico a toda a minha enorme família italiana.

Os que para cá vieram a fa L`America.

E os que lá ficaram a fa La guerra.

Foram eles os anjos que acompanharam até que eu me tornasse o que hoje sou.

Aos que vieram meu muito obrigado.
Aos que ficaram, que mantenham sempre a chama da irmandade.

Emilio Di Biasi

Antes de Tudo

Quando aprendemos a escrever deveriam nos presentear com caderninhos onde pudéssemos, a partir daquele dia, anotar os acontecimentos que julgássemos mais importantes. Quando estivesse cheio o caderninho, nos ensinariam a guardá-lo numa caixa com a promessa de nunca mais reler aquelas linhas a não ser passados muitos anos. Poderíamos então constatar as distorções por que passaram aquelas lembranças. A memória é traiçoeira, quando tentamos narrar algum fato de um passado remoto não podemos ter certeza de sua total veracidade nos detalhes: em que circunstância ocorreu, quem estaria presente, o local exato, a emoção certa, as consequências e mesmo o fato em si, que poderia ser, na realidade, fruto da imaginação. Narramos sem a certeza de estarmos sendo verdadeiros. Talvez estejamos narrando, sem o querer, da maneira que gostaríamos que tivesse acontecido. Ou talvez o acontecido narrado nunca tenha acontecido realmente; ou talvez o tenhamos eliminado totalmente da memória. As dezenas de caixas de caderninhos, porém, estariam lá à espera das chaves que revelariam toda a verdade. Ou não. E se desde crianças tivéssemos sido simplesmente *Fingidores*?

Emilio Di Biasi

Capítulo I

A Primeira Vez

Foi através da ópera que tive meu primeiro contato com o teatro; eu era muito pequeno ainda, devia ter uns 8 ou 10 anos e meu pai, como um bom italiano, me levou para ver uma ópera no Teatro Municipal, era a *Tosca*, do Puccini. Foi uma grande expectativa, meu pai comprou os ingressos antecipados, para mim e para ele, e fiquei nessa ansiedade de como seria. Em casa, eu já ouvia trechos de ópera, as canções italianas todas e as napolitanas. Minha expectativa era tão grande que fiquei até doente. No dia da ópera, meu nariz sangrou e foi meio traumático. Isso me acontecia às vezes quando era criança. Ficou tudo bem, mas eu estava histérico. Fui para o teatro com essa preocupação de o nariz sangrar no meio do espetáculo. Imagine eu pensando essas coisas e assistindo a uma ópera absolutamente trágica.

Tempos depois, assisti, também no Teatro Municipal, a um espetáculo fantástico, o musical *Carrossello Napoletano*, que mostrava a história das mais famosas músicas napolitanas. Havia uma cena dialogada, para criar o contexto dramático da canção, e em seguida introduziam a música. Foi emocionante, pois eu já conhecia quase todas. Existe um filme de Ettore Giannini, premiado no Festival de Cannes em 1954, baseado nesse espetáculo. Nessa época vi também muitas operetas e revistas no Teatro Bela Vista e no Teatro Colombo. A Companhia Canzone Di Napoli, que se apresentava quase que anualmente, trazia meus astros preferidos: Tak Gianni e Pina Faccione.

Nasci em 1939, então, tudo isso deve ter acontecido até os meus 14 anos de idade. Mais ou menos nessa mesma época, a Maria Callas e a Renata Tebaldi fizeram uma excursão pela América Latina e estiveram em São Paulo e no Rio. E eu sempre tive uma dúvida. Será que eu cheguei a ver a Callas cantando? Será que era ela que fazia a *Tosca* que assisti? Tenho essa dúvida até hoje. É uma fantasia minha, fruto do meu fanatismo pela Callas, mas acho que não era ela, não. Só sei que no Rio de Janeiro houve problemas e todas as récitas foram canceladas, mas em São Paulo não tenho notícias.

Não lembro exatamente o que achei do espetáculo, o que guardei foi uma sensação, o fato de ter ido ao teatro, e que foi um encantamento, o primeiro encantamento. Mesmo tendo visto lá em cima, na galeria, porque meu pai não tinha esse dinheiro todo. Mas alguma coisa mexeu comigo lá dentro.

Programa do Teatro Colombo, com a Companhia Canzone Di Napoli, 1955

TAK GIANNI

PINA FACCIONE

SALVATORE RUBINI

ELVIRA VALENTI

UGO MORISI

DINA ALDI

GUGLIELMO VALERIO

OLGA BADOLATI

GIANNI PEROTTI

estro ANDREA NUZZI

LAURA NOTARI

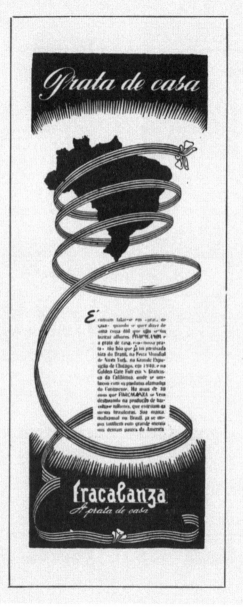

Programa do Teatro Colombo, *com a Companhia Canzone Di Napoli, 1955*

Capítulo II

Minhas Origens

Meu pai, Giuseppe Di Biasi, chegou ao Brasil muito jovem, com 17 ou 18 anos, veio com a família Matarazzo; ele é da mesma cidade da família Matarazzo, Santa Maria di Castellabate. Uma cidade de mar e montanhas também. A família do meu pai é de perto do mar; o lado da minha mãe é de camponeses mesmo, subindo as montanhas.

Os Matarazzo trouxeram muita gente para o Brasil. Nessa época havia uma forte ameaça de guerra. O meu pai, por exemplo, não fez o serviço militar, preferiu vir embora da Itália por causa dessa ameaça.

A 1ª. Guerra já tinha sido terrível e ele, que nasceu em 1911, passou por ela com toda a família. Eles eram em 12 irmãos, três mulheres e o resto todos homens.

Duas tias minhas também trabalhavam com os Matarazzo e vieram para cá na mesma época. Na verdade, quase todos os meus familiares vieram, um de cada vez. Mas essas duas tias e o meu pai foram os primeiros a vir.

As origens, S. Maria Di Castellabate

A minha tia Antonieta, que já servia aos Matarazzo na Itália, preparando doces e comidas sob encomenda, continuou a fazer a mesma coisa aqui. Na casa dela, no quintal, havia um forno de lenha, redondo, antigo e ali ela fazia as encomendas para as pessoas que conhecia, como a condessa Matarazzo e o Ciccillo Matarazzo.

Esses mesmos quitutes, que ela fazia naquela época, ainda são encontrados hoje na Di Cunto, uma doceria no bairro da Mooca. Os donos da Di Cunto são da mesma região dos meus pais, uma cidade próxima de Santa Maria que se chama São Marco, onde eles têm um hotel à beira-mar. E as receitas tradicionais da região ainda fazem muito sucesso.

Tia Antonieta fazia *Baba ao Rum* como ninguém e também tortas. Uma para cada data, para comemorar o Natal, a Páscoa, enfim, todas as festas. Tinha a torta de trigo, *Pastiera de Grano*, a *Torta Rústica* e o biscoito *Taralo*. Além dos enroladinhos de massa com recheio de creme que, no começo, eram fritos usando como forma um pedaço de cana. Mais tarde passaram a ser feitos com fôrmas de alumínio. Tia Antonieta se casou com tio Antonio, que era operário da fábrica dos Matarazzo, e eles foram morar na Vila Pompeia, numa espécie de vila de funcionários que os Matarazzo construíram para os empregados.

Os pais, na lua-de-mel em Santos

Ficava na Rua Turiassu, aliás, todas as indústrias Matarazzo ficavam ali na Água Branca.

Nessa época, éramos meu pai, minha mãe, Anna Maria, minhas duas irmãs Maria Ângela e Maria Lúcia, a caçula, e meus avós maternos, Rafaela e Emílio Figliola, mais essa minha tia com os filhos, os meus primos Ângela, Ivana, Giovani e Bruno.

Nós sempre moramos em Santana, mas o legal era que em todas as datas festivas, como Natal e Páscoa, ou mesmo num domingo qualquer, nos reuníamos na casa deles. Era uma farra ficar com os meus primos. Eu ainda criança e eles um pouco mais velhos. Uma tradicional família italiana.

A minha outra tia, a Filomena, não tinha filhos. Casou e foi morar no Rio de Janeiro com meu tio Joaquim. Depois de muito tempo, os dois vieram também morar em São Paulo.

Os Matarazzo tinham uma belíssima casa de praia no Guarujá e ali tia Filomena e o marido trabalharam um tempo como caseiros. Uma ocasião, quando nenhum dos Matarazzo estava na casa, fui até lá. Fiquei encantado com o lugar, com o esplendor, era uma maravilha, cheguei a passar uns dias lá.

Além dos Matarazzo e da minha família, muita gente dessa região dos meus pais veio para o Brasil, então tínhamos muitos amigos. Por exemplo, a família Amato, que não eram amigos íntimos, mas que conhecíamos. Foi engraçado, muitos anos depois, conhecer o Vicente Amato, o Nino. Tinha também a família Amalfi, muito amiga do meu pai. Todas essas pessoas acabavam se encontrando na Vila Mariana, na igreja de Santa Maria, onde todo o ano se realizava a festa de Santa Maria.

Enfim, minhas relações iniciais foram todas ligadas ao modo de vida italiano, com macarronada e tudo. Macarrão feito em casa, é claro, que eu via minha avó fazer. Até aprendi fazer o molho de tomate autêntico, mas a massa do macarrão não.

Lembro que minha avó tinha uma tábua própria para fazer o macarrão. Ela sentava, apoiava a tábua numa cadeira e ficava ali fazendo a massa. Tenho uma lembrança muito clara disso, foi um período muito saboroso, tanto no paladar quanto na vivência desses costumes, que iniciei pela cultura culinária.

Nenhum parente que veio para o Brasil voltou para a Itália. Depois da guerra, os que já estavam aqui foram chamando, um por vez, os que ainda estavam por lá. Para vir para o Brasil era preciso que alguém te trouxesse com a oferta de um emprego fixo, como faziam os Matarazzo.

Na Itália só ficaram dois, meu tio Antonio, que foi para Roma e fez carreira num banco, e meu tio Orlando, que ficou em Santa Maria com sua mulher até o fim da vida. Tenho primos que moram em Santa Maria até hoje, o Domênico, por exemplo, é apaixonado pelo Brasil e vem todo ano para cá.

Meu pai trabalhou no Hospital Matarazzo como ajudante de enfermeiro por muito tempo. Conviver com pessoas que frequentavam teatros e outras atividades culturais acabou por influenciar um pouco o meu pai e ele sempre teve uma preocupação em me dar uma educação bacana, um estudo, enfim, me tornar um cara mais informado. Hoje em dia, sinto que, espontaneamente ou inconscientemente, meu pai quis manter uma raiz italiana, que era muito forte em tudo, nas tradições, nas comidas, nas músicas que a gente ouvia, era tudo italiano.

Minha mãe veio para o Brasil ainda criança, com minha avó. Meu avô tinha vindo anos antes e trabalhou num matadouro no interior de São Paulo, economizando cada tostão para trazer a família para o Brasil. Minha avó contava que durante a viagem de navio minha mãe ficou doente e ela se desesperou, pois se minha mãe morresse seria atirada ao mar. Essa era uma prática comum nas viagens de navio daquela época.

Mamãe foi educada um pouco nos moldes brasileiros. Ela e meu pai se conheceram aqui, mas suas famílias já se conheciam porque eram de aldeias vizinhas na Itália. Meu avô e minha avó materna também tiveram essa preocupação com a educação da minha mãe. Ela estudou em um colégio interno, de freiras, que tinha no currículo todas as prendas domésticas. Sabia costurar divinamente, fazia todas as nossas roupas. Também sabia cozinhar maravilhosamente, sempre com minha avó, que era também uma grande cozinheira.

Meu pai trouxe em sua bagagem uma grande carga das tradições italianas, enquanto minha mãe trouxe a sensibilidade de colégio interno de freira. Ela foi uma grande companheira de idas ao cinema, íamos toda semana aos cinemas do bairro. E em termos de leitura ela também foi muito importante. Foi da biblioteca da minha mãe o primeiro livro que li, um romance famoso na época, *Genoveva de Brabante*, de Christofer Schmidt, literatura inglesa.

Em Santana, na época, existiam dois cinemas maravilhosos, o Cine Hollywood e o Cine Vogue. No

Hollywood passavam os filmes mais comerciais. O Vogue era um pouquinho melhor, ali passavam uns filmes mais clássicos. Toda quarta-feira estreava um filme e lá estava eu. O filme ficava somente uma semana em cartaz. Vi grandes filmes ali, dois deles me marcaram demais.

Um é *O Dia em Que a Terra Parou*, de Robert Wise, que já saiu em DVD. Quando vi esse filme aconteceu uma coisa estranha. É uma ficção científica, um *cult* hoje. Tinha cenas com disco voador, com extraterrestres, aí, no meio da sessão, para o filme, fica tudo escuro no cinema. Tinha acabado a energia, foi um pânico, só tinha meninada na matinê, a sessão era às 14 horas. Foi aquele tumulto, uns esperando para ver o que ia acontecer, outros indo embora... Então pensei: não saio daqui nem a pau. Demorou a recomeçar a sessão e acabei chegando em casa tardíssimo. Não tinha telefone na época e minha mãe já estava em pânico com minha demora. Comecei a relacionar uma porção de coisas, achei que o filme tinha provocado tudo e tinha atingido não só a mim que estava assistindo, mas também a todos que estavam em casa esperando os filhos. Quando cheguei, expliquei tudo para a minha mãe, mas não sei se ela acreditou na história, era muito rocambolesca. Enfim, para mim, esse dia ficou como uma marca do poder do cinema.

O outro filme que também me marcou demais foi o *E o Vento Levou* que passou no Vogue e era impróprio para 14 anos. Fiz até promessa para assistir. Queria tanto ver esse filme que até aprendi a falsificar a carteirinha escolar. Até hoje, considero esse um dos melhores filmes que já assisti. Cada vez que o vê você percebe um aspecto diferente. A grande estrela era a Vivien Leigh e vem daí minha paixão por ela. Primeiro achava o Clark Gable um canastrão, depois achei que ele era muito bom. Em outra, percebi que a Olivia de Havilland é maravilhosa. Enfim, esse filme é uma aula de cena, de luz, de história, de roteiro.

Os pais de Emilio, com ele (no colo) e sua irmã

Capítulo III

A Infância

Meu pai, meu avô materno e mais uns primos eram donos de uma padaria, tinham muitos amigos e eram muito conhecidos em toda a redondeza, mas viviam com grande aflição com as possíveis consequências da guerra. Tenho uma memória dessa época, era tudo racionado. Lembro que ao acordar cedo, ainda escuro, já via aquela grande fila que se formava para pegar o pão. No começo da guerra os italianos eram inimigos do Brasil e a gente sentia um pouco esse reflexo de hostilidade contra o povo italiano. Mas graças à padaria e ao bom relacionamento com a freguesia, eles eram muito respeitados e acabaram criando laços de amizade.

Meu pai hoje não se lembra de algumas coisas recentes, no entanto se recorda de muitas histórias daquela época e de vez em quando solta uma. Outro dia me contou de uma vez que a polícia apareceu por lá. Ninguém sabe quem chamou, parece que foi uma denúncia anônima. Mas, enfim, chamaram meu avô e meu pai para uma conversa. A pessoa que tinha feito a denúncia suspeitava de um casal de alemães, cuja mulher ia quase que diariamente na casa do meu avô e eles achavam que ela poderia ser uma espécie de espiã.

Nossa casa ficava nos fundos da padaria. Mais ao fundo, o lugar das máquinas de fazer pão, o forno e quarto dos padeiros. Ao lado, do mesmo tamanho desse terreno construído, havia um quintal enorme, onde meu avô fez uma pequena Itália. Ali ele criava porco, carneiro, galinha, etc. A pobre alemã só ia até lá buscar esterco para suas plantações. Por sorte o policial percebeu que a denúncia era infundada.

Mais tarde meu pai ficou sabendo que a denúncia partira de um vizinho, bem conhecido, para o qual ele até havia emprestado dinheiro. Havia também um vizinho japonês que sofreu bastante com essa perseguição. Os italianos, os alemães e os japoneses ficaram calados durante todo esse período.

Lembro que na época da Páscoa meu avô sempre matava um porco. Eles penduravam o animal de cabeça para baixo e davam uma facada no seu pescoço. Seu sangue escorria em uma panela e era utilizado para fazer um doce. Misturavam o sangue com chocolate, ficava muito gostoso. Já adulto vi a cena se repetir no filme *1900 (Novecento)*, do Bernardo Bertolucci e foi incrível relembrar minha infância.

Sempre achei que esse hábito era só da minha família, me sentia meio excluído, não comentava isso com ninguém. Mas, quando vi o filme, entendi que esse era um costume da tradição italiana e não uma coisa só da minha família.

De alguma forma, essa história da guerra também me marcou muito, embora eu visse tudo como um teatro. Outra lembrança que tenho clara na memória é de que houve um treinamento, uma espécie de ensaio, para o caso de bombardeio. Tínhamos que cobrir todos os vidros com cobertor e apagar todas as luzes. Só podíamos usar velas para não deixar passar para o exterior nenhuma luz vinda de casa. Isso me divertia, para mim era um teatro, uma brincadeira, um jogo. Só muitos anos depois é que me dei conta de que era uma coisa bastante séria e que naturalmente meu pai e minha mãe ficavam apavorados.

Outra lembrança marcante dessa época vem de quando a guerra chegou ao fim. Perto da minha casa morava um pracinha que foi lutar na guerra e perdeu um braço. Quando ele voltou, toda a vizinhança resolveu lhe fazer uma festa. A maior atração foi o próprio, ou melhor, o braço e a mão mecânica que os americanos lhe deram, uma espécie de gancho. Ele ficava mostrando como é que funcionava aquilo e todo mundo ia ver. Fui levado pelos meus pais, era bem pequeno. Foi uma coisa fortíssima, que me deixou mais intrigado do que assustado.

Eu não tinha noção nenhuma do que era a guerra, eu tinha uma sensação, via a preocupação da família com relação a isso, sentia que não era um estado normal. Quando a guerra acabou parecia uma grande liberação. Terminou o racionamento do pão, da farinha... Não que eu entendesse o racionamento, mas percebia que alguma coisa havia mudado no comportamento das pessoas.

Só fui tomar consciência da guerra mesmo pelo cinema, quando vi os filmes que chegavam. Aliás, tenho uma emoção profunda até hoje quando vejo o neorrealismo italiano e todos aqueles filmes da guerra: *Ladrões de Bicicleta*, do Vittorio De Sica, *Roma Cidade Aberta*, de Roberto Rossellini, e outros que têm essa temática.

Revi outro dia *Alemanha Ano Zero*, do Rossellini, que saiu em DVD, é uma coisa impressionante. Fiquei ultracomovido, o filme é maravilhoso e até impiedoso. É um relato fotográfico da guerra crua. Foi todo filmado nas ruas de Berlim, com tudo destruído, nenhum filme atualmente pode reviver essa cenografia. Mas o que me pega é a dificuldade das pessoas, me comovo com o que estava acontecendo na época em que eu estava aqui bem gostoso. Acho que esse foi um grande momento do cinema italiano, nunca vi nada igual, sem falar em tudo o que vem depois em decorrência do neorrealismo.

Mas nem tudo era terrível nessa época, tenho também lembranças divertidas dessa fase. Uma delas de quando eu era bem criança mesmo. Me compraram uma charretezinha com um cavalinho de pau, mas no lugar do cavalinho colocaram um carneiro de verdade para me puxar. Era o meu brinquedo amado. Até que um dia o carneiro desviou um pouco e eu ralei as pernas contra o muro. Acabou a brincadeira.

Depois da padaria meu pai resolveu mudar para a Vila Pompeia, incentivado pela minha tia que já morava lá e também para que as famílias ficassem mais próximas, porque naquela época era difícil se locomover de Santana até a Vila Pompeia. Fomos para lá e meu pai mudou de ramo. Com a minha tia, ele abriu uma loja de tecidos. Alugamos uma casa muito grande e bonita na Avenida Pompeia. Ao lado dela, havia uma garagem onde foi aberta a loja. Foi uma época muito boa. Mas era uma região de enchentes e, numa delas, a água invadiu a loja e estragou todos os tecidos. Foi um grande prejuízo e um grande desgosto.

Antes do acidente

Capítulo IV

Art Palácio

Então meu pai e um primo arrendaram um bar no cine Art Palácio, que na época era um luxo, da mesma forma que o Marabá, o Ipiranga e o Metro. No Art Palácio havia plateia e balcão. O bar, que era bem grande, ficava no saguão do balcão, na sala de espera. No intervalo, eram abertas as portas para que as pessoas da plateia também pudessem se servir ali. Eu ajudava meu pai e aí começava a minha farra. Mas muitos filmes eram proibidos e meu pai não me deixava ver. De vez em quando, eu dava uma escapada só para dar uma espiada. Queria saber que negócio era aquele que eu não podia ver. Todos os anos, geralmente na época do carnaval, um filme brasileiro era lançado, com nomes como Oscarito, Grande Otelo, Eliana, Cyll Farney, toda aquela turma da chanchada. Ficávamos na maior ansiedade porque era sempre um grande sucesso, o cinema lotava e, claro, com esse movimento todo, meu pai ganhava mais dinheiro.

Durante o ano passavam os filmes americanos e foi aí que comecei a me interessar e conhecer todos os atores. Quando vi *Gilda*, que adoro até hoje, comecei a acompanhar todos os filmes da Rita Hayworth. Lembro que tempos depois houve aquela polêmica quando o Orson Welles a chamou para fazer *A Dama de Xangai*. Ele cortou seus cabelos e pintou de loiro, foi um escândalo.

Perto do Art Palácio havia uma lojinha que vendia fotos de artistas. Sempre que eu ganhava um dinheirinho ajudando meu pai no bar eu ia lá e comprava uma. Eram uma espécie de postais coloridos, ainda tenho algumas dessas fotos.

Capítulo V

Mudando de Ramo

Então meu pai começou a pensar em mudar de ramo nos negócios e voltar para Santana. Com o meu avô ele encontrou um galpão na esquina da Alfredo Pujol e abriu um armazém de secos e molhados. Onde se vendia tudo a quilo, grandes sacos de arroz, feijão, etc. O armazém ficava na esquina da Alfredo Pujol com a Travessa do Quartel, com duas grandes portas de alumínio. A entrada da moradia era pela Travessa do Quartel, onde ficaram morando meus avós.

Ao lado, havia mais uma casinha pequena que eles alugavam. E, encostado a essa casinha, um sobrado muito grande onde nós morávamos. No grande quintal, pés de jabuticabeira, de limão, verduras e um galinheiro. O fundo desse quintal dava para um grande terreno do quartel. Por uma portinha as galinhas saíam, passavam o dia nesse terreno e só voltavam à noite para dormir.

Esse quintal para mim foi uma coisa muita boa, muito diferente do terreno da padaria. Eu e meus amiguinhos brincávamos nesse terreno que era usado pelo quartel para manobras. Eles haviam feito uma espécie de *bunker*, uma área para simulações de construção de abrigos em caso de uma guerra. Para nós isso era muito interessante. Ali fazíamos guerra de mamonas. Foi uma época muito feliz. Meu avô e meu pai já eram conhecidos por ali e eles conseguiram fazer uma freguesia muito boa.

Meu pai teve também outra loja de tecidos, grudada com o armazém. Eu tomava conta quando ele precisava sair. Essa fase do meu passado teve grande influência na minha formação e no meu trabalho até hoje. Foi tomando conta dessa loja que fiquei conhecendo todo tipo de tecido. E não fiz nenhum esforço para aprender isso. Hoje em dia, quando falo com um figurinista, em geral ele se espanta com meu conhecimento nessa área. O pessoal fica doido porque no figurino eu palpito mesmo. Na hora de comprar o tecido eu vou com o figurinista, e essa mania inclui até os figurinos que uso na televisão.

Capítulo VI

A Escola

Fiz o primário no Colégio Santana, que existe até hoje e dá para ver da janela da cozinha do meu apartamento. Quando estava procurando apartamento para comprar, vi alguns em Higienópolis, no centro, nos Jardins, mas no fim resolvi ficar em Santana mesmo. O Colégio Santana era o melhor da região naquela época. Mas quando fui fazer o exame de admissão para o ginasial meu pai me colocou no Colégio São Bento. E foi ali que pisei no palco pela primeira vez.

No São Bento todo ano se montava uma opereta. Era feita só com rapazes, porque lá não estudavam mulheres. No meu primeiro ano ali, assisti a uma opereta e fiquei enlouquecido. Era uma maravilha. A montagem era uma espécie de prolongamento do curso de canto orfeônico. Quem queria cantar se apresentava para ver se era afinado, se tinha as possibilidades de voz e eles formavam o grupo. Era sempre uma história bacana com grandes possibilidades para a participação do coro. Fiquei esperando o próximo ano. Quando anunciaram os testes, lá fui eu. Aprovado, foi o começo da minha história no palco.

A turma do espetáculo no Colégio S. Bento. Emilio é o último da 2ª fila (esq. para dir.)

Era uma coisa meio oriental que se passava na Índia, eu cantava no coro, que representava o povo e se movimentava também.

Eram alunos do colégio inteiro, de várias idades. Enfim, era uma coisa levada muito a sério, com maestro, figurino, cenários, maquiadores.

Quando chegou o grande dia, os maquiadores escureceram nossas peles. Era um negócio profissional e uma farra ao mesmo tempo. O São Bento tem um teatro, um auditório, na realidade, muito bom. Atualmente eles mantêm um calendário mensal de concertos ali. Mas voltando à opereta, a festa era para os pais e parentes, um evento muito aguardado. Imagine o orgulho do pai e da mãe. Eu tinha uns 11 ou 12 anos.

Sempre quis ser cantor de ópera. Meu pai tinha muitos discos de ópera italiana e eu aprendi a cantar ouvindo as bolachas. Até hoje tenho guardada uma bolacha do Enrico Caruso.

Depois dessa apresentação, no entanto, nunca mais pensei nessa história, mesmo adorando cantar. De tempos em tempos, sempre que alguém me ouvia cantar dizia que eu era muito bom. Teve até um professor que queria me dar aulas. Até hoje isso ainda acontece. Quando dirigi para a TV Cultura *Caiu o Ministério*, dentro daquele

Caiu o Ministério, de França Jr, com André Fusko e Amanda Acosta, série Senta Que Lá Vem Comédia, TV Cultura - SP

projeto *Senta Que Lá Vem Comédia*, conheci o Demian Pinto. Ele, que assinou a direção musical e que é um músico maravilhoso, também me chamou para fazer umas aulas, mas ainda não foi dessa vez.

O Colégio São Bento era muito caro e, depois de três anos estudando ali, achei que não havia necessidade de o meu pai gastar esse dinheiro todo. Me transferi para o Colégio Salete, que ficava em Santana, perto de casa, e eu poderia ir a pé.

Já morávamos novamente na Rua Alfredo Pujol, onde até hoje existe um quartel do CPOR. Um prédio antigo, bonito e interessante. Dizem até que D. Pedro II se hospedou por lá. Ali é a parte mais alta da rua que começa na Voluntários da Pátria. Havia uma pequenina estação com um trenzinho que fazia todo esse trajeto do começo da Voluntários da Pátria até o quartel, que era pertinho da minha casa. Depois ele virava à direita em direção à Cantareira, onde tradicionalmente se faziam piqueniques. O trenzinho era uma maria-fumaça que, quando passava, soltava faíscas de carvão. Era preciso se esconder para não ter a roupa e a pele queimadas, mas era muito divertido.

Nessa época eu já era também congregado mariano e participava sempre das procissões e das

Paróquia de Santana, festa junina, 1955. Emilio é o 4º (esq. para dir.), com as mãos apoiadas nos joelhos

festas caipiras onde ensaiávamos a quadrilha para apresentar ao público. Desde então o sacro e o profano já caminhavam juntos na minha cabeça.

Tudo isso me parece agora, visto de longe, uma típica cidadezinha do interior com sua estação, sua igreja e trenzinho antigos e lindinhos. Hoje já não há mais nada, nem os trilhos. Acho que asfaltaram por cima porque eles não iam se dar ao trabalho de retirar tudo. Só sei que quando acabou foi uma tristeza.

Quando saí do São Bento para o Colégio Salete, mais ou menos com 13 anos, resolvi estudar à noite e trabalhar de dia. Um amigo do meu pai me arrumou um emprego lá no centro, na Casa Bancária Frizzo. Eu era office-boy de rua. Por isso adoro o centro de São Paulo, a minha vida toda foi no centro. Teve o Colégio São Bento, o Citibank, o Caetano de Campos e a Faculdade de Direito do Largo São Francisco. Como office-boy eu me sentia dono de mim mesmo. Naturalmente não havia essa violência na rua, era tudo mais tranquilo e eu aproveitava.

Em 1954, no quarto centenário de São Paulo, houve um grande festival de cinema na cidade. Vieram atores famosos de Hollywood. O festival foi no Cine Marrocos, que, infelizmente, está fechado, nem sabem o que fazer dele. Atrás do

Teatro Municipal há um prédio antigo, lindo até hoje quando está iluminado à noite. Lá ficava o hotel mais importante da época, o Hotel Esplanada, que recebia as estrelas internacionais. A organização do festival colocava um tapete vermelho na calçada, que ia do hotel até a entrada do Cine Marrocos. Ali vi muitos artistas passarem, tenho autógrafos de Edward G. Robinson, Abel Gance, Rhonda Fleming e também brasileiros. Me divertia em colecionar autógrafos de artistas.

Com dois amigos do Caetano de Campos: Benedito A. Margochi e Durval Buono

Capítulo VII

Citibank

Depois dessa casa bancária, fui trabalhar no Citibank, onde, sem querer, voltei a cantar. O Citibank tinha um coral de Natal. As apresentações eram no saguão do banco e abertas ao público. Isso foi antes de eu entrar para o grupo de teatro do Citibank, *Os Diletantes*. O Citibank ficava na Praça Antonio Prado, só depois é que construíram aquele prédio na esquina das Avenidas Ipiranga e São João.

Eu trabalhava na Avenida Ipiranga, que era a filial, mas tínhamos que cantar também na sede, na Praça Antonio Prado e, claro, aproveitávamos para dar um passeio pela rua. Então, durante as festas natalinas, a gente quase não trabalhava.

Nessa época, eu já estudava no Caetano de Campos e um dia vi no jornal um anúncio que o Teatro Brasileiro de Comédia ia abrir testes para o elenco fixo. Deu vontade de fazer esse teste para saber se eu levava jeito para a coisa mesmo. Contei aos meus colegas de curso, nós éramos sete ou oito, só uma mulher, e éramos todos muito amigos. Eles me desaconselharam, diziam que eu não deveria ir, que teatro era isso, era aquilo. Mas eu não dei ouvidos. Só prestei atenção mesmo na minha amiga do Citibank, a Cleusa. Ela era *pra frentex*, lia Sartre e os existencialistas e me deu a maior força. Ela disse que eu deveria ir e que ela iria comigo. Então nós dois e outro amigo dela ensaiamos uma cena cada um. Tudo escondido, claro, porque nossas famílias não poderiam nem sonhar com uma coisa dessas. Lembro perfeitamente que ensaiei um trecho de *O Novo Otelo*, peça de um ato do Joaquim Manuel de Macedo. Um texto muito engraçado. Fui fazer o teste e passei. A banca era composta pela Fernanda Montenegro, o Alberto D'Aversa, um tremendo diretor, e o Armando Paschoal, grande administrador, o cara que segurou o TBC.

Depois que acabou o TBC o Armando se isolou e foi morar no interior. Aliás, várias pessoas dessa época compraram terrenos no mesmo local onde a Cleyde Yáconis mora até hoje, mas com o tempo todo mundo foi vendendo. Só ficaram a Cleyde e o Armando Paschoal, que mora em frente à chácara dela. Ele foi um grande amigo. Mas, voltando ao teste, quando saiu o resultado no jornal, e meu nome estava lá, fiquei apavorado, porque minha família ia ficar sabendo. Foi um desespero. Não sabia o que fazer. O pessoal do TBC pediu para que eu entrasse em contato e eu fui conversar com o Armando Paschoal. A peça que eles iam montar era *Pedreira das Almas*, do Jorge Andrade, e meu papel era lindíssimo. No fim, não aceitei porque era para fazer parte do elenco fixo do TBC, que depois iria para o Rio de Janeiro. Mas ficou aquele prazer de me sentir reconhecido. Não sei se a Fernanda se lembra disso, ela também era muito jovem. Eu estava quase terminando o curso de professor e meus pais nunca ficaram sabendo do teste.

No Citibank, onde tudo começou, eu também era office-boy, mas era interno, não saía pra rua. Eu ainda não tinha 18 anos e ali comecei a conhecer uma gente ótima, maravilhosa. Entre elas a Cleusa, aquela que foi comigo fazer o teste para o TBC. Ela trabalhava na mesma seção que eu e era uma amiga maravilhosa e uma pessoa muito importante na minha vida. Então fiquei sabendo que havia um grupo de teatro no Citibank. Fui ver uma apresentação e comecei a me aproximar deles. Conversei com o pessoal e eles disseram que eu poderia ficar assistindo sempre que quisesse, inclusive os ensaios.

Um dia, um ator não pôde fazer um papel e eles perguntaram se eu não queria ler. Li e eles acharam ótimo. Era *Um Gesto por Outro,* uma peça muito difícil, teatro do absurdo, do Jean Tardieu. Fiz a peça e, assim, entrei para o grupo *Os Diletantes*.

Logo em seguida montamos *O Motorista*, de Max Maurey. O grupo organizou também uma apresentação que reunia três peças curtas: *A Ceia dos Cardeais*, de Julio Dantas; *A Dama da Noite Sem Fim*, de Érico Veríssimo; e *Máscaras*, de Menotti Del Picchia. Participei das duas primeiras.

No grupo, duas pessoas já cursavam a Escola de Arte Dramática. Uma era a Jade Pirstelys e a outra era a Maria Cecília Carneiro. A Maria Cecília fez uma bela carreira, trabalhou até com a Cia. da Cacilda Becker. A Jade foi quem dirigiu essa minha primeira peça. E tinha ainda o diretor principal, o Antonio Ghigonetto.

Nessa época, a Escola de Arte Dramática era do Alfredo Mesquita e ele fazia coisas muito ousadas, modernas e também textos clássicos. Assim, o teatro amador se espelhava no TBC e na EAD e tinha uma força muito grande. Os grupos eram maravilhosos, tinha gente muito boa e todo ano tinha festival de teatro. O grupo *Os Diletantes* começou a se projetar e inclusive a ganhar prêmios.

Não lembro quantos atores fixos havia no elenco, mas lembro que tinha, além da Jade Pirstelys, da Cecília, e do nosso diretor Antonio Ghigonetto, o Botecchia, o Ayrton Facchini, a Eva Borges,

Em O Motorista, com João L. Botecchia, Ayrton Facchini e Albanita Paiva

Em A Ceia dos Cardeais, *com Ayrton Facchini, Domingos Ferrigno e Emilio*

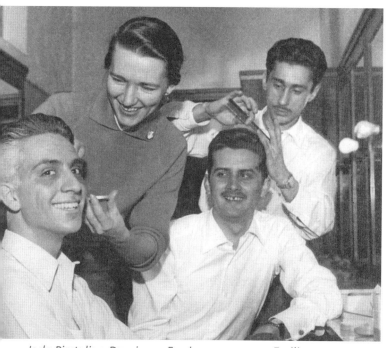

Jade Pirstelis e Domingos Ferrigno preparam Emilio e Ayrton Facchini para A Ceia dos Cardeais

a Albanita de Paiva, a Maria Celeste Silva e a Yara Amaral. A Yara entrou quase na mesma época que eu. Uma companheira extraordinária, uma atriz fantástica. Ela foi fazer Escola de Arte Dramática e acabou saindo do grupo. Eu também queria fazer a EAD, mas seria um golpe maior ainda no meu pai e na minha mãe. Então, desisti. Mas estava sempre em contato com o pessoal que fazia a EAD. Depois que a Yara entrou para a EAD aí então eu tinha um elo muito maior. Assistia a todas as montagens deles. Tinha uma proximidade muito grande com a EAD, sabia as peças que eles assistiam, os livros que eles liam, procurava me informar de tudo. Nessa época havia estudado francês e inglês, então lia muita coisa que vinha de fora. Queria ter uma formação parecida com a deles, que eu achava fundamental. E a Yara teve um importante papel nessa minha aproximação junto à EAD; além disso, ficamos muito amigos. Depois ela foi para a televisão, fez mil coisas e ainda assim continuamos amigos. Enfim, ela faz parte de um começo que é muito forte.

A última vez em que a vi foi na casa dela no Rio de Janeiro, ela tinha acabado de pagar a casa, com uma bela piscina. Estava muito quente e nós ficamos na piscina conversando sobre tudo. Ela estava muito feliz e me dizia para não ter medo da televisão. Eu estava no Rio começando minha carreira na TV. Essa é minha última lembrança da Yara.

Entre as peças que montamos com *Os Diletantes* estavam *Assassinato a Domicílio*, mais conhecida como *Disque M para Matar*, de Frederick Knote, e *O Pai*, de Strindberg, um atrevimento. O Abujamra sempre repete que eu fui o único ator com vinte e poucos anos a interpretar esse pai tão complexo com quase 50 anos. Mas foi uma experiência que valeu, principalmente pelo apoio das grandes atrizes que tive ao meu lado, Yara Amaral, Ana Mauri e Celeste Silva.

Além de montar as nossas peças, víamos todas as peças do TBC. Na realidade a primeira peça de teatro que vi não foi no TBC, mas foi com a Companhia Tônia/Celli/Autran. Eles viviam no Rio e vieram fazer uma temporada aqui em São Paulo, no Teatro Santana. Era um teatro maravilhoso, um minimunicipal, aquele formato antigo, mas pequeno, ficava na Rua 24 de Maio. Foi derrubado para a construção de um prédio com a promessa que dentro do prédio haveria outro teatro. Não cumpriram a promessa e isso foi um grande desgosto. A peça que apresentaram foi um choque, era *Entre Quatro Paredes*, do Sartre. Fiquei fascinado com a possibilidade que o teatro pudesse abordar temas tão fortes. Ainda nessa mesma temporada eles trouxeram *Otelo*. Com ela, abriu-se o Shakespeare na minha cabeça.

O *Otelo* do Paulo Autran me impressionou de tal forma que pela primeira vez senti um impulso de ir cumprimentá-lo no camarim. Mas, claro, ele estava cercado de gente e eu fiquei timidamente esperando minha vez. Não consegui falar quase nada e só fiquei observando a grande transformação que se operava nele entre o palco e a vida cotidiana. Ele passou a ser meu ídolo e modelo até hoje. Víamos também as peças das cias. da Cacilda Becker, do Sérgio Cardoso e Nidia Lycia, e da Dulcina-Odilon (Dulcina de Moraes e Odilon Azevedo).

Foi em 1958 que recebi o convite do Teatro dos Jovens Independentes para fazer um papel na montagem de *Diálogo das Carmelitas*, de George Bernanos, dirigida por Cândida Teixeira, uma grande personalidade no meio teatral. Esse convite me agradou profundamente, pois estava conquistando fronteiras para minha carreira de ator. Um superespetáculo já com outros atores que também iriam se projetar – Maria Célia Camargo, Cecília Carneiro e Laerte Morrone.

Em O Chapéu de Palha da Itália, *de Eugene Labiche*

Capítulo VIII

Os Farsantes

Depois da carreira de sucesso de *Os Diletantes* nós nos desligamos do Citibank e criamos um grupo independente chamado *Os Farsantes* e que também ganhou vários prêmios em festivais.

Quando vejo agora a trajetória desses grupos, percebo como era bom o repertório deles. Bons autores, boas peças, nos deram a possibilidade de estudar, aprender e melhorar. Hoje penso que algumas coisas foram realmente ousadas. É dessa época *O Chapéu de Palha da Itália*, que considero o melhor trabalho que fiz nessa fase. E que foi coroado. Eu fazia o papel do noivo. Deitava e rolava. Com esse espetáculo ganhei o Prêmio Governador do Estado de melhor ator de teatro amador.

Éramos muito ousados e atrevidos, montamos até *Uma Rua Chamada Pecado*, que hoje todo mundo conhece como *Um Bonde Chamado Desejo*.

Esse período do teatro amador foi fundamental para mim. Aprendi demais com o Antonio Ghigonetto, diretor do grupo, com o Ayrton Facchini, que fazia sempre os papéis principais, com a Eva Borges, que fez a Blanche. E também com a

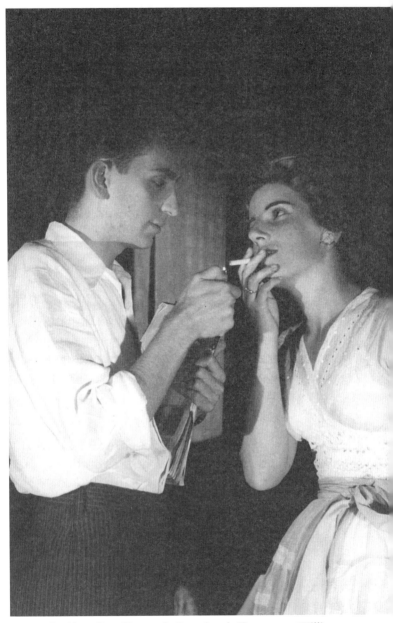

Em Uma Rua Chamada Pecado, *de Tennessee Williams, com Eva Borges Corrêa*

Maria Celeste Silva, João L. Botecchia. Essa era a turma e éramos muito ligados. Até tirávamos férias juntos lá no Citibank e alugávamos uma casa na praia. No fim de semana, nossos pais iam até lá também. Lembro que até meu avô, dirigindo um Ford V8, foi com a minha mãe nos visitar num fim de semana. A mãe do Ghigonetto também ia. Era muito divertido, tínhamos uma ligação muito forte, um amor mesmo. Nossa amizade extrapolava em muito o ambiente de trabalho. Acho que esse foi um dos motivos pelos quais abracei a carreira. De repente você encontra a sua praia, a sua proteção, o seu sentimento e a sua evolução como pessoa. Nunca pensei nisso antes, estou falando agora e também me analisando. Esse foi certamente o grande incentivo para seguir esta carreira, o teatro como família, que está presente em todo o meu trabalho.

Na verdade, nunca parei para pensar: *Vou ser ator ou diretor? É isso o que quero para minha vida?* Eu gostava de fazer e ia fazendo, mas nunca pensei ... *eu vou tomar essa decisão.* Eu continuava trabalhando no Citibank e tinha essa carreira paralela.

Depois do Citibank, prestei concurso para o Banco do Brasil, porque era o máximo, na época, ser funcionário do Banco do Brasil. Passei. Quando optei por sair do Banco do Brasil e ir para o tea-

Férias na praia: Eva Borges a ponto de ser atirada na água por Antonio Ghigonetto, Emilio, Yara Amaral e Ayrton Facchini

tro, foi um baque. Faltava grana, faltava tudo e por um tempo achei que não deveria ter saído. Ainda tinha um grande amigo meu que foi ser um alto executivo do Citibank em Nova York. Eu olhava para ele e pensava: ... *o que foi que eu fiz?* Era uma angústia só.

Mas ainda nos tempos de Banco do Brasil, eu estudava à noite no Colégio Salete, onde também conheci pessoas especiais, em particular uma amiga que me marcou muito, a Eutália. Assim como me identifiquei com a Cleusa, do Citibank, tinha a Eutália no Colégio Salete. A gente conversava sobre a vida, sobre os caminhos que iríamos tomar, enfim, discutíamos nosso futuro.

Um belo dia ela se mandou para os EUA, sem avisar ninguém. Depois me escreveu. Tinha ido para a Flórida trabalhar como *baby-sitter*, o que na época era muito comum. Continuamos nossa amizade através das cartas e ela sempre me provocando para que eu fosse para lá, esse era o seu espírito libertário.

Capítulo IX

Vera Cruz

Toda semana a gente matava um dia de aula para ir ao cinema, um grande passo para começar a fazer coisas proibidas. E no meio dessa liberdade toda é que começou a ser ultradivulgado o nascimento da Vera Cruz. Foram tempos de uma expectativa incrível. Foi um grande acontecimento, parecia que teríamos uma Hollywood aqui, como eles tentaram mesmo.

Falavam dos grandes estúdios, dos equipamentos, das pessoas que eram convidadas de fora para fazer a fotografia, para dirigir. Além dos italianos, todo o elenco do TBC também estava envolvido. Considero a Vera Cruz um grande acontecimento não só na história do cinema brasileiro, mas na história do Brasil mesmo. E eles foram muito criticados.

O primeiro filme deles foi *Caiçara*. Uma maravilha, uma surpresa impressionante, todo filmado em locação, com uma fotografia em preto e branco belíssima, lembrava um pouco o neorrealismo italiano, a história até parece um pouco com o filme *Stromboli*, do Rossellini.

Vimos então o surgimento de uma atriz fantástica, a Eliane Lage. Linda, especial, um verdadeiro mito para mim.

Os roteiros também eram muito bem-elaborados, porque eles trabalhavam com autores de peças. Um deles, o Abílio Pereira de Almeida, que pouca gente conhece e é uma figura para ser resgatada, tem uma dramaturgia que foi importante na época. Sua obra teatral merece ser revista.

A Vera Cruz foi motivo de orgulho, de termos um outro cinema brasileiro, feito seriamente com a maior categoria. Até então a gente tinha só as chanchadas e também aprendi muito com elas, mas a Vera Cruz era outra coisa. Foi uma pena que ela tenha sido tão combatida até falir.

Eram filmes fantásticos, como *O Cangaceiro* e *Floradas na Serra*, por exemplo.

Ao lado de Franco Zampari, que construiu o sonho da Vera Cruz com os irmãos Walter e William Khouri, estavam nomes como Tônia Carrero, Adolfo Celi, Anselmo Duarte, Ziembinski, Eugênio Kusnet, e também os novos, como a grande Eliane Lage e a Marisa Prado, os galãs Mário Sérgio e Alberto Ruschel, a Ruth de Souza.

E as coisas que eles faziam então? Por exemplo, em *O Cangaceiro*, construir uma ponte em cima do rio para fazer um *travelling* com os dois, Alberto Ruschel e Marisa Prado, a cavalo. Isso é fantástico.

Claro que o cinema que a Vera Cruz fez tinha uma influência dos grandes filmes estrangeiros, mas isso era bom. O importante era que apesar das referências fazíamos um produto tão bom quanto o importado. E com histórias nossas, com o nosso temperamento, nossos personagens, nossos atores. Eu sinto que de alguma forma cresci muito vendo a Vera Cruz. Foi aí que pensei, puxa!, no Brasil também é possível fazer um cinema com qualidade internacional.

Lamentável que os títulos tenham sido relançados em DVD sem o menor cuidado, sem a menor qualidade. Filmes que deveriam ser remasterizados, porque afinal representam um patrimônio cultural da história da cinematografia brasileira, foram reeditados de maneira tão porca. Triste.

Com a irmã Maria Ângela, no baile de formatura do ginásio

Capítulo X

Tomando uma Decisão

Quando acabei o ginásio tinha que escolher entre o Clássico, o Científico e o Normal. Resolvi fazer a coisa mais complicada, um curso que equivalia ao Normal no Instituto de Educação Caetano de Campos. Era um curso de normalistas, mas era chamado Curso de Formação de Professores Primários. O Caetano de Campos era o máximo e esse curso noturno era só para homens. Mais tarde abriram uma exceção para a irmã de um dos nossos colegas. Era muito legal. Os professores muito bons. Estudávamos sociologia, um pouco de filosofia, um pouco de educação, enfim, foi um curso bastante forte. Durava três anos. No final do último ano, havia uma prova prática e era preciso dar uma aula. Quando terminei a minha aula, a professora disse: *Você não tem jeito para lecionar. Mas sabe de uma coisa, como eu sei que você não vai dar aula mesmo, vou te aprovar.*

E foi assim que me diplomei como professor primário. Foi ótimo.

Como o Citibank ficava na esquina da Avenida Ipiranga com a Avenida São João, em frente ao Bar Brahma, eu ia a pé para o Caetano de

Campos. Todo dia eu trazia o meu lanchinho, que minha mãe fazia. O mais gostoso era uma deliciosa omelete de abobrinha. O curso no Caetano de Campos me impulsionou a tentar a São Francisco, que também era o máximo na época. Ainda é. Tentei dois anos, fiz duas vezes o cursinho, só passei na terceira vez. Mas quando entrei na Faculdade São Francisco eu mal assistia às aulas. Era da turma dos boêmios e a gente ficava era no pátio discutindo a vida, a literatura e escrevendo poemas que foram editados no livro *A Nova Poesia do Largo de São Francisco*. Eis os dois poemas meus que estão registrados lá.

Teu adeus,
Pássaro ligeiro,
É lago silêncio
De floresta muda
Regado pela fonte
Inconsequente.
Quisera flutuar
na angústia
dessa paz
prisioneira
do medo...
e ficar eternamente
nesse sono entreaberto,
até o entorpecer total,
no vácuo,

Calouro na Faculdade de Direito, trabalhando no Banco do Brasil

e ouvir o seu cantar
feito de aço,
atravessando pontes sujas,
embaçadas,
surdas,
cada vez mais surdas.

O feto
Quase a chorar
Moveu-se lentamente
E sorriu para os viadutos.
Era monstro,
E a noite feia
ia terminar
com outra noite.
Mas a luz
Molhou as escadas
E ele morreu
Para outra vez.

Foi nessa época que o Teatro Oficina começou, o Zé Celso e o Renato Borghi também estudavam na São Francisco. Eu era uma turma depois deles.

A estada na São Francisco foi curta. No final do segundo ano, não passei numa matéria muito chata, mas muito importante, acho que era direito romano. Teria que refazê-la no terceiro ano. Abandonei a universidade.

Em Anjos Censurados, *de Lauro César Muniz, com Eva Borges Corrêa*

Capítulo XI

Indo à Luta

Depois de *Os Diletantes* passamos a nos chamar *Os Farsantes* e tentamos uma espécie de profissionalização, que ia depender só da gente, não tinha produção do Citibank. Fomos à luta. Antigamente existiam os festivais nacionais de estudantes, criados pelo Paschoal Carlos Magno, figura fundamental para o teatro e mais ainda para o teatro estudantil. Esses festivais eram anuais, cada vez em uma cidade diferente e geravam um grande movimento do teatro estudantil, universitário.

O Centro Acadêmico da Faculdade de Engenharia do Mackenzie também se interessou em participar desses festivais. O grande empreendedor do Centro Acadêmico do Mackenzie era o Spencer Biller, ator com grande veia de produtor, um grande aglutinador de pessoas. Nesse momento ia acontecer o Festival de Brasília, poucos dias antes da inauguração de Brasília, e o pessoal do Mackenzie convidou *Os Farsantes* para uma parceria, porque a gente estava com a bola toda.

O Lauro César Muniz cursava essa faculdade e nós apresentamos a primeira peça dele, que na época se chamava *Anjos Censurados,* acho que depois ele trocou o nome. Uma peça em um ato, com três personagens; no elenco, eu, a Eva Borges e Álvaro M. Pereira. O diretor era o Antonio Ghigonetto.

Fomos de ônibus com o grupo de Porto Alegre e ficamos muito amigos. Nessa viagem conheci o Lineu Dias, grande ator e amigo. A maioria dos participantes ficava alojada num galpão. Nós nos divertíamos muito. Brasília ainda não tinha sido inaugurada e era uma poeira vermelha o tempo inteiro, comíamos poeira vermelha e cuspíamos tijolos.

Levamos ainda para o Festival de Brasília *O Canto do Cisne*, de Tchecov, que também apresentamos no Festival de Teatro Amador na TV Tupi, com o Botecchia e eu. Ganhei o prêmio de revelação de ator da TV Tupi. Ganhamos também o prêmio de melhor espetáculo. Mas nunca recebi o troféu. No dia da entrega só havia um troféu, que passava de mão em mão. A gente recebia e depois devolvia para que o apresentador o entregasse ao próximo premiado. A organização ficou de reproduzir depois um para cada premiado, mas isso nunca aconteceu.

Em seguida aconteceu o Festival de Porto Alegre, mas desse eu não participei. O grupo continuou a parceria com o Mackenzie e juntos eles montaram *Os Fuzis da Senhora Carrar*, com a Yara Amaral fazendo papel da mãe, e a Dina Sfat, que na época se chamava Dina Kutner, fazendo o papel da Manoela. Eles fizeram um sucesso estrondoso. Ganharam prêmio de melhor espetáculo e a Yara de melhor atriz. Mais tarde no Grupo Decisão, remontamos o mesmo espetáculo.

O Canto do Cisne, *de Tchecov, com Antonio Ghigonetto*

Campinas, Festival de Teatro, primeira direção de Emilio

Capítulo XII

A Primeira Direção

Foi para um festival em Campinas que dirigi minha primeira peça, *Aquele Que Diz Sim, Aquele Que Diz Não,* de Brecht, apesar do meu pouco conhecimento do autor, mas já meio intuitivamente. Já tinha contato com o Abujamra, que tinha voltado da Europa, e que falava muito sobre Brecht. Também conversava muito com uma amiga maravilhosa, de Belém do Pará, a Angelita, irmã da Maria Sílvia, que é casada com o grande escritor Benedito Nunes. Eles vinham sempre para São Paulo e para o Rio. A Angelita estava aqui em São Paulo, era muito inteligente e tinha uma cabeça maravilhosa com relação à obra brechtiana. Aliás, o grupo de Belém do Pará era sempre muito conceituado nos festivais, ela não era atriz, mas fazia parte do grupo. Enfim, com essas conversas com ela e com o Abu eu me senti bastante seguro e fiz o espetáculo. No papel da mãe eu coloquei a Dina Sfat. Eu fazia o filho. As roupas eram bem simples, meio orientais, mas a encenação era absolutamente despojada, bem ao estilo brechtiano, tinha só um tablado e uns banquinhos de madeira. O júri e o público ficaram muito impressionados e o espetáculo foi considerado o melhor do festival. Eu comecei a sentir uma certa segurança de também poder dirigir. A Dina ganhou o prêmio de melhor atriz e daí seguiu sua carreira profissional. Foi uma alegria, uma coisa muito bonita. Muito estimulante para a carreira da gente.

O Abujamra é uma pessoa que amo e admiro até hoje. A gente trabalhou muito juntos. A primeira peça que ele dirigiu depois que voltou da Europa foi *Raízes*, de Arnold Wesker, com a Cacilda Becker. É um importante autor inglês, do início do movimento dos *angry men*, no final dos anos 1950. A peça tem características realistas e o Abu dirigiu de forma realista, mas com todo o pensamento brechtiano. O resultado foi um realismo inesperado e que causou muita polêmica. Aliás, o Abu é provocador até hoje, assim como em seu programa na TV Cultura. Era uma maravilha. O impressionante era o entusiasmo com que a Cacilda e a Lélia Abramo se entregaram a essa proposta.

Então, o Abujamra me chamou para fazer um trabalho no Teatro Oficina.

O Zé Celso tinha feito as primeiras direções, o Oficina já tinha se firmado e o Zé deu a peça para o Abu dirigir, dentro do Oficina, com elenco de lá, que tinha a Célia Helena, a Etty Fraser, o Ronaldo Daniel, o Fauzi Arap. O Borghi não fez essa montagem. A peça era *José, do Parto à Sepultura*, do Augusto Boal. Um texto louquíssimo. O meu personagem era chamado de marechal, mas ele dizia que era general, generalíssimo e fazia apologia do militarismo e da guerra. Eu tinha uma cena só. Era um diálogo com um sargento, o Zé da Silva. O general queria treinar o Zé da Silva para não pensar e dizia ao Zé:

Faça tudo o que eu mandar, obedeça à ordem por mais absurda que seja. Entusiasmado, o general continua:

Sou teu inimigo, então você me mata, me mata.

E o Zé da Silva obedece.

Era muito bom. Na cena da minha morte eu estava deitado com os braços erguidos, falando e abaixando os braços até morrer. Depois de um tempo a Etty saiu e entrou a Miriam Muniz fazendo o papel dela. Quem fazia o papel do Zé era o Fauzi Arap, que é um ator excepcional. Quando nascia, ele saía de baixo da saia da Etty Fraser de fraldas e dizia: *Operários do mundo inteiro, uni-vos!* Era muito bom, muito bom mesmo. Mas ninguém gostou. Quer dizer, pouca gente viu. Mas era muito interessante. Foi o começo da minha carreira profissional.

Em José, do Parto à Sepultura, *de Augusto Boal*

Em seguida atuei em um infantil, *O Julgamento do Tião*, do Edgard Gurgel Aranha, com direção do Mário Kupermann.

Na sequência, fiz outro trabalho com o Abujamra, *Antígone América*, do Carlos Henrique Escobar. Era uma adaptação de *Antígone*. Estávamos em 1962 e muitas peças dessa época tinham um cunho político muito panfletário. *Antígone América* era uma produção da Ruth Escobar e ela também fazia a protagonista. No elenco estavam também o Sérgio Mamberti e a Dina Sfat.

Foi encenada no Taib, na Rua Três Rios. A música final, de Damiano Cozella, que era bastante violenta, teve a letra censurada. No final do espetáculo, o elenco todo entrava no palco ao som da música só orquestrada enquanto se lia num painel a inscrição *letra censurada*. O público aplaudiu de pé esse ato de rebeldia. Saiu em todos os jornais.

Em O Julgamento de Tião, *de Edgard Gurgel Aranha, com* Ana Maria Cerqueira Leite

Capítulo XIII

O Grupo Decisão

Depois disso o Abu resolve fazer um grupo para o melhor aprimoramento da linguagem com a qual vínhamos trabalhando. Além do Abu, tinha o Lauro César Muniz, como dramaturgo, a Berta Zemel, o Wolney de Assis, o Ghigonetto, eu e o Sérgio Mamberti. Estava fundado o grupo *Decisão*.

O Abu propõe então fazer uma adaptação de *Fuenteovejuna*, de Lope de Vega. Acontecera na cidade de Sorocaba um fato parecido com o que o Lope de Vega narra no seu texto. Na peça há um assassinato e um julgamento, no qual a cidade inteira assume a autoria do crime.

A peça é muito bonita e recebeu o título de *Sorocaba, Senhor*. Todo mundo estranhou esse nome, mas era muito apropriado. Durante os interrogatórios, cada personagem era torturada para revelar a autoria do assassinato e a resposta era sempre a mesma. O diálogo ficava assim:

Quem matou o comendador?

Sorocaba, senhor.

Primeira reunião do Grupo Decisão: Antonio Ghigonetto, Belinha Abujamra, (em pé), Lauro César Muniz, Emilio, Wolney de Assis, Berta Zemel, Sérgio Mamberti e Antonio Abujamra (esq. para dir.)

Sorocaba, Senhor!: *Marisia Mauritty, Berta Zemel, Regina Guimarães e Ivonete Vieira (esq. para dir.)*

Eram muitos atores e o palco era giratório. Foi encenada no Teatro Leopoldo Fróes. Por um tempo esse teatro foi a sede do grupo *Decisão*. Também foi um espetáculo muito criticado. Era bastante radical na linguagem que o Abujamra propunha, mas era muito bonito. Funcionava esteticamente e tinha atores maravilhosos. Jovens, mas muito talentosos. Apesar de tudo isso a temporada da peça não foi boa.

Logo depois começamos a ensaiar *Terror e Miséria do III Reich*, do Brecht. Já estava lá o palco giratório, que favorecia a encenação, e era um espetáculo maravilhoso. Resolvemos chamar a Glauce Rocha, que já era uma atriz fantástica e reconhecida pelo público, para participar do espetáculo com a gente. Quando ela topou, a meninada do grupo ficou enlouquecida. Ela veio do Rio para São Paulo para fazer apenas duas cenas. Foi um encontro emocionante. A gente já estava ensaiando quando ela chegou e foi de mala e tudo para o teatro. Foi mais um encantamento para todos nós. Um espetáculo muito forte, muito bonito.

Causava um impacto que as pessoas muitas vezes não entendiam.

No *Sorocaba, Senhor* tinha uma coisa brasileira, a gente estava falando de um fato nosso, ocor-

Terror e Miséria do III Reich, *de Brecht: Ademir Rocha, Maria Cecília Carneiro, Emilio e Sérgio Mamberti (esq. para dir.)*

rido aqui, já no *Terceiro Reich* a gente seguia os cânones do Brecht e fazia o jogo da emoção, mas a interiorização dessa emoção também tinha de ter uma manifestação racional, ou seja, a regra básica do Brecht, a emoção é dirigida por uma razão. As pessoas queriam se emocionar com todo o terror nazista, mas a montagem tinha essa rédea chamando mais atenção para a reflexão. Também não foi exatamente um sucesso de público.

Nossas estreias eram sempre lotadas, as pessoas iam ver com muito interesse, mas depois o público mesmo ia se retraindo.

Existia o teatro de Arena, que pelo seu próprio espaço físico já tinha uma linguagem bem específica e o Oficina, que vinha de um realismo bastante stanislavskiano, orientado pelo Eugênio Kusnet.

O Kusnet foi um grande ator e grande professor dessa geração do Oficina, eu mesmo fiz *workshop* com ele. Todos nós convivíamos porque era uma classe muito pequena. O *Decisão* era um terceira via que não alcançou o sucesso que o Arena e Oficina tinham, mas plantou uma semente.

Como o nosso objetivo também não era alcançar o grande público, mas sim os estudantes e a classe operária, fazer um trabalho de conscientização através do teatro, a gente foi em frente e fez outro Brecht, *Os Fuzis da Senhora Carrar* (1963), que o Ghigonetto já havia dirigido para o Festival de Porto Alegre. Mas, dessa vez, o elenco era outro: Yvonete Vieira, Sérgio Mamberti, eu, Mário Roquette, Zequinha Nogueira, Clóvis Bueno, Vivien Mahr, Juarez Magno e Ivo Carmona.

Da montagem anterior só ficou o Sérgio Mamberti e foi aí que entrei para fazer o José, o filho. Não encenamos em nenhum teatro, somente em sindicatos e faculdades, foi um trabalho bastante interessante nesse sentido de conscientização e popularização.

Então, o Abu propõe uma guinada radical, montar *O Zelador,* do Harold Pinter, um autor inglês que nunca havia sido montado no Brasil. Nossa versão se chamou *O Inoportuno*. Quando o Selton Mello resolveu montar *O Zelador* me chamou para fazer o papel do velho, mas não topei porque ainda lembro do velho do Fauzi Arap, que era um escândalo. No elenco da nossa montagem estávamos eu, o Fauzi e o Sérgio Mamberti. Foi um trabalho fantástico, porque o texto do Pinter propõe uma situação inesgotável, você pode ir para qualquer caminho, mas com um forte trabalho psicológico e de criação de personagem. Timidamente fomos para a vanguarda mundial.

Os Fuzis da Senhora Carrar, *de Brecht: Emilio, Sérgio Mamberti, Ivonete Vieira e Clovis Bueno (esq. para dir.)*

O Inoportuno, de Harold Pinter, com Lafayette Galvão, 1964

O Pinter chama suas peças de comédias de ameaça. São sobre pessoas que simplesmente têm medo do mundo exterior. Acontecem em lugares confinados, num quarto, numa casa. É o refúgio dos outros. A ameaça vem de fora, de um intruso cuja chegada desestabiliza o aconchegante mundo de quatro paredes. Qualquer invasão pode ser uma ameaça, porque o elemento surpresa e a imprevisibilidade que o intruso traz com ele são ameaçadores.

Nessa época, a companhia da Cacilda Becker estava sediada dentro da Federação Paulista de Futebol. Depois que a Cacilda morreu a Cleyde até tentou reabrir o teatro, mas não deu certo. Propusemos para a Cacilda encenar *O Inoportuno* lá às segundas e terças-feiras. Foi um sucesso, uma loucura. Fizemos uma boa temporada ali. Já era 1964 e, para não dizer que o Abu tinha largado Brecht totalmente, no fim da peça baixava uma placa com o texto *Ocidente – 1964*.

A situação política se agravava e já prevíamos um futuro negro para o teatro e para todos. Ficamos animados com o sucesso do Pinter e aceitamos um convite para apresentar a peça no Rio de Janeiro. Glauce, nossa sempre incentivadora, foi praticamente nossa produtora lá. Com seu entusiasmo e paixão, movimentou a classe artística e intelectual, entre eles o casal João Rui e Ieda Boechat Medeiros, José Condé e o crítico Leo Gilson Ribeiro que nos acolheram de uma forma fantástica. Fizemos um superlançamento no Rio e a peça fez um grande sucesso no Teatro Nacional de Comédia, na Avenida Rio Branco, no centro, onde hoje é o Teatro Glauce Rocha.

Nessa época, a maioria dos teatros ficava no centro e não havia a preocupação com a violência dos dias de hoje. A Barbara Heliodora, que já era crítica, não gostou do espetáculo. Falou mal de mim à beça. Hoje em dia somos grandes amigos e ela diz que sou um dos melhores atores do Brasil. Todo mundo gostou muito do que eu fiz, embora fosse mesmo um papel estranhíssimo. Mas era também um papel fascinante, uma dramaturgia totalmente nova. No Rio, o Fauzi foi substituído pelo Lafayette Galvão, que também fazia lindamente. Pensamos em dar continuidade ao grupo no Rio de Janeiro e mais uma vez a Glauce Rocha nos ajudou e sugeriu uma comédia do Coelho Neto. Estranhamos a princípio, mas como a gente sempre gostou de desbravar topamos fazer *O Patinho Torto ou os Mistérios do Sexo*.

Antes, porém, fomos apresentar *O Inoportuno* em Porto Alegre, porque o Abujamra é de lá.

Capítulo XIV

O Golpe e a Volta para o Rio de Janeiro

Foi exatamente quando estávamos lá que estourou o Golpe de 1964. Naturalmente, não estreamos porque Porto Alegre estava em polvorosa, em pé de guerra. Fomos para uma praça em frente ao teatro São Pedro ver no que podíamos ajudar, a gente estava disposto até a pegar em armas. Clima de revolução mesmo. Foi um momento fascinante. A gente era revolucionário no teatro e de repente surgiu a oportunidade de ser revolucionário fora do teatro. Claro que o teatro estava totalmente ligado a essa decisão, até porque você está dando a sua arte para incentivar uma tomada de posição ou uma resistência. Os escritores, poetas e artistas escreviam textos e os atores liam no microfone para alimentar o povo que se concentrava na praça. Mas, afinal, o resultado todos conhecem, os militares tomaram o poder com o Exército nas ruas.

Conseguimos estrear a peça. Mas estávamos isolados, a cidade estava sem comunicação e, quando voltamos para São Paulo, cheguei em casa de surpresa. Entrei pelo armazém do meu pai e, quando me viu, ele começou a chorar. Levei um susto. Uns amigos dele que estavam por lá me acalmaram e me explicaram a situação. Ele estava preocupadíssimo comigo isolado em Porto Alegre e minha irmã tinha sofrido um acidente gravíssimo em São Paulo. Ela já estava bem quando eu voltei para o Rio, decidido a não fazer *O Patinho Torto*... Tinha de ficar mais perto da minha família. A Glauce me chamou para uma conversa em seu apartamento. Fomos para a cozinha e em dois banquinhos tivemos a grande conversa da minha vida. Glauce falou sobre a vida e a carreira dela no teatro e me convenceu de que minha família ia sobreviver sem mim; ao contrário do grupo, que dependia de mim para fazer a peça. Eu estaria abortando meu início de carreira. Foi uma conversa emocionante e inesquecível. Mais uma vez eu me envolvia com o teatro como minha segunda família.

O Patinho Torto ou os Mistérios do Sexo era sobre uma mãe que queria ter uma filha e teve um filho. Ela cria esse filho como uma menina, com roupa de menina, cabelo comprido, etc. Mas, quando chega à adolescência, ele começa a se interessar pela prima. No elenco, eu, o Sérgio Mamberti, a grande Iracema de Alencar, que fazia a minha mãe, e a suave Suely Franco. A Iracema era uma atriz especial com quem aprendi muito.

Foi um sucesso estrondoso. O Ghigonetto assinava a direção e o Amir Haddad também deu uns

O Patinho Torto ou Os Mistérios do Sexo, de Coelho Neto:
João das Neves, Iracema de Alencar, Sérgio Mamberti,
Suely Franco, Emilio, Hilda Machado e Carlos Vereza

toques ótimos. Havia um momento, por exemplo, em que eu sentava no palco e contava para a plateia a história do *Patinho Feio* e entrava a música de Tchaikovsky, *O Lago dos Cisnes*. Numa outra cena dramática tocava um tango e a gente dançava. O cenário e o figurino de época eram deliciosos. A gente fez um grande lançamento, uma coisa de louco, não sei quem inventou essa história. Mas fomos tomar um chá na Confeitaria Colombo vestidos a caráter com os figurinos da peça. Então saímos do teatro caminhando pela Avenida Rio Branco até a Rua do Ouvidor, onde ficava a confeitaria, foi um escândalo. Eu não fui a caráter pela rua porque ia ser agredido, imagina, seria confundido com um travesti. Me encontrei com eles lá, sem peruca, mas com meu lindo robe feminino. Também tiramos fotos para publicidade no Largo do Boticário. Divertíamo-nos e contaminávamos o público. Também fizemos uma temporada curtinha da peça em São Paulo.

Para ir para o Rio eu havia solicitado uma licença do Banco do Brasil e eles me deram uma licença de três meses sem remuneração. Depois pedi mais uma. Quando fui pedir a terceira para fazer *O Patinho Torto*, no prédio onde hoje é o CCBB, um funcionário veio falar comigo meio sem jeito.

Sinto muito, não vai ser possível, se o senhor não voltar será demitido por abandono de emprego.

Eu abri um sorriso e disse:

Ah, que ótimo, obrigado.

Sem o peso do banco na cabeça eu finalmente assumi minha carreira artística como profissional.

De volta ao Rio, resolvemos fazer uma peça para a Glauce Rocha.

Não que ela tivesse pedido, mas a gente queria, de alguma forma, demonstrar o nosso amor. E nada melhor do que oferecer um sonho de personagem, *Electra*, de Sófocles, com direção do Abujamra. Os ensaios eram uma emoção contínua, mas temíamos que ninguém quisesse assistir. Então, antes mesmo da estreia, já escolhemos a peça que montaríamos a seguir e combinamos que no dia seguinte à estreia de *Electra* começaríamos a ensaiar *Um Gosto de Mel*, de Shelagh Delaney, mais uma integrante da nova dramaturgia inglesa no rastro de Pinter.

Só que depois de três apresentações de Electra decidimos não começar a ensaiar a outra peça. Vislumbramos a possibilidade de um sucesso retumbante. Ninguém esperava que uma tragédia grega, encenada de maneira tão raivosamente política, pudesse despertar tamanho interesse. Mas era o que estava acontecendo. Eu fazia o

Orestes, um papel no qual eu nunca me senti bem. Eu acho que fazia mal *para caramba* porque ficava assistindo a Glauce, que interpretava minha irmã, a Electra. Eu, Orestes, não podia lhe revelar quem era. Quando finalmente acontecia o abraço de reconhecimento era uma emoção tão forte que não conseguíamos nos separar. Mas mesmo assim acho que eu não correspondia à grandeza de Glauce. Tem gente que discorda, mas nunca me encontrei no Orestes. Os cenários e figurinos eram de Anísio Medeiros, impressionantes, todos feitos com juta.

Em Electra, com Glauce Rocha

Capítulo XV

O Dops

No meio da temporada de *Electra*, soubemos que o exército brasileiro ia mandar soldados brasileiros para a República Dominicana. Como éramos muito atuantes fizemos um manifesto contra e líamos todos os dias ao final da peça. Cada dia era um ator que lia. Então baixou lá o Dops e viu a Isolda Cresta lendo. No dia seguinte, voltaram lá para prendê-la e impedir o espetáculo. Foi um *bafafá* danado.

A Margarida Rey fazia a Clitemnestra. Ela era uma mulher alta e tinha uma voz bem grave. Começou a esbravejar. Como ela já estava com o figurino da peça, que reproduzia uma estátua grega de barro com seios de fora feitos de juta, foi uma coisa até engraçada. Mesmo assim levaram a Isolda para o Dops. Nós começamos a acionar toda a classe teatral. Ligamos para todo mundo e fomos todos para frente do Dops, ainda se podia fazer isso. Enchemos a rua em frente ao Dops com nossa manifestação para que soltassem a Isolda. Quase ao amanhecer, ela foi solta.

Até o final da temporada havia sempre um cara do Dops na plateia, apesar de o manifesto ter sido proibido. Eles iam verificar se estávamos cumprindo as determinações. Um desses caras do Dops começou a ficar amigo da Isolda, mas como estávamos namorando, eu não largava dela. No final dos espetáculos, ele sempre oferecia carona e a gente tinha medo, não sabia direito o que fazer. Íamos sempre para a minha casa, para ele não saber onde a Isolda morava. Tínhamos muito medo de tudo, era um terror. Quando viemos fazer a temporada em São Paulo esse cara veio também e ficava rondando o teatro, esperava a gente na porta do Municipal. Cada dia a gente inventava uma história para fugir dele. A gente até pensou se ele estaria apaixonado pela Isolda, mas acho que não. Foi uma semana de Teatro Municipal lotado.

Depois fizemos uma temporada também em Porto Alegre e aqui encerra minha fase no *Decisão*. Minha vida estava muito conturbada nesse momento, a vida familiar, a pessoal, a profissional, estava descontente do Orestes que eu tinha feito e decidi fazer uma viagem para fora do Brasil. No meu plano de viagem eu me concentrei em fazer um estágio no Piccolo Teatro di Milano, porque italiano era o idioma que eu dominava melhor. Falei com o Sábato Magaldi, ele me deu uma carta de recomendação. Depois falei também com um diplomata que me conseguiu, através do Itamaraty, uma pequena bolsa, uma ajuda de custo de US$ 500 por mês. Comprei minha passagem de navio, saindo de Santos, minha família foi se despedir. Na passagem pelo Rio, o Abujamra, o Ghigonetto e a Isolda foram ao meu encontro no navio e ainda tentaram me convencer a ficar para fazer *Tartufo*, do Molière. Mas eu estava decidido a ir e fui.

Capítulo XVI

A Viagem

A viagem de navio foi maravilhosa, uma experiência fantástica passar duas semanas em alto-mar. Lembrar do mapa e se ver atravessando determinada região, completamente isolado do mundo. Hoje em dia ninguém mais faz isso. Dá um certo medo, todo mundo tem essa sensação de perigo, de não poder sair, então o navio inteiro se une, você conhece pessoas maravilhosas, faz grandes amizades. Conheci uns brasileiros loucos, que levaram um garrafão de pinga, limão e açúcar para fazer caipirinha durante a viagem, imagina.

Pegamos uma grande tempestade, o navio dava aquelas embicadas no mar e nós só na caipirinha, todo mundo passando mal, menos nós. Eu não sabia se estava zonzo da caipirinha ou do embalo do mar. Éramos atrevidos, subimos na proa do navio de onde dava para presenciar bem o movimento da proa contra as ondas do mar, um perigo, mas, ao mesmo tempo, uma grande experiência.

Nessa viagem fui esquecendo tudo, as preocupações, o teatro, tudo o que eu tinha feito. No navio eles não te deixam tempo para pensar, café da manhã, alguma atividade, treinamento de salvamento, almoço, cinema, lanche, jantar, festas... Eu fui armado para ficar bastante tempo na Europa, levei um monte de roupas e levei até um smoking.

Quando o navio ultrapassa a linha do Equador eles dão uma grande festa. Eu estava na terceira classe, mas de vez em quando a gente passava para a primeira. Acabei fazendo amizade com umas pessoas que me convidaram para o baile da primeira classe. Então vesti meu smoking e fui para a primeira classe. Quando assisti *Titanic* me lembrei dessa minha história. Conheci também uns argentinos, ficamos muito amigos e eles queriam que eu descesse com eles na Espanha. Mas eu não podia porque tinha gente da minha família me esperando em Nápoles. Era realmente o que eu desejava, uma nova etapa na minha vida e sozinho, eu tinha um projeto e não iria abandoná-lo.

O navio parou em Barcelona e em Gênova, nas duas vezes descemos para conhecer as cidades. Quando cheguei a Nápoles meus parentes me esperavam e fomos de carro até a terra dos meus pais. No caminho aproveitamos para conhecer as ruínas de Pompeia. Já foi um impacto.

Na terra dos meus pais fui recebido lindamente, não só pelos meus parentes, mas também por amigos do meu pai. Foi muito bom conviver com todas essas pessoas. Eu tinha abandonado um pouco a minha família, renegado um pouco toda a cultura italiana. Aí redescobri minhas origens. Parece óbvio, mas conhecer minhas raízes foi ótimo. Foi uma transformação.

Aprendi que as duas coisas poderiam conviver. Para viver a minha proposta de vida, o meu futuro, eu não precisava renegar o meu passado nem as minhas origens. Pelo contrário, poderia me alimentar desse contato, dessa vivência, que na verdade eu só tinha teoricamente, através da música, da comida.

É muito diferente quando você convive com as pessoas, com o modo de viver delas. Fiquei uns dias ali e segui para Roma, para a casa de meu tio Antonio e depois iria para Milão.

Em Milão, Piazza Del Duomo

Capítulo XVII

O Piccolo di Milano

A primeira parte do meu plano de viagem era um estágio no Piccolo di Milano onde estava um dos maiores diretores naquela época, o Giorgio Strehler. Passei rapidamente por Roma e fui para Milão, sozinho e tendo que me virar. Consegui uma pensão bem baratinha e fui me apresentar para o pessoal do Piccolo. Nas mãos, cartas de recomendação, entre elas a do Sábato Magaldi, que tinha um bom relacionamento com o pessoal do Piccolo. Fui muito bem recebido. Falei com Paolo Grassi, o grande administrador e grande agitador do Piccolo. Ele me informou dos horários dos ensaios e fui me apresentar para o Giorgio. Ele me recebeu e disse: *Está bem, está bem, mas fique cinco fileiras atrás de mim.* Dois estagiários já estavam lá, uma americana e um francês, formamos um grupinho. Foi muito legal, além do estágio em italiano, eu tinha de falar também em inglês e francês, uma doideira. Foi incrível porque ele estava remontando um espetáculo que era apresentado em duas noites, o *Henrique VI*, do Shakespeare, que passou a se chamar *A Guerra das Rosas*.

Meu primeiro grande contato com o teatro do Primeiro Mundo, com seu poder econômico, com toda a sua liberdade e investimento em novas linguagens. Um susto. O Strehler trabalhava de acordo com os cânones do Brecht e do Berliner Ensemble, mas com um temperamento italiano explosivo. Um diretor vigoroso, irredutível, nos mínimos detalhes.

Era muito bonito, já continha uma linguagem mais moderna do teatro. Os seguidores do Brecht, depois do Berliner Ensemble, eram o Giorgio Strehler, na Itália, e o Roger Planchon, na França. O Abujamra inclusive fez estágio com o Planchon, na França. Eu não consegui.

Fiquei um tempo no Piccolo convivendo com atores maravilhosos, a grande diva do cinema Valentina Cortese, que eu já conhecia dos filmes e que tem uma cena maravilhosa no filme *Noite Americana*, do François Truffaut. A Carla Gravina, belíssima, também atriz de cinema, o Corrado Pani, que atua em *Rocco e Seus Irmãos*, do Luchino Visconti.

Fui fazendo amizade com o pessoal do Piccolo, que nessa época ainda mantinha outro espetáculo em cartaz, uma peça do Goldoni, *Le Baruffe Chiozzotte*. Um Goldoni realista e cinzento sem seu colorido de sempre. Chegou a ser montada aqui no Brasil.

Eles estavam indo para o Festival de Firenze e me convidaram para ir junto. Claro que fui. Era fascinado pela Valentina Cortese. Uma vez, em um jantar do elenco em Firenze, alguém disse algo que ela não gostou e ela arremessou o sapato por cima da mesa. De brincadeira, claro. Uma louca deliciosa.

Ao todo fiquei com o Piccolo três ou quatro meses. Milão é uma cidade fascinante e difícil de ser descoberta. Conheci bem Milão. Comia numa *trattoria* bem barata, que tinha uma comida esplêndida. Fiquei amigo do dono, depois da família inteira, fui até convidado para almoçar na casa deles. As irmãs do meu amigo tricotaram um pulôver quentíssimo para eu enfrentar o inverno. Os outros amigos me ajudaram a comprar uma capa bem mais barata do que nas lojas. Ia me enturmando também fora do espaço teatral. Essa chance de conhecer um teatro totalmente amparado oficialmente e ao mesmo tempo conviver com as pessoas mais humildes, me dava a sensação de estar em casa.

Morava numa pensão. Dividia o quarto com mais dois. O cara que dormia do meu lado era até simpático apesar de meio bronco. Um dia, porém, descobri que ele dormia com um revólver embaixo do travesseiro. Fiquei apavorado.

Brigávamos com a dona da pensão por causa do banho, que precisava de autorização. Ela ficava atrás da porta ouvindo a água correr e gritava de fora, não pode tomar banho sem avisar.

Era uma vida cheia de surpresas e através das pessoas você descobre a história do lugar. A obsessão com a economia da água e da luz que faz lembrar o tempo todo os dias de guerra. Já em Roma eu havia sentido isso na casa do meu tio. Como bom brasileiro, eu circulava pela casa acendendo as luzes do quarto, do banheiro, e ele vinha atrás apagando em seguida. Luz só no lugar onde você está, dizia. Reclamava muito quando eu deixava as luzes acesas. Mas eu não me queixava, ao contrário, me educava.

Quando a gente é mais jovem é muito mais atrevido, não tem medo de nada, não tem pudor. Eu queria fazer um estágio com o Roger Planchon na França e achei que o melhor caminho para chegar até ela era um grande crítico francês chamado Bernard Dort. O Dort têm vários livros publicados, é teórico de Brecht, e tinha contato com o Planchon. Assim, lhe escrevi uma carta pedindo ajuda, imaginando que uma sumidade como ele jamais fosse me responder. Qual não foi minha surpresa quando recebo uma resposta dele. Uma carta delicadíssima, gentilíssima, dizendo que não poderia me ajudar. Que não tinha poderes para me encaixar como assistente de direção nem mesmo em nenhum *workshop*, mas, se eu quisesse conversar, ele estaria no Festival de Firenze. Dava a data e o nome do hotel em que estaria. Eu estava indo para Firenze com o Piccolo, então, claro, fui me encontrar com ele e batemos um papo ótimo. Contei a ele sobre as propostas do *Decisão* e de como o país atravessava um momento difícil politicamente. Valeu a pena a ousadia.

Voltei para Milão a tempo de assistir à estreia de um novo filme do Visconti, *Vaghe Stelle Dell'Orsa*, com a Claudia Cardinale. Belíssimo. Infelizmente, não foi lançado no Brasil. Antes de seguir meu plano de descobrir na fonte o tal *distanciamento brechtiano*, com a Helene Weigel, a Elizabeth Hauptmann, o Eckhardt Schall, no Berliner Ensemble, voltei a Roma para me refazer um pouco, comer melhor, ficar um pouco com minha tia e meus primos e de lá sim fui para Berlim, com a cara e a coragem, sem saber uma palavra de alemão.

Capítulo XVIII

Um Trem para Berlim

Era uma longa viagem. Deveríamos atravessar toda a Suíça gelada, com muita neve, tudo muito bonito. Esses trens iam lotados de italianos, em determinado momento eles começavam a abrir os farnéis com queijos, salames e, educadamente, me ofereciam. É um costume típico do pessoal do sul da Itália, e eram justamente essas pessoas que mais faziam essa viagem. Fazíamos amizades, era uma delícia. Invariavelmente, depois de um tempinho conversando em italiano, eles perguntavam de onde eu era. Na Itália há vários dialetos e um jeito de falar para cada região e eles não conseguiam identificar de que parte do país eu era. Então contava que era brasileiro. O meu jeito de falar misturava sonoridades de vários dialetos, algumas coisas que eu tinha ouvido desde criança em casa, o dialeto napolitano, o jeito de falar de Roma, e ainda completava com o sotaque de Milão. Acabei fazendo um híbrido das regiões do sul, do centro e do norte da Itália.

A razão pela qual esses trens iam lotados de italianos era que o pessoal do sul migrava para a Alemanha em busca de emprego. Isso me comovia muito porque eu pensava na minha família.

Todos tinham vindo de navio para o Brasil em busca de trabalho e uma vida melhor.

Para chegar a Berlim Ocidental nós éramos obrigados a passar pela Alemanha Oriental. O trem parava numa estação e soldados soviéticos ou alemães entravam para verificar o passaporte de todo mundo. Vivi o terror. Quando chegou minha vez, o soldado pegou meu passaporte e só entendi ele dizer: *Brasil, Brasil, Pelé, Pelé*. Respondi: *É, é*. E fiquei tranquilo, porque o Pelé abriu umas portas e ninguém mais me incomodou.

Consegui um quarto barato na Pax Pension, em Berlim Ocidental, cujo dono era um senhor muito simpático que tinha parentes no Brasil. Desse lado da Alemanha, vi somente um espetáculo, no Freie Volksbühne, *O Interrogatório*, de Peter Weiss, dirigido por Erwin Piscator.

Não consegui entender as palavras, mas conhecendo o assunto me envolvi totalmente na interpretação dos atores. Nada de cenário. Só umas cadeiras e as pessoas sentadas dando depoimento. Um clima perfeito. Quase cometi uma gafe porque quando acabou o espetáculo foi um silêncio total, ninguém aplaudiu. Pensei, será que aplaudo, afinal gostei tanto? Será que os alemães não querem mais ouvir falar sobre o nazismo? Mas as pessoas foram saindo em silêncio. O que eu não sabia é que eles tinham avisado antes que não queriam ser aplaudidos, para que as pessoas saíssem com o peso do que tinham assistido.

Berlim era uma cidade com a suntuosidade do Ocidente, porém marcada pela imagem de sua catedral semidestruída, bem no centro da cidade. O progresso e a lembrança da destruição deveriam caminhar juntos.

O pessoal do Piccolo me ajudou a conseguir o estágio no Berliner, me deram cartas de recomendação e entre elas uma do jornal comunista da Itália, o *L'Unità*. Quando me deu a carta o Paolo Grassi disse: *Olha a responsabilidade, hem? Não vai me aprontar lá no Berliner.* E lá fui eu com todas as cartas.

O Berliner ficava do lado Oriental de Berlim e era preciso diariamente atravessar o muro. O meu primeiro contato com o Berliner era a Elizabeth Hauptmann, diretora e coordenadora do grupo, citada em todos os escritos sobre o Berliner. Cheguei ao Berliner numa manhã cinzenta de inverno e, naturalmente, o teatro estava fechado.

Eu tinha o telefone da Elizabeth, mas não sabia como usar um telefone público lá. Até pedi ajuda a um garoto, mas não consegui falar com ela. Como eu tinha o endereço, fui até a casa dela. Ao abrir a porta, eu me apresentei e ela me perguntou: *Mas por que não telefonou antes?* Aprendi mais uma lição. Expliquei quem eu era, o que já tinha feito, mostrei as cartas de recomendação que trazia. Ela me perguntou se eu queria ver os espetáculos. Confirmei e pedi para ver também os ensaios. Ela escreveu um recado para a bilheteria reservando meu ingresso e fui para o Berliner.

Eles estavam ensaiando *Coriolanos*, dirigido por Manfred Weckvert. Além de assistir aos ensaios, ainda tive o privilégio de ver a mulher do Brecht, a Helene Weigel. Uma mulher vigorosa e bem-humorada. Chegou um pouco atrasada para o ensaio e adentrou o palco iluminada dizendo: *Sorry, I'm late,* em inglês mesmo.

Gostaria muito de ter visto este espetáculo completo. À noite, vi uma peça russa, *Tragédia Otimista*, de Wischnewski, e *Arthur Ui*, de Brecht, com o grande Eckhardt Schall, uma coisa deslumbrante, maravilhosa. Tudo o que sabia e imaginava de Brecht vi ali concretizado, totalmente realizado nos termos de sua teoria. Isso para mim já bastou.

Como os ensaios eram à tarde, perguntei se pela manhã eu poderia ficar fuçando nos arquivos deles, onde está o material de todas as peças deles, fotografadas movimento por movimento. Para cada espetáculo há um registro que eles chamam de Livro Modelo. Eu até trouxe dois, reduzidos.

Depois de me deliciar com essa pesquisa eu almoçava na cantina dos atores e aproveitava para bater um papo com a grande estrela do grupo, o Eckhardt Schall, que já tinha feito o maior sucesso no exterior e falava inglês.

Naquela época ainda havia o muro que dividia a Alemanha em duas.

O Berliner Ensemble ficava do lado Oriental, mas não era permitido dormir deste lado. Assim, eu ia todo dia de manhã e voltava à noite. Numa dessas travessias escuto alguém gritar o meu nome. Era o Renato Borghi. Foi uma alegria. Ele também ia para a Itália depois e nos encontramos novamente em Roma.

Fiquei mais ou menos 15 dias em Berlim e me dei por satisfeito. Estava aflito para comer direito. Só sabia poucas palavras, não aguentava mais comer salsicha com batata. Voltei para a Itália e fiquei na casa do meu tio em Roma me refazendo. Depois fui para Londres.

Capítulo XIX

Londres

Minha base na Itália era Milão. De lá eu fui para Londres também de trem. Em Londres o que me interessava era o Royal Court Theatre, queria muito trabalhar com o diretor que era o William Gaskill, responsável pelo nascimento da dramaturgia inglesa da época, os chamados *young angry men*, de onde havia saído o John Osborne e outros.

Me apresentei para o William Gaskill e acompanhei, como assistente, todo o trabalho dele em *workshops*. Foi maravilhoso. Anos depois utilizei o método dele num espetáculo que dirigi.

No Royal Court estava em cartaz a primeira peça de Edward Bond, *Saved*. Mais tarde ele ficou famosíssimo. Quis montar essa peça aqui, até troquei cartas com ele quando voltei para o Brasil, mas ele já tinha agente e eu não consegui dinheiro para comprar os direitos. Tempos depois o Ademar Guerra conseguiu montar a peça. Em Londres a peça foi proibida. Mas eles conseguiram driblar a censura com uma alternativa legal. A peça poderia ser encenada para um público determinado, como se fossem associados de um clube. Não entendi nada, mas me associei e vi a peça.

Não tinha nada demais, exceto por uma cena em que uns marginais assassinam um bebê que estava num parque em seu carrinho.

Esses autores, John Osborne e o Edward Bond, entre outros, estavam começando um novo movimento na dramaturgia que ficou conhecido como *young angry man*, daí vieram também o Harold Pinter, a Shelagh Delaney, a Ann Jellicoe, o Arnold Wesker. Mais uma vez, eu muito cara de pau, assisti à peça e fui pedir para fazer uma entrevista com o Edward Bond. Ele foi gentilíssimo, batemos um logo papo e ele ainda me levou de carro para casa.

Na mesma época também tive a sorte imensa de ver o *Marat Sade,* do Peter Brook, que foi um acontecimento. Era com a Glenda Jackson e o Patrick Magee, aquele do *Laranja Mecânica*. Ver o Peter Brook pela primeira vez foi uma revelação. Novas possibilidades depois de Brecht. Tempos depois foi feito um DVD transformando a montagem em um belíssimo filme.

Fiquei tão encantado que queria saber mais. Me apresentei como jornalista brasileiro. Conversei com alguém da administração e eles me deram até uma fotografia para publicar, era uma cena com a Glenda Jackson.

Em Londres fiquei hospedado inicialmente com o Vladimir Herzog, que estava trabalhando na BBC. Antes de ir para lá, escrevi ao Vlado e ele me aconselhou a ir para o Berliner Ensemble; ele tinha ido conhecer o trabalho deles e tinha adorado.

Nesta mesma carta, Vlado também dizia que se até a minha chegada ele ainda estivesse sozinho, me hospedaria. Ele estava aguardando a chegada da Clarice, sua mulher. Mas já havia falado com a Fátima, mulher do Fernando Pacheco Jordão, que também estava por lá trabalhando na BBC, e que eles me hospedariam sem problemas.

Eu e o Vlado éramos muito amigos. Eu o conheci através da Sociedade Amigos da Cinemateca. Tínhamos vários amigos em comum. Foi um período muito agradável. Durante a minha estada em Londres, o Vlado inclusive me convidou para fazer uma entrevista para a BBC. Era uma maneira de eu ganhar um dinheirinho já que eles pagavam um cachê pela entrevista. Falei sobre teatro brasileiro e inglês, valorizando um pouco a cultura inglesa, claro. Quando a Clarice chegou a Londres, deixei a casa do Vlado e fiquei um tempo na casa do Fernando.

Lembro de ter assistido a uma montagem de *Henrique V*, de Shakespeare, com uma plateia de pré-adolescentes. Fiquei impressionado com o fato de que desde muito jovens eles assistem seu escritor maior. E, claro, não poderia perder a oportunidade de conhecer Stratford-upon-Avon, a terra de Shakespeare.

Capítulo XX

Shakespeare na Fonte

Fui até o conselho britânico me informar como ir até Stratford e como reservar ingressos. Quando eu ia anotar as informações a moça que me atendeu disse que não era preciso, que eu receberia em casa uma carta, talvez ainda no mesmo dia, com todas as instruções. Fui embora sem acreditar muito na história. Mas era verdade, a carta chegou, no mesmo dia, com informações detalhadas. O correio lá passava duas vezes por dia, aí compreendi tudo, *a way of life* e a cultura inglesa. As explicações continham os mínimos detalhes, tomar o trem tal, tal local, tal hora e tantos minutos, descer em tal parada, tomar outro trem a tal hora, etc. Tinha até o horário em que eu desembarcaria em Stratford. Quando chegasse lá eu deveria me dirigir a uma *guest house* onde estava sendo aguardado para um lanche e depois iria para o teatro onde havia um bilhete reservado em meu nome para assistir a uma montagem de *Hamlet*.

Fiquei louco com tanta civilização, educação, gentileza. Foi um grande acréscimo essa convivência com outra cultura. A peça já tinha umas ousadias modernas para a linguagem do espetáculo. Era com o ator David Warner, que depois ficou famoso no cinema. Tinha um *to be or not to be* completamente espantoso. Sem nada de reflexão. Ele saía lá do fundo do palco gritando raivoso *to be or not to be!* Levei um susto. Depois conheci a cidade. Stratford é poética, delicada, mas deve viver mesmo do turismo. Fiquei uns três ou quatro dias nessa casa, com uma senhora muito atenciosa.

Nessa viagem conheci um uruguaio, Jorge Mara, e foi dele a ideia de voltarmos a Londres de carona. Foram várias até chegar a Londres, sob um inverno chuvoso.

A época era de libertação e era comum pegar carona, ninguém tinha dinheiro. Era começo dos anos 1960, a maior efervescência. Os Beatles estavam lançando seu primeiro filme, *A Hard Day's Night,* traduzido horrivelmente por *Os Reis do Iê Iê Iê.*

Recentemente ia andando tranquilamente pelas ruas quando meu celular toca. Ouço uma voz perguntando: *É Emilio? Aqui é o Jorge Mara, se lembra?*

Claro que eu me lembrava. Ele estava em São Paulo com a família, a esposa e suas duas lindas filhas. Marcamos um encontro, um jantar.

Colocamos em dia quase 40 anos de vida nos prometendo outros encontros.

Voltando a 1965, foi uma aventura muito agradável e, mesmo sem ter conseguido o estágio com o Roger Planchon, decidi ir a Paris. Só para passear. Ainda assisti a um espetáculo que não gostei. Até hoje o teatro francês não me interessa muito. Só me interessou na época em que vinham as companhias francesas para o Brasil, como a Comédie Française e a Companhia Madeleine Renaud-Jean-Louis Barrault.

Mas isso foi o começo de tudo, eu estava querendo saber de um teatro mais moderno. Então fiquei em Paris apenas andando muito e sentindo as vibrações de Sartre, Camus, Gide, Godard e me entupindo da tradicional bebida servida nos Cafés. Voltei para a Itália.

Capítulo XXI

A Itália e Fellini

Roma é muito pobre em termos de teatro. Estavam fazendo na época um musical sobre o Rodolfo Valentino, *Ciao, Rudy*, com o Marcello Mastroianni. Um jornalista que eu já conhecia conseguiu uma entrevista com o Marcello, mas não sabia falar italiano e me chamou para ser intérprete. A perspectiva de ter um encontro com Mastroianni me colocou nas nuvens. Ele nos recebeu em seu camarim. Já meio à vontade, aproveitei para fazer umas perguntas e também para dizer que gostava muito de sua atuação em *Cronaca Familiare*, de Valerio Zurlini. No Brasil foi traduzido como *Dois Destinos*. Uma beleza de filme, o melhor filme do Zurlini. E ele respondeu: *Zurlini... ah... Zurlini... eu gosto do Fellini.* Claro, revendo a obra do Fellini sabemos que o Marcello era o *alter ego* do cineasta e não muito fã das emoções de Zurlini.

Foi nessa época que conheci também Maria Cecília, uma artista plástica brasileira. Ficamos grandes amigos. Companheiros de Roma. Até que um dia saiu no jornal que o Fellini ia fazer testes para o seu novo filme. Então ela disse: *Vamos lá, só para conhecer ele?.* Ela nem era atriz.

Tínhamos de levar uma fotografia, então pegamos uma das nossas fotos de turismo e deixamos lá. Quando o Fellini fazia testes para seus filmes as pessoas já sabiam que ele queria tipos exóticos. Havia uma fila enorme com os tipos mais impressionantes. Nos divertimos muito só de observar isso.

Pegamos a fila que ia do final do quarteirão da rua até dois lances de escada daqueles prédios antigos de Roma, que conduziam a uma grande sala onde Fellini nos recebia. Um assistente explicava que deveríamos apenas desfilar pela sala, observados por ele. Abria-se a porta e lá estava ele com seu charuto andando de um lado para o outro, cercado de assistentes que anotavam e recebiam nosso material e também nos observavam. O clima de um silêncio religioso, quase papal. Sim, era como estar em uma audiência com o papa. Claro que nunca fomos chamados, mas a experiência foi deliciosa.

Capítulo XXII

Atrás de um Pouco de Dinheiro

Minha bolsa do Itamaraty já havia terminado, mas resolvi prolongar minha estada na Itália. Morando com os meus tios era mais fácil. Porém, não poderia permanecer sem um mínimo no bolso.

Foi aí que conheci a Claude Vincent, uma crítica de teatro, que morou muito tempo no Brasil. Me apresentei a ela e perguntei o que ela poderia me indicar para fazer ou ver em Roma. Ela já estava bastante idosa e tinha artrose na mão e me ofereceu um pequeno serviço. Era para datilografar seus textos e cartas. Aceitei e acabei virando uma espécie de acompanhante dela. Passei a frequentar com Claude vernissages, eventos e estreias de teatro. Ela falava muito do Brasil, havia morado um tempo aqui, era muito amiga do Sérgio Cardoso e de outras pessoas do TBC. Foi um momento muito tranquilo, muito gostoso. Uma vez ela até me levou a um almoço com a embaixatriz do Brasil na Itália.

Certa vez comentei com a Claude que gostaria de conhecer a Cinecittà. Queria saber se ela tinha algum contato lá. Dei sorte. Ela era amiga do Vittorio Gassman, que também fazia cinema na época. Fui conhecer a Cinecittà e passei um dia lá. O Gassman ficou de ver se aparecia um trabalho ou mesmo uma figuração para mim. Não havia nada naquele momento, mas ele acabou me mandando um dinheiro pela Claude. Fiquei meio envergonhado, mas tive de aceitar, não estava em condições de bancar o orgulhoso. O Gassman também gostava muito do Brasil, tinha vindo várias vezes para cá. Enfim, foi uma história bonita. Quando voltei para o Brasil ainda nos escrevíamos. Depois perdemos o contato.

Quando soube que ia acontecer um festival de teatro em Parma fiquei louco para ir, mas não tinha dinheiro suficiente. Então pensei, de que adianta ficar aqui se não posso aproveitar o que tem de melhor. Resolvi que estava na hora de voltar.

Fui para a Itália com a passagem só de ida. Escrevi para minha família, mas eles não podiam arcar com as despesas da passagem de volta. Acabei pedindo ajuda ao Abujamra e ao Ghigonetto. E foi o Ghigonetto quem pagou minha passagem de volta. Devo isso a ele até hoje.

No total, fiquei quase um ano fora. Essa viagem foi uma das melhores coisas que fiz na minha vida e aconselho isso a todo ator jovem. É uma experiência enriquecedora, que abre a cabeça e nos torna outra pessoa. Mas tem de escolher o país certo. O bacana é você ir concentrado e direcionado para o projeto com o objetivo de ter uma evolução como artista. O turismo vem a cavalo.

Capítulo XXIII

O Difícil Retorno ao Brasil

Quando eu cheguei estava completamente diferente e com uma grande responsabilidade de retomar o meu trabalho com o grupo *Decisão*, já que eles foram os grandes incentivadores da minha viagem. Vim primeiro para São Paulo, ficar um pouco com minha família, contar as histórias todas, depois fui para o Rio porque o grupo continuava lá.

Durante a minha ausência eles montaram *Tartufo*, que estava planejado, e também fizeram um espetáculo com textos do Jacques Prévert, chamado *Preversão*. Eles estavam com grandes expectativas que eu trouxesse algumas ideias. Então propus montar alguma peça inglesa. Nós já conhecíamos o John Osborne, que escreveu *Geração em Revolta*, o Brendan Behan, a Shelagh Delaney, o Arnold Wesker. Sugeri a Ann Jellicoe, que escreveu *The Knack*. A versão cinematográfica no Brasil se chamou *A Bossa da Conquista*. Era uma peça muito significativa dessa onda dos *angry men*, uma história de três rapazes que moram juntos, cada um com um tipo de comportamento diferente em relação ao sexo. Até que aparece uma garota. A peça mostra justamente a visão, dentro do contexto dramatúrgico, é claro, de como seriam essas relações. Deles com ela e entre eles em relação a ela.

Fala de uma geração jovem, inteligente e articulada que entra em colapso porque age movida por suas emoções, seus medos e inseguranças. O assunto é sexo, claro. O grupo aceitou fazer essa montagem. Começamos a ensaiar. Quem ia dirigir era o Antonio Ghigonetto. Confesso que voltei muito metido, o dono da verdade. Contestava tudo. Eu fazia um dos personagens ao lado do Renato Machado. O Renato, que hoje é conhecido por seu trabalho como jornalista, era um grande ator. E o Ary Coslov, outro grande ator, que acabou virando diretor de televisão. A garota era a Dirce Migliaccio, um papel perfeito para o tipo dela, com bastante humor. A Dirce tinha um humor maravilhoso. Mas entrei em conflito com todo mundo. E, afinal, acabei saindo, abandonando a peça. Eles continuaram a montagem. Fiquei completamente vazio, sozinho, sem saber o que fazer. Voltei para São Paulo para não ficar lá gastando dinheiro e também não ter que conviver com aquele clima desagradável que eu tinha provocado.

Capítulo XXIV

Outras Perspectivas

Eu tinha dado uma virada de cabeça com relação a tudo, ao teatro, ao país. O Antunes Filho ia montar *Júlio César*, de Shakespeare, e eu fui perguntar a ele se podia ser seu assistente. Contei que tinha acabado de chegar da Europa e que havia feito estágios nos teatros de lá. Ele me aceitou e, além de assistente de direção, eu ainda fiz um pequeno papel, o Lucius, escravo do Brutus. Foi muito legal e foi o único contato que eu tive com o Antunes. Mas a montagem não foi bem, é uma peça muito difícil e estávamos num momento político muito difícil também.

Era uma produção da Ruth Escobar e ela queria justamente montar esta peça para agitar esse momento político. *Júlio César* é uma obra muito perigosa em termos de ideologia. Você tem o Brutus e o Marco Antonio em posições antagônicas muito fortes. E tem o povo sendo manipulado. É preciso analisar em que contexto está fazendo, o que naqueles tempos de repressão era muito difícil.

Foi feita uma grande estreia no Teatro Municipal, embora fosse uma temporada curta, mas ninguém gostou, não funcionou.

Tinha um superelenco de estrelas, tinha o Jardel Filho, o Juca de Oliveira, o Luiz Gustavo, a Glória Menezes, Raul Cortez e Aracy Balabanian, um elenco fabuloso. Foi uma coisa bastante infeliz para mim. Chegar de uma viagem de prazeres e enfrentar dois trabalhos que não foram exatamente fascinantes. Acabei voltando para o Rio para ver como estavam as coisas.

Capítulo XXV

Tempos Modestos

Meu próximo trabalho foi atuar em *Viver É Muito Perigoso*, que tinha roteiro e direção de Paulo César Saraceni. Grande diretor, também havia estudado na Itália e tinha grande influência do neorrealismo italiano. Dentro do cinema novo ele é muito especial. Seu filme *Porto das Caixas*, com Irma Alvarez, esplêndida, é genial, em minha opinião um marco. Eu era fã dele e, naturalmente, queria trabalhar com ele.

O espetáculo era uma coletânea de poemas e canções que a gente montou num formato de show de cabaré, num espaço alternativo, uma espécie de *night club*, mas em horário de teatro, era bacana. Fazíamos eu e a Isabela (Isabella Campos, conhecida pelo primeiro nome). Ela fez vários filmes com o Saraceni, entre eles o fantástico *O Desafio*, que retratava muito bem o momento político que estávamos vivendo. Um filme a ser revisto.

Fui vivendo desses pequenos trabalhos. Morava num apartamentinho no prédio do pai de um amigo. Era como se fosse a casa do zelador, no último andar ao lado da casa das máquinas do elevador, e eu ouvia todo o barulho do sobe e desce, mas tinha um terraço ótimo, onde eu tomava sol. Era a minha pobre cobertura. Na verdade, ninguém vivia muito luxuosamente nesse período. Até a Glauce morava num apartamento modesto.

Num sábado de manhã fui acordado pela campainha da porta. Era meu pai, de surpresa, já que não tínhamos telefone. Como eu havia ficado um tempo sem dar notícias ele foi me visitar. Talvez tenha imaginado que eu estivesse sem dinheiro. Me levou para almoçar e me lembro que pedi morango com chantili de sobremesa. Eu vivia com pouquíssimo dinheiro, passei um tempo comendo só macarrão na manteiga e ovo mexido que eu mesmo fazia na minha quitinete. Houve dia em que eu não tinha dinheiro nem para pegar o ônibus; então andei de Copacabana até a Fonte da Saudade, pela Lagoa, para almoçar na casa da Isolda.

Descobri que o Ademar Guerra ia montar no Rio *Oh! Que Delícia de Guerra!* Ele já havia montado o musical em São Paulo, mas agora ia escolher um elenco carioca para a nova temporada. Fui conversar com ele. Fiz testes de canto e de dança. Era com a Cia. do Ítalo Rossi, Napoleão Muniz Freire, Célia Biar e Rosita Tomas Lopes com produção do Cláudio Petraglia e tinha um elenco enorme. Tinha a Eva Wilma, a Helena Ignez, o Cecil Thiré, o Mauro Mendonça.

Música de Cláudio Petraglia. Coreografia de Márika Gidali. Cenários de Campello Neto e figurinos de Ninette van Vüchelen.

Foi uma peça de grande sucesso e comecei a ficar animado em tentar a vida por minha conta, batalhando para dar certo.

É uma peça inglesa, a história se passa na Primeira Guerra Mundial e mostra o envolvimento de todas as nações com muito humor. Uma comédia muito divertida.

Durante a temporada ficamos muito amigos. Eu, Ítalo Rossi, Rosita e Célia Biar. Do teatro para as noitadas nos restaurantes e boates da moda. Com um pouco mais de grana no bolso eu ia descobrindo o *grand monde* carioca.

Em seguida eles resolveram montar *O Olho Azul da Falecida*, do Joe Orton, mais um texto inglês, cujo título original é *Loot*, e que, aliás, já foi feito várias vezes aqui no Brasil. Me convidaram para fazer o papel do filho, um verdadeiro presente, era quase o protagonista. A direção era do Maurice Vaneau.

É uma peça bastante irreverente e chocante com relação à morte. A história de dois rapazes amigos que planejam o roubo de um banco.

Coincidentemente, a mãe de um deles morre no mesmo dia. Eles aproveitam a fatalidade e tiram a mãe do caixão para esconder o produto do roubo. Tem o seu lado mórbido, mas de uma forma bastante engraçada. Afinal, aparece um inspetor de polícia que suspeita dos dois. Aí há um jogo de cadáver para cá, cadáver para lá. Chocante e, ao mesmo tempo, divertido. No Brasil foi um grande sucesso, foi ótimo.

O Olho Azul da Falecida, de Joe Orton, com Erico de Freitas

Capítulo XXVI

O Primeiro Shakespeare

Comecei a ficar mais conhecido como ator. Nesse momento a Barbara Heliodora resolveu fazer uma leitura de *Hamlet* para lançar a tradução da sua mãe, a dona Anna Amélia Queiroz Carneiro de Mendonça.

Eu ia fazer não sei que papel, o Ítalo Rossi ia fazer o Hamlet, mas ele não pôde fazer e a Barbara acabou me escolhendo para viver Hamlet. Ensaiávamos na casa dela, no Largo do Boticário, ela queria fazer uma leitura com todo o texto analisadíssimo, com todo mundo sabendo exatamente o que estava falando e a interpretação sendo levada por essa compreensão. Todo mundo fez com o maior prazer. Quando terminava o ensaio, o pessoal ia embora e eu ainda ficava ensaiando sozinho com ela, que me tratava muito bem, me dava lanchinho e tudo. Ela fazia uns ovos mexidos maravilhosos. Gostava tanto que aprendi a receita e faço até hoje. Foi ótimo, ainda mais naquele local inspirador, o Largo do Boticário é um lugar fora do tempo. Foi um grande prazer fazer essa leitura; além de mim, estavam no elenco a Wanda Lacerda, o Sérgio Viotti, o Roberto de Cleto, o Ary Coslov, o Lafaiete Galvão, o Rubens Araújo e o Helio Ary.

Leitura de Hamlet, *com Vanda Lacerda*

Foi feita no Teatro Tablado e teve uma grande repercussão. O Yan Michalski fez uma crítica, publicada no *Jornal do Brasil* em 23/11/67. Coisa inédita uma crítica de leitura.

Ele definia meu Hamlet como uma agradável surpresa. Segundo o texto, minha interpretação era de alto nível, com *excelente fôlego, domínio da respiração, dicção límpida, segurança rítmica, bom e bem dosado material vocal.* No texto, havia elogios ainda à minha inteligência e sensibilidade, marcas de uma interpretação *cheia de força interior e amplamente convincente em todos os momentos que dependiam essencialmente de lirismo ou de emoções fortes.* O crítico, porém, anotava que eu ainda não estava inteiramente amadurecido para todas as infinitas exigências do fascinante papel. Achava que faltava explorar o lado irônico do príncipe da Dinamarca.

Acho que ele tinha razão. Devo muito da minha paixão e da minha compreensão de Shakespeare a Barbara Heliodora, porque esse momento foi realmente especial. Foi fundamental para minha introdução à obra shakespeariana. Eu já tinha lido, conhecia um pouco a obra, claro, mas não assim tão intimamente.

Começou aí a minha relação de amizade com a Barbara. Somos amigos até hoje. Na sequência

Um Homem Chamado Shakespeare, *de Bárbara Heliodora*

ela resolveu fazer duas peças de um ato, que sempre são montadas juntas na Inglaterra, *Língua Presa* e *Olho Vivo*, do Peter Schaffer. Ela mesma traduziu e ia dirigir e me chamou para atuar nas duas ao lado da Joana Fomm.

O Peter Schaffer também fez parte de todo aquele movimento dos *angry men*. Essas duas peças tinham em seu seio a rebeldia, embora de uma forma mais atenuada.

Língua Presa era basicamente sobre um cara muito tímido que enfrentava dificuldade de relacionamento com uma moça. Em *Olho Vivo* eu fazia um detetive. Interpretava dois papéis completamente diferentes, foi um belo exercício. A temporada foi no Teatro Miguel Lemos. Mais tarde, resolvi fazer as duas novamente, em São Paulo, com outro elenco.

Leopoldo Lima, Antonio Bivar, Isabel Câmara e Emilio no Recreio. Oh! Que dias felizes

Capítulo XXVII

Garantindo a Sobrevivência

Na sequência, fiz um espetáculo chamado *Panorama da Poesia Brasileira*, coletânea de textos da história da poesia brasileira com roteiro do Ítalo Rossi. Essa se encaixa naquela velha história de ter um espetáculo para você se manter na época das vacas magras. O Ítalo é um grande ator, tem um humor fantástico, era sempre muito divertido trabalhar com ele. Enfim, o espetáculo passava por todos os poetas, contava um pouco da história deles e depois recitávamos os poemas.

Meu próximo trabalho dessa fase foi em *Os Inconfidentes*, espetáculo baseado em trechos do poema *Romanceiro da Inconfidência*, de Cecília Meireles, dirigido pelo Flávio Rangel. Um belíssimo espetáculo, encenado no Teatro Municipal do Rio de Janeiro. Foi muito bom esse primeiro contato com o Flávio. A montagem reunia música, declamação, balé e projeção e envolvia cerca de 50 atores.

Foi um período importante. Cheguei mal da Europa, mas, de repente, engrenei e comecei a conhecer mais as pessoas. Fui crescendo junto e deixando de ser tão chato como estava quando cheguei.

Minha volta para o Brasil foi pulando de galho em galho, vendo o que eu poderia fazer para sobreviver. Estava batalhando como ator, porque atuar era o que eu sabia fazer e as pessoas estavam gostando de mim, me reconhecendo, mas eu tinha ido para a Europa para fazer estágio de direção. O que eu queria mesmo era dirigir.

Durante esse tempo, conheci o Antônio Bivar, grande amigo. O Bivar já havia escrito sua primeira peça, em parceria com Carlos Aquino, *Simone de Beauvoir, Pare de Fumar, Siga o Exemplo de Gildinha Saraiva e Comece a Trabalhar*, com seu humor anárquico e com personagens tragicômicos.

Capítulo XXVIII

A Nova Dramaturgia

Foi nessa época que surgiu a chamada *nova dramaturgia,* um período bastante fértil. Todo o nosso posicionamento político com relação ao teatro, buscando uma ideologia brechtiana, não poderia ter continuidade agora que estávamos sob censura, com a ditadura militar.

Todo artista sabe o que foi esse período de repressão. Essa situação fez com que vários autores começassem a escrever de uma outra maneira, não abordando mais o lado político, quase que panfletariamente como faziam, mas sim o lado humano existencial, que na realidade refletia um panorama de opressão. Não foi planejado, simplesmente aconteceu com uma nova geração de dramaturgos anárquicos filhos do *flower power*, do maio de 1968 em Paris, da revolução sexual. Plínio Marcos, Bivar, José Vicente, Leilah Assumpção, Consuelo de Castro e Isabel Câmara são representantes desse momento. Outro nome que não pode ser esquecido é Chico Buarque e sua *Roda Viva.*

Plínio Marcos havia inaugurado a fase da violência entre iguais, não mais entre classes sociais. O que ele inaugura não é um novo épico revolucionário, mas retratos instantâneos de personagens marginalizados que se encontram em um espaço fechado, um quarto, uma casa. O encontro desses oprimidos, marginais, que alguns chamam de a dramaturgia do quarto fechado, eu chamo de a dramaturgia do grito sufocado. Muda todo o nosso conceito na época de interpretação, uma interpretação mais visceral, esquecendo um pouco o lado brechtiniano. Isso foi um grande sucesso, um grande impacto. *Navalha na Carne*, do Plínio, foi um marco na nova dramaturgia. Então o Bivar escreve *O Começo é Sempre Difícil, Cordélia Brasil, Vamos Tentar Outra Vez*, que hoje chamamos simplesmente *Cordélia Brasil*. Muitas pessoas viam certa semelhança com *Navalha na Carne*.

O Plínio tem uma linguagem que todo mundo acha que é totalmente realista, mas na verdade ele transcende o realismo. Ele alcança um poético que ninguém poderia suspeitar. Quando eu fiz *Dois Perdidos Numa Noite Suja*, muitos anos depois, procurei extrair do texto toda a sua poesia trágica que revela e acentua a miséria da condição humana. O Bivar, porém, além do aparente realismo e da poesia, vem com uma fantasia de humor. Não porque quisesse ser diferente, ele é assim. Bivar é uma personalidade única, seu humor e sua visão de mundo são únicos, basta um simples encontro com ele e a paixão é imediata, ele é um eterno Leônidas, o marido de Cordélia na peça.

O Bivar escreve *Cordélia* com esses lances fantasiosos, em que tudo acontece dentro de um quarto fechado. A Cordélia é uma funcionária pública que para sobreviver faz programas, mas não é exatamente uma prostituta. Ela tem um marido que quer ser escritor de histórias em quadrinhos. Ele vive numa fantasia, o dia inteiro dentro de casa, sonhando. A peça começa com ela chegando em casa acompanhada de um rapaz. Mas o casal começa a brigar e nem dá bola para o rapaz. É um drama com final trágico, mas com humor inusitado. Nas piores crises você ri porque são personagens imprevisíveis, marginalizados, explosivos, que flutuam num universo incomum.

Quando Bivar me mostrou o texto, imediatamente percebi que meu caminho estava traçado como diretor. Nada parecido com o que tinha visto na Europa, tinha aprendido muito, amadurecido, mas agora tinha nas mãos uma possibilidade nova, desconhecida até mesmo no Brasil.

Resolvemos começar a batalhar, eu e Bivar conversávamos muito sobre o projeto ali no Jardim de Alá, o canal que divide Ipanema com o Leblon. O primeiro passo seria decidir sobre a atriz ideal.

Primeira leitura de Cordélia Brasil: *Luiz Jasmim, Emilio, Paulo Bianco e Norma Bengell (de costas)*

Capítulo XXIX

Conquistando uma Grande Estrela

Nessa época Norma Bengell era nosso ídolo, uma paixão nacional. Ela vinha de uma carreira considerável na Itália, havia trabalhado com diretores importantes, entre eles Alberto Lattuada, de *Il Mafioso,* onde ela atuara ao lado de Alberto Sordi. No Brasil, já havia estrelado *O Pagador de Promessas, Noite Vazia* e a obra-prima *Os Cafajestes.* Sua cena da nudez é das melhores de todo o cinema nacional. O público masculino ia ver o filme por causa dessa cena, e, afinal, alguns gritavam *para, para.* Uma cena nunca vista. A nudez se tornava conscientização da violência. Norma era imbatível por seu temperamento e sua coragem. Decidimos telefonar, ansiosos e com muita fé.

As primeiras vitórias: ela atendeu e marcou um encontro em sua casa. Ela estava acompanhada da amiga Gilda Grillo. Uma mulher extraordinária, jovem, fotógrafa talentosa e amiga adorável. Percebemos que deveríamos conquistá-la também. Usamos todo o nosso charme e erudição. Tínhamos chegado até ali e não iríamos desistir. Deu certo. Aí foi aquela doideira, uma alegria só.

Começava a batalha da produção. A Norma falou com o Vianinha, o Oduvaldo Viana Filho. Ele ocupava o Teatro Mesbla, na Cinelândia, que não existe mais, ficava no último andar do prédio da Mesbla. Vianinha topou participar da produção com a Gilda.

O Luís Jasmim, famoso artista plástico, tinha falado com Norma que gostaria de fazer uma experiência como ator e se dispôs a também entrar na produção. Faltava escolher quem interpretaria o garoto. Norma se lembrou do Paulo Bianco, que não era ator, mas um ótimo surfista. Mas tinha a cara e o jeito perfeito para o papel.

A Norma sugeriu que ensaiássemos em Búzios. Ela havia alugado uma casa lá, por sinal a mesma que Brigitte Bardot tinha alugado quando esteve no Brasil. A casa era bem simples, ótima, de frente para a areia da praia onde andávamos a cavalo. Na verdade, eles andavam. Eu nunca tinha andado a cavalo e, no dia em que me aventurei, tive de ser resgatado. Fui até o fim da praia e o cavalo não queria voltar, então, eles tiveram de ir me buscar. Mas era uma delícia, os pescadores traziam o peixe fresco, pescado na hora. Comíamos cru ou cozido, apenas no limão e nos temperos. Um paraíso. Os ensaios eram nesse clima, sem aquela responsabilidade de horário de ir para o teatro ensaiar.

Fizemos a peça com a espontaneidade dessa convivência isolada de todo mundo. Acho que isso deu um ótimo resultado. Mais tarde, durante o ensaio de outra montagem, usei novamente esse recurso do isolamento.

Flagrado em Búzios

Capítulo XXX

A Censura

Quando estávamos próximos da estreia aconteceu o AI-5, ato que proibiu várias peças, entre elas a *Cordélia*. A gente achava que *Cordélia Brasil* não tinha nada demais, porém eles achavam que tinha muito palavrão. Na verdade, acho que o problema era mesmo o nome, eles deviam achar que era uma metáfora do País. No fim, nunca nos disseram realmente por que a peça foi censurada.

Depois de um tempo, a peça foi liberada. Nessa época ainda era possível algum diálogo e algum tipo de manifestação pública, passeatas, etc. Até o momento em que não houve mais jeito, eles mandavam a cavalaria para cima de nós, apesar das bolinhas de gude que jogávamos para os cavalos escorregarem.

Afinal estreamos e foi o maior sucesso. Mas a todo momento nós sentíamos uma ameaça, trabalhávamos com muito medo. De repente, durante uma sessão da peça, o público começa a se levantar e sai. Não entendemos nada até sentirmos um cheiro insuportável, que fazia até chorar, uma coisa violenta. Suspendemos o espetáculo, explicamos que não sabíamos o que tinha acontecido e devolvemos os ingressos. Com o teatro vazio, encontramos no chão da plateia várias ampolas de vidro esmagadas. Alguém tinha levado essas ampolas com esse líquido. Chamamos a polícia, mas não descobrimos o que era. Também não dava para confiar em ninguém de farda. Percebemos que realmente era muito sério, que íamos sofrer grandes repressões e possíveis atentados. Esse episódio das ampolas já era um verdadeiro atentado, sabe-se lá se aquilo era mortífero. Ficamos muito assustados. Acho que isso inclusive prejudicou um pouco a carreira da peça.

Capítulo XXXI

Acertos e Equívocos da Direção

Mas voltando ao espetáculo, à minha primeira direção. Em termos de interpretação, graças àquela nossa convivência em Búzios e à minha orientação aos atores sobre essa nova linguagem, do grito sufocado aliado ao humor, considero o trabalho plenamente realizado.

Havias cenas bastante fortes, não exatamente violentas, mas de desabafo, de certos textos gritados, alternados com momentos intimistas de grande emoção e, sempre que possível, o rompimento com a comédia. Resultou num grande exercício que cativava a plateia.

Em termos de linguagem cenográfica, também procurei trabalhar esse conceito, mas acho que não deu muito certo, apesar de o cenário ter sido bastante discutido com o grande cenógrafo Joel de Carvalho. Era belíssimo, mas intelectualizado demais para a época e para a peça. Toda a arquitetura do apartamento e dos móveis era realista, porém tudo era pintado de cinza, com um teto feito de tecido transparente que, entre uma cena e outra, recebia uma luz verde vinda de cima do palco.

A música também ficou um pouco contrastante demais, era uma música mais clássica, até ópera usamos. Talvez influenciado pela Gilda e pela Norma que adoram ópera, mais a minha própria paixão pelo gênero. A ideia era esse contraste entre a cultura de elite e essa classe média baixa. O cenário hoje funcionaria mais, com toda a liberdade e modernidade da estética contemporânea.

Encerrada a temporada no Rio, resolvemos vir para São Paulo, para o Teatro de Arena. Ali, Bivar e eu resolvemos mudar tudo. O Jasmim não veio para São Paulo e eu o substituí no papel do marido. O Bivar já era um grande conhecedor dos movimentos musicais, desde o rock. Eu, apenas um grande curtidor. Resolvemos buscar o que estaria mais na crista da onda e que se adequaria ao espetáculo. Selecionamos The Doors, The Mothers of Invention, Jimi Hendrix e Janes Joplin. No Teatro de Arena, inicialmente, não precisaríamos de cenário, apenas uma cama, uma cadeira de balanço, uma penteadeira e um baú. A única coisa que trouxemos da montagem carioca foi a grande fotografia de uma mulher nua sem a cabeça, a foto terminava no pescoço.

O Teatro de Arena, na realidade, era elisabetano, tinha uma parede no fundo e ali penduramos a foto. Foi uma ideia que tive para o final da peça. Depois que Cordélia expulsa o marido e o garoto, ela se mata. Toma comprimidos e em seu monólogo final diz: *Pelo menos deixei a marca da minha passagem pela terra, a minha fotografia.* A cena era uma referência a uma foto mal enquadrada que um cliente havia tirado eliminando o rosto de Cordélia. Essa coisa do pescoço cortado era uma tremenda ironia.

O figurino também foi modificado. No Rio, o vestido da Cordélia era verde e amarelo; em São Paulo fizemos um vestido listrado e todo colorido. Outra mudança é que entre uma cena e outra resolvemos fazer várias pequenas cenas. O Bivar inclusive fez uma atualização do texto e acrescentou essas novas cenas.

Uma delas mostrava o marido e o garoto fazendo bolinhas de sabão, uma cena poética, muito bonita, as pessoas adoravam. Passamos a solicitar a participação do público pedindo que soprassem as bolinhas.

Outro momento fantástico era quando a Cordélia entrava toda feliz, dizendo que ganhara um monte de dinheiro de um cara e que poderiam fazer uma festa. Entrava uma música e a gente tirava as pessoas da plateia para dançar na festa. Enfim, o espetáculo mudou completamente. Ficou muito mais próximo do público, havia essa comunicação inclusive física, uma verdadeira festa. Fez um puta sucesso.

Todos os famosos iam nos assistir. Uma noite aparece a Maysa. Eu era fanático por ela. Quando ela foi nos cumprimentar no camarim, fiquei completamente sem ação, mudo, somente sorrindo feito um bobo.

Antônio Bivar recebeu todos os prêmios de Melhor Autor de 1968, em São Paulo (Molière, Governador do Estado e APCA).

Norma Bengell recebeu o Prêmio Governador do Estado de Melhor Atriz de 1968, no teatro paulista.

Capítulo XXXII

O Terror

Essa temporada foi uma grande alegria até que essa alegria passou a se chamar medo. Um dia a Norma me liga e pede que eu vá buscá-la no hotel e a leve ao teatro. Ela estava hospedada no Hotel Amália, que existe até hoje na Xavier de Toledo. Hoje é um lugar bem fuleiro, mas na época não era e ficava perto do teatro. Fui até lá com o Paulo Bianco e esperamos na porta. Quando ela sai do hotel aparece um grupo de homens de terno e dizem algo do tipo: *A senhora vem conosco.* A Norma se recusou e eles insistiram. Dissemos a eles que tínhamos de ir para o teatro fazer o espetáculo. Reagimos fisicamente, mas eles agarraram a Norma e nos deram uns golpes de caratê. Eu voei para o meio da rua, o Paulinho voou para o outro lado. Jogaram a Norma num carro e foram embora.

A Norma me goza até hoje porque quando o carro estava saindo, mesmo jogado no chão, eu ainda consegui fazer um gesto de positivo para ela. Eu estava querendo dizer que tinha conseguido anotar a placa. Ela diz: *Eles estavam me sequestrando e você dizendo que estava tudo bem?* Fico puto da vida quando ela conta essa história.

Depois ela me contou que um dos caras que estavam com ela no carro comentou: *Seu amigo anotou a placa, mas não vai adiantar nada porque a placa é fria.* Não sabíamos o que fazer. Fomos para o teatro porque estava quase na hora do espetáculo. Estava cheio de gente. Cheguei lá bem louco, falei com não sei quem da administração: *Suspende o espetáculo porque levaram a Norma. Como? Não sei, não sei. Não eram militares.*

A primeira ideia que me veio foi falar com a Cacilda Becker. Porque a Cacilda era líder absoluta da classe teatral, além de grande atriz era uma pessoa de grande generosidade e comprometimento com o pessoal do teatro. Era muito admirada por políticos e autoridades. A grande dama do teatro. Nem telefonei, nem nada. O mesmo táxi que pegamos no hotel ainda estava nos esperando na porta do teatro e fomos para a casa dela.

Quando cheguei lá, devia estar de um jeito que ela logo perguntou o que tinha acontecido. Contei a história. Ela passou a noite inteira telefonando para todas as pessoas que conhecia, ligou para o governador, para várias autoridades, enfim, para todo mundo. A madrugada toda nessa tensão, até que pela manhã alguém telefonou e avisou que a Norma tinha sido levada para o Rio de Janeiro, mas que já iam colocá-la num avião para voltar. Nessa altura a classe toda já tinha se mobilizado. A imprensa também já estava toda agitada. Então marcamos uma entrevista coletiva para os jornalistas no hotel e ficamos aguardando ela chegar.

A imprensa em peso deu seu devido destaque. Os caras eram agentes do Exército à paisana, ela havia sido levada para o Segundo Exército no Rio de Janeiro. A justificativa para o sequestro foi que tudo havia sido um grande equívoco. Continuamos com a temporada, mas o público foi caindo e nós também estávamos em pânico. Andávamos sempre escoltados por alguém. Não podíamos nunca sair sozinhos. Esse sequestro foi o primeiro de uma longa sequência. E toda essa possibilidade de mobilização de uma classe, a última. Começava a grande repressão.

Capítulo XXXIII

Outro Bivar

Voltamos para o Rio. O Fauzi Arap já havia dirigido a segunda peça do Bivar em São Paulo, *Abre a Janela e Deixa Entrar o Ar Puro e o Sol da Manhã*, com a Maria Della Costa, e resolvemos batalhar para encená-la no Rio. A peça é sobre duas mulheres numa cela de prisão, numa ilha distante. Num primeiro momento você não reconhece a cela porque elas trabalham fazendo flores de papel sob encomenda e aproveitam para enfeitar e disfarçar as grades da janela, a porta, as camas, as cadeiras, o vaso sanitário, a cúpula da lâmpada, criando um universo particular, ignorando a realidade do mundo exterior habitado pela humanidade que elas odeiam.

Uma tremenda ironia o tempo todo, um humor anárquico, demolidor, e assim vão vivendo em paz e felizes mantendo relações com o carcereiro alternadamente. Apenas os três vivem nessa prisão, uma comunidade perfeita, até a convocação do carcereiro para servir numa guerra total e geral que estourou no mundo inteiro. Para substituir o carcereiro, chega uma carcereira chamada Azevedo que irá infernizar suas vidas. Ela dizia uma frase na peça que virou bordão:

No que depender de mim, vocês vão acabar ficando loucas. É minha frase preferida, dita com o devido humor, claro.

No elenco, minhas queridas amigas Célia Biar e Rosita Tomás Lopes, grandes atrizes, comediantes com humor único e muito semelhante ao meu e ao de Bivar, perfeitas para as personagens. Para viver a carcereira, precisávamos de uma atriz que tivesse esse mesmo tipo de humor. Escolhemos Maria Gladys, que fisicamente não tinha nada do que se imagina de um carcereiro, mas vinha com uma violência enérgica e sádica hilária. Já o carcereiro, tinha a aparência real de um carcereiro, mas com toda a delicadeza no trato com as prisioneiras. Também nesse papel tivemos o ator ideal, esse coração de bondade que é o Roberto Bonfim. Todos com absoluta compreensão do humor que buscávamos. Brilhante.

O cenário belíssimo era de Joel de Carvalho, o mesmo de *Cordélia*. Você entrava no Teatro e se deparava com uma enorme caixa cinza, em forma de trapézio, ocupando todo o palco. O espetáculo começava com essa enorme caixa sendo aberta por correntes, semelhante a uma ponte levadiça, com essa tampa ficando projetada sobre a plateia. Essa imagem, bastante dramática, aos poucos ia revelando uma espécie de casa de bonecas colorida. Durante o espetáculo, o cenário ia sendo despojado desses elementos coloridos, revelando a crueza da cela, as grades de ferro, a passarela suspensa, o vaso sanitário, enfim, a cela em toda a sua realidade. No final, apenas o cinza e o negro vazios e elas com uma bata cor de areia. A realidade revelada ao público, mas não a elas que continuam com suas reflexões fantasiosas numa recusa em reconhecer sua condição trágica e sua solidão. Como duas crianças brincando, tentando descobrir qual seria a missão do ser humano na terra.

Voltamos para São Paulo, Bivar e eu. Depois da aceitação de nossos primeiros espetáculos, já tínhamos certeza de alguma coisa. Resolvemos agregar ao nosso grupo, de dois, mais dois amigos fiéis na coragem, no humor e na seriedade: o Alcyr Costa e o Cacá Teixeira. O Alcyr era médico e dramaturgo e fez a assistência de direção desse espetáculo. O Cacá, um talentoso e esperto jovem produtor. Produziríamos a terceira peça do Bivar, *O Cão Siamês de Alzira PL*, ou *Porra Louca*, ou simplesmente *O Cão Siamês*, com Yolanda Cardoso e Antônio Fagundes. O programa da peça tem vários artigos nossos onde assumíamos novas posições e a criação do Teatro do Autor.

Eu escrevi: *Há uma porção de coisas que a gente gostaria de dizer, mas por enquanto não dá pé. Talvez o teatro não esteja seguindo seu curso normal e desejável. Todos os caminhos então se tornaram válidos. O teatro tem que ser móvel, como tudo o que nos cerca diariamente. Mas de certa forma essa confusão à nossa volta foi positiva. A falta de uma dramaturgia autêntica já não é mais um problema. Muita gente jovem, querendo botar para fora toda sua violência encubada. Já não nos serve a revolução* angry-men. *A nossa tem que ser muito mais* angry, *já que não somos desenvolvidos. Numa época em que o intelectual, o estudante e o artista se tornaram marginais, e são tratados como tal, nenhuma ideologia seria possível a não ser a própria marginal. Alzira, a personagem do* Cão Siamês, *é uma heroína marginal, já que ela faz apologia de tudo o que vai contra os princípios do que se convencionou chamar sociedade. A sociedade absurda de Ernesto contra o absurdo mundo de Alzira. Entre esses dois absurdos enjaulados, numa luta de vida e morte, eu torço por Alzira. Ela se recusa a qualquer tipo de sentimentalismo pessoal e leva seu subconsciente violento até as últimas consequências. Esta é a proposição básica para a montagem da peça: o marginal e a máquina. Dois outros fatores foram importantes no nosso trabalho. Primeiro, a interpretação. Além de meu interesse e estudo conjunto com autores nossos, quero descobrir o ator e extrair dele novas formas de expressão.*

Procurar um temperamento brasileiro, não o gingar-malandro-folclore-carioca, mas um temperamento que expresse no palco toda ânsia de vida que, por qualquer motivo, foi reprimida. Segundo, a colocação do público como terceiro personagem essencial para a realização do ritual P.L. Dona Esmeralda passa a ser todos nós. E o apelo final de Alzira para que pactuemos com seu gesto nos torna irremediavelmente cúmplices de uma nova posição.

Alzira é funcionária aposentada dos Correios e Telégrafos e Ernesto é jovem e um típico vendedor ambulante, com terno, gravata e pasta. Fizemos a peça no antigo Teatro do Meio, onde hoje é a Sala Miriam Muniz, no complexo Ruth Escobar, um pequeno teatro de arena onde a proximidade do público favorecia a ideia do *voyeurismo* cúmplice que eu pretendia. Toda a plateia virava uma grande janela pela qual Alzira ia jogando os pertences de Ernesto, assim a vizinha invisível Esmeralda e os espectadores se tornavam cúmplices de Alzira.

Yolanda Cardoso era extraordinária, uma atriz especial, única com uma energia e humor sem limites, do começo ao fim do espetáculo. A cena em que pegava um chicote e obrigava Ernesto a vestir seu vestido de noiva tocando um tambor era inesquecível.

O Cão Siamês de Alzira P.L. *(ou Alzira Power)*, de *Antonio Bivar, com Yolanda Cardoso*

Fagundes, ainda jovem no teatro, havia participado de várias montagens no teatro de Arena e surgia como um futuro grande ator, o que se confirmou. O momento em que Alzira vai anarquizando seu próprio apartamento e Ernesto vai atrás se arrastando, tentando recolocar as coisas em ordem, era o ponto alto dos dois.

Vibrei quando Fagundes topou fazer o papel, ainda mais quando se entregou a essa aventura marginal que propúnhamos; uma pena ele não ter feito a peça nas viagens, fiquei muito triste. Mais uma vez, substituí o ator que dirigi, mas me diverti e aprendi com esse vulcão chamado Yolanda. Além de não abandonar de todo o meu lado ator.

Infelizmente, o nosso sonho do Teatro do Autor não teve continuidade, estávamos sem possibilidade de produzir um novo espetáculo. Assim, cada um tomou seu rumo. Mas hoje sinto que esse meu começo como diretor foi perfeito. Trabalhei com três grandes textos de um mesmo grande autor e com três elencos fantásticos. Experimentei, fui feliz, vivi intensamente o meu tempo, participei ativamente de um movimento artístico e de uma época conturbada da história do Brasil.

Capítulo XXXIV

Novos Desafios

Depois disso, ainda em 1969, remontei *Língua Presa* e *Olho Vivo*, aqui em São Paulo, para excursionar pelo interior e outros estados. No elenco, Maria Isabel de Lizandra, Eraldo Rizzo, Gervásio Marques e eu. Estreamos em Florianópolis, patrocinados pelo governo do Estado. Lizandra foi elogiadíssima. Muito jovem e linda, já com sucesso na televisão, foi aclamada como grande promessa de atriz. Ainda nesse mesmo ano, aconteceu uma coisa muito boa, recebi um convite da Escola de Arte Dramática para dirigir um espetáculo que seria o exame dos alunos do segundo ano. Pela primeira vez iria trabalhar com 18 atores em cena. Não me intimidei, pelo contrário, estava exultante. Poderia experimentar tudo o que vinha planejando desde minha viagem à Europa.

Começando do nada, com um grupo ávido de conhecimentos, quase virgens no fazer teatral. O espetáculo era *Prometeu Acorrentado*, de Ésquilo. Fizemos uma nova tradução conservando o ritmo e a poesia, mas sem mudar nada do texto, só tornando-o mais fluente. Eliminamos o ensaio de mesa.

Prometeu Acorrentado, de Ésquilo, na Escola de Arte Dramática-EAD

Começamos a grande aventura dos exercícios inspirados em novas correntes do teatro moderno, que incluíam Artaud, Grotowski e, claro, Brecht, já que o texto pedia um posicionamento político em razão da época em que vivíamos. Naturalmente, também coloquei em prática o que eu havia aprendido com o William Gaskill, no Royal Court.

Era uma turma muito forte, rebelde, que assumia posicionamento. Foi o ano em que a EAD passou a ser da ECA e o local do curso passou a ser na Pinacoteca, o que foi bastante inspirador no clima geral. Eu queria documentar todo o processo, com fotos e anotações. Precisava de um bom assistente. Mas não queria ninguém de fora do grupo. O Carlos Alberto Riccelli, que pertencia ao grupo, se propôs a não trabalhar como ator para acompanhar do lado de fora. Ainda tenho guardadas várias anotações que ele fez das propostas dos exercícios e de minha avaliação quanto ao aproveitamento.

Sempre acreditei no exercício físico para uma compreensão interior, intelectual e emocional. Não existem regras, apenas a proposta de uma situação e a exploração dela ao máximo. Reagir ao inesperado, sentir os impulsos, reflexos. Não existe o certo e o errado, nem a procura de um resultado final, existe a entrega e, muitas vezes, através do erro pode se chegar a um resultado inesperado e brilhante. Minha primeira proposta foi trabalhar com animais e máscaras.

Pedia aos atores para trazerem sacos de papel, desses de padaria, com apenas dois buracos para os olhos. Assim que os atores os colocavam na cabeça, eu propunha uma situação entre dois animais, antagônicos ou não. Eles não deveriam reproduzir a figura do animal, mas a situação do encontro. Não me perguntem para que servem estas máscaras improvisadas, eu dizia, é um segredo importante que não pode ser revelado. Cheguem cada um à sua conclusão ou esqueçam. Mas, alguma coisa aconteceu.

Fizemos inicialmente com duplas, com variações de animais. Em seguida, coletivos de animais com os que haviam tido melhor aproveitamento. Nessa fase dos coletivos o Riccelli deu uma pirada e só escreveu: *Funcionou pacas! Uma loucura.*

Aproveitamos também para o resultado final do espetáculo todos os ruídos que surgiram nessa fase. Fomos alcançando a visão primitiva da tragédia. Despojada e livre de qualquer lembrança, de figurino, de cenário, de música.

Era tudo tão perturbador e surpreendente que o conceito estético estava resolvido, palco nu, todo branco, jeans e camiseta ou peitos nus, sons dos atores como música e grande sensualidade, uma coisa impensada em uma tragédia como *Prometeu*. Fizemos apenas sete apresentações no Teatro Cacilda Becker com grande polêmica nos meios universitários e dentro da própria EAD. Mas o importante foi a nossa experiência, o nosso resultado, o nosso aprendizado, que ficou para sempre em nossas vidas. Um elenco jovem e talentoso pronto para pegar seu diploma e fazer uma revolução no teatro. Muitos continuam atuando até hoje.

Oswaldo Mendes, autor, diretor e ator integrante do Núcleo Arte e Ciência no Palco, era jornalista da Última *Hora* e me entrevistou nessa época. Na reportagem, ele conta que houve muitos protestos e descontentamento de muita gente por conta da minha versão, que brotou do instinto de representação dos alunos. As pessoas diziam que eu me valera do trabalho para realizar o espetáculo sem pensar no proveito que os alunos precisam tirar daquela experiência. Mas concluía por afirmar que os alunos eram unânimes em considerar a montagem vigorosamente proveitosa em termos de aprendizado e de elaboração de personagem.

Walter Cruz, Walter Franco, Edna Falchetti, Eliana Rocha, Isadora de Faria, Sérgio Luiz Rossetti e Luiz Janô, entre outros

Capítulo XXXV

O Primeiro Texto de Timó

Em 1970 conheci o Timochenco Wehbi. Ele havia acabado de escrever seu primeiro texto, um monólogo, *A Vinda do Messias*, e me convidou para dirigi-lo com a grande Berta Zemel. Eu vibrei. Além de dar continuidade ao meu trabalho com mais um novo dramaturgo, foi um presente dirigir a Berta. Eu já a conhecia do Grupo Decisão, ela estava no elenco de *Sorocaba, Senhor*, e tinha fundado o grupo junto comigo, o Abu e os outros. Também a conhecia por sua excelente interpretação em *O Milagre de Anne Sullivan*.

Eu tinha nas mãos um belíssimo monólogo, além de toda a carga de energia de uma atriz sem limites. Iria acrescentar mais uma personagem feminina à minha coleção que reunia Cordélia, Geni, Heloneida, Alzira e, agora, Rosa Aparecida dos Santos.

Rosa não era marginal, mas uma marginalizada na selva paulistana.

Ela vem da zona rural, costureira, mora num pequeno apartamento sozinha. Vamos encontrá-la em início de processo de desintegração. A solidão a fez criar um personagem fictício, seu grande amor Messias, que sabemos nunca virá. Enquanto espera, já quase sem trabalho em sua profissão artesanal, ela se deixa devorar pela sociedade industrial e capitalista. E, pior, pelos apelos da publicidade. Vai comprando tudo sem poder pagar, mas *quando Messias voltar, ele encontrará tudo novo e tudo vai se resolver.*

À noite, em seu delírio, ela transa com seu Messias, chega a ter uma gravidez psicológica. Ela que sempre foi muito religiosa começa a perder todos os seus valores e, no final da peça, começa a perder a própria fala. O monólogo é uma sequência de cenas que vai apresentando essa decomposição.

Eu tinha necessidade de um cronograma de ensaios muito preciso e secreto. Somente eu, Berta e meu assistente, o saudoso e absolutamente fiel José Fernandes. Conversei com o Timó e disse a ele que gostaria que ele não visse nenhum ensaio até o momento em que eu achasse necessário. Imagine o que ele passou de tensão durante esse período. Mas, para aliviá-lo, falava com ele todos os dias e contava alguns resultados. Enquanto isso, escolhíamos algumas músicas que poderiam fazer parte do espetáculo. O Timó tinha uma grande coleção de discos de todos os cantores e cantoras populares e chamados de brega, bem ao gosto da personagem. Mas não queríamos

A Vinda do Messias, *de Timochenco Wehbi, com Berta Zemel em três momentos*

usar a trilha com sentido crítico, pretendíamos que o público passasse a gostar desse tipo de música, assim como eu, o Timó e a Rosa gostávamos.

Ia para o apartamento do Timó, no Edifício Copan, nessa época todo mundo morava no Copan, e ficávamos ouvindo as músicas, sem compromisso, nos divertindo muito.

Timó tinha um grande senso de humor com um toque pessoal diferente do humor do Bivar. Foi um tempo delicioso. Optamos por colocar músicas de Miltinho, Isaura Garcia, Wanderlea, Cauby Peixoto, Dolores Duran. E, para o final, queria uma obra moderna, composta especialmente para o espetáculo. Chamei o Walter Franco, que eu tinha conhecido como aluno da EAD, no *Prometeu Acorrentado*, e que se tornou um grande músico. Ele compôs uma música perfeita, interpretada por ele e pelos Beat Boys.

Os nossos ensaios secretos começaram calmamente, com alguma proposta de exercício físico, claro. Com muito cuidado para chegarmos à conclusão de qual caminho seguir com relação à disponibilidade e aproveitamento de Berta. Não foi difícil porque ela se entregou totalmente à minha proposta e ficou muito satisfeita com o resultado, tanto que declarou em uma entrevista que eu havia lhe proporcionado uma visão completamente nova do teatro, havia lhe possibilitado exteriorizar forças e instintos escondidos.

Mas o grande momento mesmo aconteceu quando chamei Timó para assistir a um ensaio já com um esboço de tudo. Foi com grande emoção que Timó viu concretizado todo o seu sonho, nos emocionamos, choramos, rimos e nos abraçamos. Havíamos trilhado o caminho certo. O espetáculo, encenado no TBC, foi um grande sucesso de público e de crítica e Berta ficou anos apresentando-o em todo o Brasil.

Capítulo XXXVI

1970 – Os Convalescentes

Queria continuar instalado em São Paulo, mas recebi um convite irrecusável. A Norma Bengell ia montar uma peça do José Vicente, *Os Convalescentes*, com direção de Gilda Grillo. Além de grande escritor, o Zé foi um grande amigo. Eu, o Bivar e ele formávamos um trio insuportável.

Os Convalescentes era bastante forte com relação ao momento político da época, mas nada daquele tipo panfletário. Falava do convívio de quatro personagens e o desmascaramento de suas posições, sofrendo as consequências da situação do país, da ditadura militar e da censura, enfim, da repressão. O confronto não era só político, mas existencial. Os quatro personagens eram um casal burguês (Norma Bengell e o Lorival Paris), que tinha dois amigos, uma guerrilheira (Renata Sorrah) e um poeta anarquista (eu).

Ensaiamos no salão da cobertura de Mara Rúbia, famosa vedete do teatro de revista. O cenário, belíssimo e surpreendente, era de Marcos Flaksman. No meio da arena do Teatro Opinião, ele armou uma jaula feita com telas de arame quadriculado. Todos os seus lados poderiam ser movimentados, de forma que a cada sequência essa cela adquiria um novo sentido, como um jogo de dados, se esfacelando e se recompondo. A minha cena final com Renata era emocionante, ela se agarrava às grades de uma lateral e, enquanto discutíamos desesperados, essa lateral ia levantando. A Renata ficava deitada lá em cima e era nesse momento que eu disparava um revólver, matando-a. Uma cena de forte impacto.

Me dediquei inteiramente a esse trabalho como ator. Depois de ter dirigido várias peças com relativo sucesso, queria aproveitar esse trabalho para maior compreensão dessa relação do ator com seus companheiros, com seu diretor, consigo mesmo. Sim, porque o difícil é você descobrir e conviver com seus demônios.

Tinha um pequeno monólogo que não estava conseguindo realizar, até que um dia, sem planejar e sem esforço nenhum, tudo começou a aflorar. Minha emoção foi crescendo. Quando terminei, nem eu mesmo sabia o que estava acontecendo. A Gilda Grillo, que dirigia o espetáculo, ficou pasma e quis saber como eu tinha conseguido. Respondi que não saberia dizer completamente. É claro que durante o monólogo surgiram fortes imagens, mas eu não poderia revelá-las. O trabalho secreto do ator é um bem precioso. Depois disso, nunca mais pedi aos atores que dirijo que revelem esse seu universo interior, essas memórias, essa imaginação.

O grande diretor e crítico Martin Gonçalves (crítico do jornal *O Globo*) fez uma sequência de duas críticas, analisando o texto e todo o espetáculo.

Nelas ele se diz surpreso pelo meu domínio dos meios expressivos e pelo meu extraordinário temperamento dramático em plena expansão.

Capítulo XXXVII

Tempos de Terror

Durante toda a temporada, desconfiávamos que havia alguém do Exército ou do Dops incógnito na plateia. Mas contávamos com pessoas conhecidas e amigos que estariam presentes para qualquer eventualidade. Fazíamos o espetáculo com os nervos à flor da pele. Não era mais teatro, era real. A repressão estava lá de verdade, concreta, e o público também sentia essa presença.

A peça fez bastante sucesso, mas eu estava meio angustiado, não queria ter voltado para o Rio. Zé Vicente e eu estávamos hospedados no apartamento da Norma. E foi lá, e não no teatro, que fomos surpreendidos. Numa manhã, bem cedo, estávamos todos dormindo ainda, quando fui acordado com uma arma apontada para mim. O mesmo aconteceu com os outros, cada um no seu quarto.

Os caras estavam dentro do apartamento, tinham estudado o ritmo da casa. A empregada saía todo o dia de manhã para comprar o pão, para o café da manhã. Nesse dia, eles a surpreenderam na volta, fizeram-na abrir o apartamento e entraram. Foi um susto. Um dos caras disse *levanta* e eu perguntei, calmamente, *posso pelo menos pôr a calça?*

Eram do Dops, vasculharam a casa inteira, passaram a manhã toda procurando alguma coisa que nos comprometesse. Falavam pouco. Nós esperávamos sem saber o que fazer e sem poder nos comunicar, nem mesmo falar um com o outro, ficamos assistindo a tudo na sala, vigiados. Nem sei quantos eram, acho que uns três ou quatro.

O telefone tocou, perguntei se podia atender e atendi. Era uma pessoa da nossa equipe. Comecei a falar coisas que pareciam triviais, mas que para a pessoa soariam como absurdos. Dizia coisas do tipo: *Você quer falar com a Gilda? Ela viajou, não está em casa, hoje não tem ensaio.* Não consigo me lembrar quem era essa pessoa ao telefone, só sei que era da nossa equipe. Apaguei durante muito tempo todas essas lembranças. Tinha que apagar. Só agora estou revivendo isso. Mas, enfim, a pessoa foi sacando que havia algum problema.

Minha expectativa era que a pessoa tomasse alguma providência. Mas, pensando melhor, o que poderia ser uma providência diante de uma violência dessas? Depois de não sei quantas horas, reviraram tudo e disseram: *Agora vamos. Vocês vão ter que ir conosco, estão detidos.* Lá fomos nós, em carro não oficial.

Pedi para comprar cigarros. Achava que quanto mais pessoas nos vissem, melhor. Alguém, por certo, acharia esquisito sairmos do prédio nós quatro mais os três caras, pensei que chamaríamos a atenção. Quando fui comprar cigarros, o Lorival, que fazia a peça com a gente, estava no boteco. Não olhei para a cara dele, não falei nada. Ele percebeu o carro com as outras pessoas. Nos levaram ao Dops para prestar depoimento e para sermos devidamente fichados. Queriam saber se tínhamos alguma ligação com o partido comunista ou com alguma outra organização. Respondíamos: *Somos atores, apenas fazemos a peça e ela foi liberada pela censura.* Passamos o dia inteiro lá e depois nos mandaram embora, porque não encontraram nenhuma evidência. Mais uma vez o terror.

A Norma, que se lembra das partes ridículas e cômicas desse episódio, outro dia comentou umas coisas que eu não lembrava mais. Como o fato de termos oferecido café da manhã a eles. O mais engraçado foi quando pedi para fazer xixi e um dos caras foi junto. Eu com a mão na cabeça, o pinto de fora e a porta aberta. A Norma passou e presenciou a cena.

Nós continuamos com a peça, agora com mais pânico ainda. Fiquei muito mal e muito traumatizado, principalmente pelo fato de ter sido fichado no Dops. Você será sempre um suspeito. Não é isso o terror? Quando a peça veio para São Paulo, nem quis fazer. Fui substituído pelo Ewerton de Castro.

Capítulo XXXVIII

Uma Grande Alegria

Durante minha temporada no Rio tive uma grande alegria que foi conhecer o Joseph Chaikin, fundador do Open Theater. Chaikin havia trabalhado como ator no Living Theatre, com Julian Beck e Judith Malina. Mas, como em todo grupo, chega um momento em que você sente que aquela etapa foi esgotada e começam as discordâncias e as dissidências. Chaikin achava que os atores de Julian Beck não eram preparados para um teatro realista. Ele saiu do Living e iniciou o Open Theater com um pequeno grupo, experimentando novos exercícios baseados no método de Nora Chilton, a partir da prática do som e movimento e foi convidado para dar um *workshop* no Brasil.

Claro que fui correndo. Bebi cada palavra e me entreguei ferozmente a cada exercício. Comecei a notar algumas semelhanças com o meu trabalho, não só na técnica, mas na maneira de conduzir, de expor as propostas e de fazer as avaliações finais. Senti nele um verdadeiro irmão de alma, além de ser tão jovem quanto eu. A cada dia nos aproximávamos mais, depois do normal período de convivência mestre e aluno.

Findo o *workshop*, ele teria de fazer uma passagem por São Paulo. Como eu também não tinha mais por que ficar no Rio, combinamos de nos encontrar em São Paulo. Conversamos sobre meu trabalho, minhas experiências e minha trajetória com a sensação de que não nos veríamos mais. Mostrei a ele as fotos de *Prometeu*. Ele ficou impressionado e talvez tenha notado também alguma semelhança com seu próprio trabalho.

Alguns anos mais tarde, foi editado um livro sobre o Open Theater, com fotos de seus espetáculos, desde o primeiro. Fiquei surpreso com as imagens e a ligação do seu trabalho com o meu, mesmo antes de termos nos conhecido. Claro que ele estava muito mais adiante na sua técnica, mas eu segui dali para frente acrescentando seus ensinamentos aos meus, procurando tê-lo sempre ao meu lado. Recebi algum tempo depois uma carta simples, agradecendo por tudo. Nunca mais nos vimos ou falamos no turbilhão da vida.

Ainda nesse mesmo ano, 1970, já de volta a São Paulo, fui convidado por Lélia Abramo para dirigir uma peça francesa. Ela queria mudar um pouco a sua imagem depois de ter feito *Eles Não Usam Black-Tie*, do Gianfrancesco Guarnieri, e *Mãe Coragem*, do Brecht, grandes personagens de uma classe menos privilegiada. A peça era *Olhos Vazados*, do Jean Cau, que fugia um pouco de tudo o que eu vinha fazendo e era um pouco distante do que estávamos vivendo, a não ser pelo despotismo da protagonista.

Topei o desafio, porém sem abrir mão de meu método, agora aplicado a um texto convencional. Eu iria colocar uma burguesa rica fazendo coisas horríveis. A Lélia se mostrou totalmente disponível, se entregando às minhas loucuras com uma garra invejável e com esse trabalho ela ganhou o Prêmio Molière, concedido pela Air France.

A peça foi encenada no Teatro Itália. Mudei a concepção do espaço do palco saindo do convencional gabinete realista. O cenário foi surgindo durante o trabalho e revelando o meu lado cenógrafo. Apenas o essencial, uma grande mesa medieval e duas cadeiras nas cabeceiras. Sobre a mesa, castiçais. No fundo, um grande painel de peles de animais esticadas. Tudo deveria remeter a um ritual de sacrifício.

Os figurinos eram chiquérrimos e Lélia estava deslumbrante e imponente como uma rainha selvagem, arrastando-se de quatro pelo chão, o que o público considerou uma loucura total. Foi um susto para seus admiradores e causou grande polêmica.

Palhaços, com *Umberto Magnani e Emilio*

Capítulo XXXIX

A Produtora

Em seguida, Timochenco Wehbi tinha escrito uma nova peça para dois atores: *Palhaços*. Umberto Magnani e eu decidimos produzi-la. Eu dirigindo e representando um dos papéis. Abrimos uma firma, a MB produções. Nossa grande amizade facilitava a comunicação para um grande exercício. Mergulhamos nos ensaios e fomos à luta para a produção. Eu faria o palhaço Careta e ele o espectador, um empregado de uma loja de calçados.

Alugamos no TBC a sala pequena, no porão, mesmo palco de *A Vinda do Messias*. Um espetáculo simples, focado apenas na interpretação. O cenário, de José Carlos de Andrade, era uma lona verde sustentada em algumas pontas, uma pequena e pobre mesa de maquiagem com um espelho e um cubo, o camarim do circo. A peça começa no final de um espetáculo de circo quando Careta se prepara para tirar a maquiagem e recebe a visita de um fã. A partir desse momento se estabelece um confronto irônico e violento desses dois representantes de universos tão díspares, evoluindo para uma espécie de psicodrama com colocações sociais e existenciais.

Nas palavras de Timó, na abertura da peça ele diz que o texto até poderia parecer um psicodrama, mas não tinha essa intenção. Sua tese era simples: Careta, que era palhaço de circo, tinha consciência da sua situação. O espectador, que era palhaço de todo mundo, a toda hora, em qualquer lugar, não tinha consciência da sua situação.

A discussão chega ao extremo inevitável da troca de identidade. Uma pequena obra-prima. O público se identificava nessa situação e não sabia se ria ou se emocionava.

Cumprimos nossa temporada e começamos as viagens pelo interior. Naquela época as cidades do interior tinham um potencial de público fantástico e conseguíamos bons apoios. Fizemos um pedido para a Ford ceder uma Belina em troca de propaganda e eles toparam. Lá fomos nós numa autêntica mambembagem. Quem dirigia a Belina era o cara que ajudava a montar. Quando chegávamos às cidades, o Umberto ia ver os trâmites burocráticos com a prefeitura e receber o cachê, quando havia algum. Eu ficava no teatro com o motorista armando o cenário e a luz. Fizemos até em circo, em tudo quanto era lugar. Certa vez, encenamos num clube, ao lado de uma quadra de basquete e naquela noite tinha jogo, um absurdo. Imagine fazer essa peça com o ruído da torcida.

Mas curtimos durante muito tempo essas viagens. Parávamos e retomávamos e sempre com muito sucesso. Era nosso sustento e até com algum lucro. Graças a essa peça comprei meu primeiro fusca amarelo e viajei pela primeira vez a Nova York.

Cleyde Yáconis e elenco em Um Homem é Um Homem, *de Brecht*

Capítulo XL

Três em Um

1971 foi um ano bastante agitado. Além de continuarmos com as apresentações de *Palhaços*, Cleyde Yáconis nos chamou, a mim e ao Umberto, para participar de um grande projeto com o Sesc a ser apresentado no Teatro Anchieta. A proposta dela, que envolvia o Carlos Miranda e o Flávio Rangel, era fazer um teatro popular para valer. Uma peça para estudantes secundários, uma infantil e um espetáculo em horário nobre. O projeto estreou com *A Capital Federal*, que era uma grande produção musical, com as canções originais resgatadas em São João Del Rey.

A Cleyde não participou como atriz de *A Capital Federal*, só produziu e me convidou para ajudá-la. Topei. O Umberto dirigiu toda a produção junto comigo, a Cleyde e o Beto Rampone. A segunda peça do mesmo projeto foi *Um Homem É Um Homem*, de Brecht, que eu dirigi. Vibrei. Trabalhar com a Cleyde foi uma alegria, além de todo o sucesso de *A Capital Federal*. Ela queria fazer uma coisa bastante radical depois do musical que é uma comédia clássica do teatro brasileiro. No Brecht, ela trabalharia como atriz. Então havia chegado a hora do meu Brecht.

Começamos a ensaiar *Um Homem É um Homem* e foi uma *loucurada*. Queria fazer referência ao Brasil sem abandonar a estética brechtiana e sem me afastar muito da linguagem brasileira. Optei por um primeiro ato com uma estética mais brechtiana e cinzenta e um segundo ato quase como uma chanchada, com todo um colorido. Trabalhei como sempre com o físico, o corpo. Se havia um elefante em cena, por exemplo, ele era feito pelos atores e Cleyde ia sentada no topo dele.

Mas, na realidade, a peça é muito complicada, não tem uma empatia imediata. Lida com uma série de valores que pedem sempre uma reflexão do público e este não nos deu a resposta esperada. Ficamos muito tristes porque o trabalho foi muito proveitoso para todo mundo. Exceto para o público. Acho que o público não entendeu. As pessoas se atrapalharam com o excesso de informações do texto e das imagens.

A peça não é das melhores para o público brasileiro, apesar de ser interessante como ideia. De todo modo, acho que valeu muito porque esse trabalho dava uma continuidade ao que eu havia feito com *Prometeu Acorrentado*, o reverso da tragédia. O protagonista era Carlos Miranda, grande ator e grande amigo, que havia feito o Severino da primeira montagem de *Morte e*

Vida Severina, de João Cabral de Melo Neto, em Belém do Pará. Ele também participou do Grupo Decisão e atuou em *Electra*, do Sófocles. Depois, foi abandonando a carreira de ator e se voltando para a área de produção e, mais tarde, assumiu a direção do Serviço Nacional de Teatro.

De qualquer forma, não renego esse espetáculo. Acho que tinha coisas belíssimas e a Cleyde estava brilhante, com uma inteligência e uma compreensão de Brecht invejável, deitando e rolando entre os personagens militares da peça.

Capítulo XLI

Goldoni

Nesse mesmo ano, um grupo de jovens atores talentosos de Santo André me convidou para dirigir um espetáculo. Eles haviam recém-inaugurado o enorme teatro da cidade e tinham como proposta a popularização do teatro na região do ABC. O grupo era formado por Antônio Petrin, Sônia Guedes, Luiz Parreira, Sílvia Borges, Henrique Lisboa, Amauri Alvarez, Luzia Carmela, Oslei Delano, com grande colaboração, na assistência e na coreografia, de Jura Otero.

Eu os conhecia de seus trabalhos anteriores. Haviam escolhido *Mirandolina*, de Carlo Goldoni. Uma peça deliciosa. Como bom italiano e conhecendo um pouco de *commedia dell'arte*, estava em meus planos, algum dia, montar um Goldoni. Lá fui eu para Santo André. Todos os dias, pegando meu trenzinho para enfrentar um novo desafio. Uma trama simples, cômica e romântica, com personagens burlescos e bem ao gosto do público a que se dirigia.

O espetáculo deveria ser totalmente voltado para o trabalho dos atores, na criação desses tipos da melhor escola da comédia clássica italiana. O resultado foi excepcional, com grande contribuição do elenco. Tudo se torna mais fácil quando você trabalha com um grupo já estabelecido que compartilha da mesma ideia. Já no Berliner eu havia detectado esse elemento importante. Brecht resultava na comunicação melhor quando todos os participantes estavam unidos por uma mesma ideologia. O espetáculo no todo era muito bonito, com um cenário não realista, despojado. Um praticável em dois planos, um varal de lençóis brancos, a mesa onde Mirandolina passa roupas, as cadeiras, um ciclorama azul e figurinos que se destacavam com seu colorido forte e graciosidade de época. De alguma forma, eu havia imprimido a vitalidade de meus trabalhos anteriores e me libertado do maravilhoso Goldoni cinzento do Giorgio Strehler, no Piccolo di Milano.

João Apolinário, crítico português radicado no Brasil, escreveu no jornal *Última Hora* que o espetáculo dirigido por mim concorria francamente com os melhores espetáculos que naquele ano haviam sido apresentados nos teatros de São Paulo.

Capítulo XLII

Um Parêntese

Antes de falar sobre a minha próxima peça, *A Massagem*, queria falar sobre Victor García. O conheci na época da antológica montagem de *O Balcão*, de Jean Genet.

Os ensaios levaram muito tempo porque a Ruth Escobar estava reformando totalmente o espaço para a grande estrutura de ferro que seria utilizada na encenação. Vários assistentes passaram por esses ensaios e, numa dessas vagas, a Ruth me chamou para ser assistente do Victor.

Conhecer o Victor e trabalhar com ele foi uma grande felicidade. Ele tinha uma ternura pessoal aliada à violência do seu trabalho e isso me impressionou e me abriu novos horizontes com relação ao verdadeiro significado do teatro.

Ele já havia feito aqui o *Cemitério de Automóveis*, do Arrabal, era fã do Brasil. O Víctor mergulhava sem limites na sua própria vida para a realização do grande mergulho no teatro. Sua proposta para *O Balcão* era um delírio impensável para qualquer ser humano, à exceção de Ruth Escobar, outra delirante.

Depois dos ensaios, que ficaram marcados para sempre, íamos para uma minúscula cantina num desses becos do Bexiga e tomávamos taças e taças de vinhos que os deuses vinham compartilhar. Saudades, Victor!

Com Ruth Escobar

Capítulo XLIII

A Massagem

Algum tempo depois, em 1972, Ruth Escobar me chamou para dirigir *A Massagem*, de Mauro Rasi, com Nuno Leal Maia e Stênio Garcia. Barra pesada. O Mauro vinha do interior muito jovem e com um talento extraordinário, escrevia sem parar. A peça se passa num apartamento sofisticado em Nova York. Os personagens são um americano (Stênio) e um brasileiro (Nuno), que se faz passar por francês. O americano era um roteirista de cinema, o brasileiro sobrevivia em Nova York fazendo massagens, ou seja, era garoto de programa.

Mauro havia passado um tempo em NY e se baseou em histórias reais. Hoje em dia seria uma história normal, mas naquela época era muito ousada. O Mauro era um cara muito antenado com os acontecimentos políticos também. O texto tem latente o domínio americano com relação ao brasileiro ou ao latino, através de jogos eróticos. Além disso, havia um monitor de TV o tempo todo ligado com aparições de uma figura humana narrando notícias. Uma referência ao livro *1984*, do George Orwell. A vigilância invadindo a privacidade através da tecnologia.

Comecei a trabalhar com o Nuno e o Stênio voltando ao processo que eu tinha usado em *Cordélia*. A Ruth Escobar tinha um sítio e ofereceu o local para ensaiarmos. Lá fomos nós, isolados de tudo, tínhamos até de cozinhar.

Era uma peça bastante delicada e eu precisava desse tempo de convivência entre os atores. O Stênio já era famoso, enquanto o Nuno só havia feito *Hair*. Também precisávamos trabalhar o espaço cênico em que faríamos a peça. Eu não queria simplesmente recriar esse apartamento. Quando voltamos do sítio, eu e o cenógrafo, o Marcos Weinstock, conversamos a respeito. Seria encenada no Teatro Galpão, hoje Sala Dina Sfat, do complexo Ruth Escobar.

Onde atualmente é o palco havia arquibancadas e, ao lado delas, uma pequena varandinha, com uma linda vista da cidade. Marcos e eu resolvemos mudar a arquibancada para o outro lado, quebrar a parede de fundo, colocar uma grande janela, um grande vitral, assim o público poderia ter uma visão da cidade real durante o espetáculo. Conversamos com Ruth e ela topou na hora.

A Ruth é uma pessoa que não tem limites, arrojada, corajosa. Ela já tinha feito grandes espetáculos e destruído paredes com Victor García. Imediatamente ela começou a obra que deslocou a arquibancada para onde estava o palco e todo o espaço cênico ficou voltado para o exterior onde estava essa janelona.

Com essa proposta fantástica, o Marcos veio com a ideia de que não precisávamos mais ter pudor para usar um cenário ultrassofisticado, moderno e realista, já que o fundo seria absolutamente real.

O resultado foi um *loft* em branco e preto com cromados e vidros. Em toda a extensão da parede do fundo, além do janelão, uma cozinha e um banheiro completos num plano mais elevado, de dois degraus, dando para a arena que seria a sala. O banheiro tinha portas de vidro jateado por onde podiam ser vistas as sombras dos atores. No mais, poucos elementos. Diante da janelona ficava uma mesa pequena com duas cadeiras e, na arena, um colchão com estampa de zebra sobre o tapete preto da sala. Durante o espetáculo, o espaço elegante e clean ia sendo anarquizado por adereços eróticos coloridos utilizados pelos atores.

O trabalho com Nuno e Stênio foi surpreendente, na entrega viril sem barreiras e sem preconceitos. Eu havia trabalhado com todas aquelas atrizes com temperamentos fortes e temia que a macheza brasileira prejudicasse o trabalho do ator. No entanto, eles foram além da minha expectativa. Os exercícios tinham um rendimento criativo que foi aproveitado quase na sua totalidade, tornando os atores codiretores. Victor García, sempre torcendo pelo espetáculo, ia ver meus ensaios de vez em quando e papeávamos. A estreia sofreu vários adiamentos devido à censura, que fez vários cortes de cenas consideradas *atentatórias à moral e aos bons costumes.*

Houve adiamentos também por causa de uma disputa judicial pelos direitos da peça entre Ruth Escobar e outro produtor. Resolvida essa questão e reformulada a peça depois dos cortes, afinal, estreamos. Ficou faltando uma réplica da Estátua da Liberdade que Ruth pretendia colocar no topo de um dos prédios do Bixiga e que seria visível através do janelão. Mas inventamos outra novidade, um massagista à disposição do público, com cama apropriada e uniforme, instalado num beco embaixo da arquibancada.

Resolvi também que não deveria eliminar do espetáculo uma das cenas cortadas pela censura, como um desabafo, um desafio. Ela permaneceu, mas era dita em silêncio... só com o movimento dos lábios. Acontecia depois do intervalo. O primeiro ato era bastante agitado. Durante o intervalo, os atores entravam no banheiro e lá podiam relaxar, fumar e tomar banho. O público via sombras do que acontecia lá dentro.

No começo do segundo ato, todas as luzes se apagavam deixando o espaço apenas iluminado pela luz da cidade que entrava através do janelão. Stênio e Nuno saíam do banheiro envoltos apenas em uma pequena toalha, enrolada na cintura. Relaxados, iam para o janelão, tiravam a toalha, ficavam nus, sentados um de frente para o outro, acendiam um cigarro e ali conversavam sem som. Só se via a silhueta dos atores que acendiam repetidamente fósforos. Nesses momentos era possível vislumbrar alguma coisa a mais. Um espanto de beleza. Na estreia, Victor García gritou *censura!*. A polêmica e o sucesso estavam lançados. De um lado, indignação, de outro, o teatro vencendo barreiras.

Em uma crítica da época, Sábato Magaldi disse que eu soube movimentar permanentemente esses atores com marcações inspiradas que solicitavam a plateia. Descrevia ainda como *um achado* a cena em que os atores deslizavam um sobre o outro de costas. E sobre o momento em que só se via a mímica das palavras. Sábato afirma que estava tão bem resolvido que não parecia corte da censura no diálogo, mas uma inteligente solução minha para sublinhar a incomunicabilidade.

Mariângela Alves de Lima também fez uma ótima crítica onde dizia que a minha direção era excelente e que eu procurara reduzir o que havia de supérfluo no texto e sublinhara os pontos dolorosamente comuns, como o encontro entre duas pessoas que se desconhecem. Neste período, às vezes as críticas eram ilustradas por charges. A da *Massagem*, de Marjorie Baum, é deslumbrante.

Capítulo XLIV

O Primeiro Nelson

Ainda em 1972, me chamaram novamente para dirigir uma montagem na EAD. Desta vez eram alunos do segundo ano que me convidaram para encenar a peça de seu exame de fim de ano. Nessas ocasiões era preciso estudar o elenco para escolher a peça. Escolhi *Boca de Ouro*, meu primeiro e único Nelson Rodrigues.

Nessa época a EAD já tinha se mudado da Pinacoteca para a Cidade Universitária, mas havia um espaço precário para as montagens. Não era nem um teatrinho com palco e plateia, era um lugar que a gente chamava de piscina, um espaço retangular que comportava cadeiras em volta. O que seria o palco ficava num plano mais baixo, dois ou três degraus abaixo das cadeiras.

Começamos o trabalho com exercícios e estudando o que era essa peça do Nelson Rodrigues. Uma peça que eu adoro e considero das melhores, porque é a história de um mito. Existem várias versões de como estudar o mito do Boca de Ouro; no texto são três, que são narradas por dona Guigui, uma ex-amante do Boca.

No começo da peça, um jornalista recebe a notícia de que Boca de Ouro está morto. Para dar a notícia em primeira mão, e de forma fantástica, ele quer um depoimento de alguém que tenha conhecido o Boca, mas que ainda não saiba que ele morreu. O jornalista então vai atrás de dona Guigui, casada, e que dá um depoimento arrasando a imagem do Boca. Ao final do depoimento, o jornalista revela que Boca acabou de morrer. Sabendo disso e abalada emocionalmente, ela revela outra imagem do Boca. Assim acontece até o terceiro ato.

Pensei em como fazer para tornar concreto no espetáculo o conceito de Nelson sobre o nascimento de um mito. Optei por ambientar todo o espetáculo em uma gafieira, já que a lenda dizia que Boca nascera numa pia de gafieira. Colocamos mesinhas e cadeiras, mulheres dançando, etc. Também as pessoas do público, se quisessem, poderiam dançar no começo do espetáculo. Utilizei o formato elisabetano e, ao fundo, fiz o palquinho da gafieira.

A cena em que Boca pede ao dentista que lhe arranque todos os dentes e os substitua por dentes de ouro, montei como se fosse um teatrinho. O jornalista recebia um telefonema no bar da gafieira. A dona Guigui já estava na gafieira e era entrevistada lá mesmo, numa das mesas. Há uma sugestão do próprio Nelson de que o Boca poderia ser feito por três atores diferentes, de acordo com a visão diferente de cada ato.

Aproveitei a sugestão e, no primeiro ato, o Boca era interpretado por um ator que tinha a imagem típica que todo mundo tem de um bicheiro, um cafajeste. No segundo ato, que tem a cena em que umas mulheres finas da alta sociedade vão visitá-lo e ele faz um concurso de seios, coloquei um Boca mais elegante: um ator negro, chiquérrimo, vestido de branco. No terceiro ato, que acho que extrapola a mitificação dele, coloquei uma atriz. O Boca sendo feito por uma mulher.

Para acentuar toda essa história da criação de um mito e da manipulação dele, acrescentei uma cena entre o segundo e o terceiro ato. A dona Guigui subia ao palquinho da gafieira e virava um ventríloquo, com os três personagens das histórias que ela conta – o Boca, a Celeste e o Leleco. Ela colocava em seu colo o ator que fazia o Boca da vez e fazia uma entrevista de impro-viso em torno desses acontecimentos.

Na cena final, não existia o Boca, os atores iam arrumando a gafieira como num fim de noite, iam juntando as mesas no centro e amonto-ando as cadeiras em cima delas, o espetáculo terminava com essa imagem de todo o elenco caminhando em volta como se fosse um velório. O velório de um mito.

Outra coisa interessante é que a dona Guigui fica-va o tempo todo sentada em uma mesa assistindo à cena que supostamente estaria narrando. Em cima desta mesa havia algumas armas. Quando os personagens da cena por ela narrada atuavam, não tinham nada na mão, somente faziam o gesto enquanto ela apontava a arma. Nesses momentos, um foco de luz branco, bem intenso, vinha para cima dessa mesa acentuar essa imagem.

Gostei muito de fazer e acho que acertei no tom da coisa. A peça não era gritada, estereotipada; ao contrário, havia tensões, momentos em que se falava muito baixo, principalmente nas cenas do Leleco e da Celeste do segundo ato. Na verdade é sempre a mesma história contada de outra forma. A relação dele com esse casal. A primeira é um casal bem tranquilinho, ingênuo, que vai sendo dominado pelo Boca. Na segunda, a mais tensa de todas, quando Leleco vê Celeste numa lotação aos beijos e abraços com outro. E a terceira era a mais violenta, com Leleco perseguindo Celeste por toda a gafieira com um revólver na mão.

A trilha era da Tunica, uma grande colaboradora minha em vários espetáculos. Entre as músicas havia inclusive um tango coreografado pela Yolanda Amadei, professora da EAD e amiga de longa data.

No ano seguinte, a mesma turma me convidou para dirigi-los novamente e montamos *A Morta*, do Oswald de Andrade. Não tínhamos notícias de que alguém já tivesse montado esse texto. Foi um grande desafio. A peça é bastante hermética, principalmente o primeiro ato, que é incompreensível e pode ter várias leituras. Queria fazer porque é bastante provocativa. As outras peças do Oswald tinham sempre uma visão política das coisas. *O Rei da Vela* era o retrato da burguesia e *O Homem e o Cavalo* falava diretamente sobre o socialismo.

Os figurinos teriam que ser muito especiais, muito criativos, com exceção do primeiro ato, que tem quatro marionetes que interpretam o que os quatro atores falam.

Nos quatro atores utilizei túnicas com as cores da bandeira do Brasil, uma verde, uma amarela, uma azul e uma branca e as marionetes usavam somente um tapa-sexo e maquiagens carregadas.

Nessa época, a Miriam Muniz lecionava na Escola de Arte Dramática e, sabendo da riqueza e da criatividade dela, perguntei se me ajudaria com o figurino. Ela topou e fomos lá para o guarda-roupa da escola. Brincamos em cima de cada ator, de cada personagem, todas as roupas misturadas e misturando os papéis também. Ficou incrível. Também acentuamos a maquiagem, uma grande colaboração da Miriam. Foi um sucesso.

A Morta, de Oswald de Andrade (turma do 2º ano da EAD), com Lucélia Machinelli, Arnaldo Dias e Marlene Marques, entre outros

A Morta, *de Oswald de Andrade (turma do 2º ano da EAD), com Bri Fiocca, Jorge Cerrutti, Thereza Freitas e Stela Freitas*

Capítulo XLV

De Criança para Adulto Ver

Meu próximo trabalho foi um infantil de Ronaldo Ciambroni, *Adeus Fadas e Bruxas*. Tentamos uma experiência: montar um infantil em horário adulto. A proposta era montar como se fosse um espetáculo para adultos, mas que as crianças pudessem assistir. É uma peça que mostra esses mitos infantis, como as fadas e as bruxas, num momento em que eles estão perdendo espaço para a tecnologia, os carrinhos mecânicos, o boneco que se mexe, os controles remotos.

Um espetáculo muito atraente, com uma encenação de musical, que seria o apelo para os adultos, aliado a toda a palhaçada, o pastelão, do teatro infantil. Foi uma experiência muito interessante, uma produção bastante rica e que normalmente não se vê no teatro infantil. Encenada no Ruth Escobar, no espaço de cima que se chamava Teatro Galpão.

No elenco, Cristina Pereira, Lígia de Paula, Lizette Negreiros, Marcos Caruso, Maricene Costa, Nenê Barroso, Ricardo Blat, Roberto Francisco, Ronaldo Ciambroni, Teresa Freitas, Hilton Have e outros.

Os cenários e figurinos também eram de José Carlos de Andrade. No palco, havia um grande escorregador e qualquer coisa que exigisse maiores movimentos, como o surgimento das fadas, por exemplo, passava por ele. Foi muito interessante usar um elemento único, bastante lúdico. No final, todo mundo queria escorregar. Uma ideia muito boa essa do Zeca. A validade dessa proposta de fazer um infantil à noite foi muito discutida, uns criticavam, outros apoiavam. Para mim deu muito certo, acho que tinha um grande atrativo, tanto para o adulto quanto para a criança.

No programa da peça eu dizia que teatro infantil não existia, ou pelo menos o teatro dirigido para certa faixa de idade. A infância ou o mundo mágico da fantasia eram eternos e estavam presentes durante toda a vida. O que é a infância se não a imaginação da criança girando em torno do mundo incompreensível do adulto e este por sua vez criando seres fantásticos para estimular ainda mais o pequeno cérebro ainda em desenvolvimento. Assim, o que é um estímulo para a criança, para nós passa a ser um gesto nostálgico, um oásis refrescante dentro de nossas vidas automatizadas. Em níveis diferentes – tanto nós quanto elas – podemos apreciar as histórias em quadrinhos, o circo, um espetáculo de balé, ou um espetáculo musical, logo não poderíamos determinar friamente que esse era um espetáculo só para crianças. Acho que era um ponto de reunião entre crianças e adultos onde, por um momento, esses dois mundos indecifráveis se cruzavam para compartilhar de uma mesma aventura. Aventura essa que ofereceria atrativos para ambas as partes, a fim de que a comunhão se realizasse e que a criança pudesse pensar consigo mesma *puxa, gente grande também gosta do que eu gosto.* Pensava que talvez esse espetáculo pudesse abrir um caminho para o melhor entendimento das gerações no futuro.

Hoje é Dia de Rock, de José Vicente: Rodrigo Santiago e *Ariclê Perez*

Capítulo XLVI

Remontando Zé Vicente

Logo em seguida, ainda em 1973, fiz *Hoje é Dia de Rock*, do José Vicente, com produção do Raul Cortez, que também estava no elenco, estupendo, aliás; além do Raul tinha a Célia Helena, o Nuno Leal Maia, Ariclê Peres, Rodrigo Santiago, Leina Crespi, Nilda Maria, Isadora de Faria, Edna Falchetti, Carlos Alberto Riccelli, Décio Kuperman, Fernando Ósio, Paulo Paraná e Walter Steiner.

É a história de uma família simples do interior que começa a sentir os reflexos da modernidade da cidade. Fala sobre a forma como esse modo de viver vai se deteriorando; você tem a poesia de uma família muito unida e muito simples e que começa a sentir a batida do rock. Cada um dos filhos pega a estrada e vai perseguir outros ideais.

No Rio de Janeiro, a peça já havia tido muito sucesso, mas, naturalmente, nós não queríamos fazer do mesmo jeito. Não tinha visto a encenação carioca e não quis ver, mas tinha uma vaga ideia, por meio de fotos e de comentários de pessoas que tinham visto.

O Raul resolveu reformar um grande galpão que havia na Rua 13 de Maio; a Ruth já havia feito lá *Cemitério de Automóveis* e outras pessoas também já haviam utilizado o mesmo espaço. Ela havia pensado em duas possibilidades para o galpão, um espaço neutro sem nada, mais amplo, e um teatrinho grego, redondo, quase como uma piscina, porém com mais degraus resultando num enorme buraco.

Chamei o Hélio Eichbauer para fazer o cenário. Analisamos como seria o espaço. Foi simples porque o texto tratava de dois universos bastante diferentes e antagônicos. Concebemos com arquibancadas dos dois lados, formando um corredor bastante amplo ao centro. Precisávamos de uma imagem que simbolizasse a poética do interior, da infância e da adolescência.

O Hélio propôs um carrossel. Em uma cidade do interior, descobrimos e compramos um pequeno carrossel que, ainda funcionando, foi instalado no cenário. Logo que entrava no galpão, o público passava por uma banda de rock instalada num praticável dentro do buraco. Durante todo o tempo havia uma relação entre os personagens adolescentes que são do interior e o irresistível chamamento do rock. Era muito mágico o espetáculo, imagine o carrossel em cena, conforme a cena ele rodava em várias velocidades, a casa deles era dentro do carrossel, no centro havia um fogãozinho, as panelas, etc. Infelizmente, não fez o mesmo sucesso que no Rio. Acho que um espaço tão grande para um texto tão simples e quase que intimista não chegava muito bem para o público. Não foi bem, o Raul ficou muito triste, eu e o elenco também. Mas, valeu, hoje em dia esse espetáculo seria um arraso.

Capítulo XLVII

Outro Parêntese

Tem uma coisa muito importante que fiz e não sei por que nunca coloquei no meu currículo. Foi um trabalho com o Lennie Dale. Um dia recebo uma ligação do Lennie, bailarino e coreógrafo americano, radicado no Brasil, e que sabia tudo de música. Dizia que precisava de mim. Ele havia feito um espetáculo de grande sucesso no Rio de Janeiro e agora ia estrear o show em São Paulo. Desesperado, porque ia estrear em dois ou três dias, pediu que eu fosse assistir a um ensaio naquele mesmo dia para que eu criasse a iluminação. Cheguei um pouco atrasado na boate TonTon. Não sei ao certo quantos eram os integrantes do grupo, acho que uns quinze, mas já estavam todos maquiados e vestidos com seus figurinos só aguardando a minha chegada. Me desculpei pela demora e eles apresentaram o show só para mim.

O grupo era o Dzi Croquettes. Fiquei pasmo, era absolutamente sensacional, como ideia, como estética, enfim, uma coisa revolucionária. Uma espécie de cabaré com números variados, feito só por homens supermaquiados. Hoje se tornou comum com as *drag queens*, mas a proposta deles era uma coisa andrógina, havia toda uma filosofia integrada à estética.

A coreografia do Lennie era fantástica e eles estavam perfeitos. O Lennie massacrava os bailarinos e também os atores que dançavam. Isso foi um marco aqui e ninguém fala. Era de uma liberdade, de uma irreverência e de uma qualidade artística sensacional. Topei imediatamente fazer a luz.

Naquela época não havia essa facilidade de comunicação de hoje, então, em São Paulo, ninguém sabia quem eram eles, apesar do sucesso no Rio. Decidi promover o espetáculo. Liguei para o Sábato Magaldi e disse que ele precisava ver aquele espetáculo, porque era uma coisa impressionante. O Sábato foi e caiu de quatro.

O minúsculo TonTon não foi suficiente para o sucesso. O *Hoje é Dia de Rock* havia saído de cartaz antes do previsto e o Lennie decidiu levar seu espetáculo para aquele espaço. Era preciso modificar todo o espetáculo que era apresentado numa salinha e agora passaria para um grande salão. Continuei fazendo a luz e foi uma loucura. Um delírio, o maior sucesso, o teatro sempre lotado. Era para eu operar a luz só nos primeiros dias, mas gostava tanto que não deixava o operador trabalhar, acabei fazendo isso por muito mais tempo do que o previsto, mas foi um acontecimento.

Capítulo XLVIII

O Teatro 13 de Maio

No ano seguinte, em 1974, o Benê Mendes ocupou o antigo Teatro 13 de Maio, onde hoje é o Café Piu Piu, e onde havia sido encenado *Hoje é Dia de Rock,* os Dzi Croquettes e, bem antes, o *Cemitério de Automóveis.* Ele queria fazer ali um centro de cultura, de teatro, de tudo. Disponível para quem quisesse fazer o que quisesse e no horário que quisesse. Me perguntou se eu não gostaria de fazer alguma coisa lá. Isso coincidiu com a vontade da turma que eu havia dirigido na EAD de formar um grupo e dar continuidade ao seu trabalho. Propusemos então ao Benê montar profissionalmente as duas peças que eu havia dirigido com sucesso na EAD: *Boca de Ouro* e *A Morta.* Agora nos chamávamos Grupo dos 13, número dos integrantes do coletivo.

Sobre a concepção do *Boca de Ouro* eu já falei, mas queria acrescentar que o Nelson Rodrigues foi assistir à estreia. Coincidentemente, ele tinha vindo a São Paulo para o ensaio geral de *Bonitinha Mas Ordinária,* do Antunes Filho. Sábato Magaldi então o convidou para a estreia de *Boca de Ouro,* já que fazíamos o espetáculo à meia-noite.

Saiu até uma notinha no *Jornal da Tarde* dizendo que os diretores paulistas finalmente haviam conseguido agradar Nelson Rodrigues. Informava que Nelson se reconciliara com o teatro paulista, depois de assistir ao ensaio para a censura de *Bonitinha Mas Ordinária* e à estreia de *Boca de Ouro*. E concluía dizendo que ele, que sempre se revoltara com o que chamava de liberdades arbitrárias tomadas pelos diretores de São Paulo com seus textos, desta vez aprovara as duas montagens.

Sábato Magaldi também comentou minha montagem que considerou de total fidelidade ao espírito do dramaturgo. E arrematava dizendo que foi um achado ambientar a peça numa gafieira.

Foi o único Nelson que fiz. Se fosse fazer outro, faria de novo esse *Boca de Ouro*, com a mesma encenação. No elenco estavam Armando Azzari, Ademilton José e Walquíria Lobo (Boca); Stella Freitas, Cristina Rodrigues e Marlene Marques (Celeste); Wilma de Souza (dona Guigui); Arnaldo Dias (Agenor); Márcio Di Luca (Caveirinha); Marcelo Peixoto (fotógrafo); Paulo Betti, Jorge Cerrutti e Paulo Yutaka (Leleco); Vera Lúcia Rodrigues (Maria Luiza). Cenários de Zé Carlos de Andrade. Sonoplastia de Tunica.

No fim das contas, a remontagem de *A Morta* aconteceu mesmo no Teatro Ruth Escobar. E, dessa vez, com um grande cenário criado pelo Zé Carlos de Andrade, que fez um lindo trabalho.

O protagonista, que é o personagem poeta, pode ser todo o artista que se vê perdido no meio de uma sociedade definida, não é de esquerda, nem de direita. Está perdido, perseguindo sua musa. E ainda havia a mensagem incendiária, é preciso incendiar tudo. Vínhamos do Golpe Militar de 1964, depois, em 1968, o AI5 que censurava as peças, um período de grandes transformações no comportamento de todo mundo e estávamos todos desencaminhados.

A mensagem que queríamos passar era de uma coisa bem anárquica, de colocar fogo em tudo mesmo. Os radicais de esquerda criticaram demais a peça e a montagem, diziam que ela não tinha uma posição mais objetiva, mais politicamente correta.

O texto do primeiro ato todo era falado por quatro personagens distintas, vesti-as novamente, como da primeira vez, com as cores da bandeira. Também repeti o uso da mímica, ideia da primeira montagem. Tudo o que era dito pelos quatro atores que ficavam no alto, pendurados em cordas como marionetes, era reproduzido de forma debochada pelos que ficavam no chão, mais uma vez vestidos apenas com um tapa-sexo e maquiagem exagerada.

Esse primeiro ato falava do país dos indivíduos. Um indivíduo perdido, cercado de ideias e isolado de todo o contexto social. Já o segundo ato era bastante divertido, com o baile da gramática, onde havia o excesso de discursos e palavreados absolutamente ridículos. Um ato cômico, com um urubu presente o tempo todo, numa referencia a *O Corvo*, de Edgard Allan Poe, pronto para devorar quaisquer daqueles personagens. O terceiro ato, o país da anestesia, se tornava mais legível, mais fácil de compreender. Era o pior, como se todo mundo estivesse anestesiado para tudo. O poeta circulava por esses três universos e a proposta era botar fogo nisso tudo.

Fui muito criticado com relação a essa visão. Roberto Trigueirinho, no entanto, fez uma crítica longa, interessantíssima. Dizia que diante da minha encenação dava para perceber que a briga era aquela mesma. E que o negócio era pegar também o tocheiro, entrar na minha e incendiar tudo sem pena.

O Sábato Magaldi gostou também. Dizia em sua crítica que o espetáculo era bem-elaborado seguindo uma ótica de 1973, que englobava até a experiência de Dzi Croquettes. E que tudo havia sido devorado antropofagicamente por mim, de acordo com um procedimento que era tão caro a Oswald.

Capítulo XLIX

Outras Viagens

Depois disso, eu e o Umberto Magnani voltamos a trabalhar juntos com nossa empresa, a MB Produções, e montamos outro espetáculo para excursionar, apresentar em escolas, universidades. *Um Homem Chamado Shakespeare* é um roteiro da Barbara Heliodora que retrata a vida de Shakespeare, ilustrada com trechos de sua obra. Nós convidamos a própria Barbara para dirigir.

No elenco, eu, Beto Magnani e Isadora de Farias. Foi uma delícia. O cenário, pequenino, feito para viajar, era do José Carlos de Andrade, de novo.

Interpretávamos textos de quase todas as peças de Shakespeare. Era um desafio. Eu novamente como ator, me realimentando do ato de representar.

Viajamos para burro e depois montamos também a peça em São Paulo. Mais uma vez a presença da Barbara foi fundamental, não só por seu conhecimento como por sua paixão pela obra do inglês. Isso fez com que nós nos apaixonássemos e fizéssemos com a maior energia.

Esses momentos, em que eu dava uma pausa na direção e pisava no palco de novo, me davam outra energia. Uma energia diferente, que abria outros canais. Nunca deixei de pensar nisso. Nunca abri mão desse posicionamento de não esquecer do olhar de dentro do palco, que só o ator pode ter.

Depois de *A Morta* e do *Boca de Ouro*, as pessoas foram saindo do grupo, sobrou pouca gente, o Raimundo Matos, a Stella Freitas, a Teresa Freitas, o Walter Marins e a Bri Fiocca, grande amiga e companheira de trabalho, que eu conhecia desde quando a mãe dela tinha uma galeria de arte na Avenida São Luiz.

Em compensação, outras pessoas foram se aproximando, como o Odilon Wagner, a Maria Alice Costa, o Carlos Alberto Seidl e o Carlos Fischer.

Mudamos o nome da companhia de Grupo dos 13 para Grupo Heros e ficamos lendo e estudando muito, analisando coisas possíveis para o momento que a gente estava vivendo.

A despeito da anarquia de *A Morta*, tudo continuava a mesma coisa, as pessoas acomodadas com a situação, apáticas, esperando que alguém fizesse por elas alguma coisa que revolucionasse e terminasse com aquele período negro.

Então, concluímos que, para um período assim, nada melhor do que Tchecov. Achei que as poucas pessoas que permaneceram nesse grupo se encaixavam bem para montar *Tio Vânia*, uma peça que adoro e que serve para qualquer época mesmo. Todos os Tchecov, aliás, mas *Tio Vânia* é o mais querido para mim.

Nossa proposta era muito crítica, não explicitamente no espetáculo, mas uma crítica contra uma nova geração de jovens, completamente apáticos, sem ação, completamente velhos.

Propositalmente, fizemos com um grupo de jovens. Muita gente não gostou, imagine um Tchecov com um grupo tão jovem de atores, mas queríamos exatamente isso, mostrar essa apatia dos jovens.

Montamos esse *Tio Vânia* sem grandes pretensões, ali no Ruth Escobar, no Teatro do Meio, hoje Sala Miriam Muniz. Um trabalho absolutamente tchecoviano, procurando Tchecov e pensando em como passar essa imagem, esse conceito, de uma geração jovem imobilizada.

Um espaço pequeno, bastante íntimo, uma arena para que as pessoas entrassem diretamente dentro da casa, e, por consequência, na história. Naturalmente, não tínhamos um cenário realista. Eu mesmo fiz o cenário, quase que um labirinto de portas. Os personagens circulavam por elas.

Tio Vânia, *com Bri Fiocca e Odilon Wagner*

Fui atrás de portas de demolição e daquelas portas que têm vidro, que têm uma transparência, todas elas muito destruídas, muito carcomidas, pelo tempo.

Também havia uma mesa, umas cadeiras, uma cadeira de balanço, o samovar e um banco. O trabalho foi tão introspectivo que as pessoas faziam até um esforço para ouvir o que os atores estavam dizendo, era tudo muito baixo, de propósito, para as pessoas terem de se inclinar para ouvir o que o ator estava dizendo. Isso valorizava as grandes explosões dos personagens. E havia todas as entradas e saídas deles através das portas, à noite, com os lampiões acesos. As pessoas elogiaram muito a luz que eu fiz, com apenas 17 refletores.

A peça ficava nessa penumbra o tempo todo, mas uma penumbra climática, à luz de velas. Era quase uma foto antiga, com os figurinos de época, mas tudo muito simples. Um espetáculo de que gosto muito, nada de fogos de artifício, totalmente voltado para a interpretação do ator.

Acho que foi depois do *Tio Vânia* que o grupo se dispersou de vez.

Fui o rei dos fundadores de grupo, tentava o tempo todo. Por isso eu adoro o que está acontecendo agora, porque os grupos estão conseguindo fazer o seu trabalho. Naquela época era muito mais difícil, financeiramente, hoje, com o fomento, parece que as coisas melhoraram um pouco.

Foi nesse momento que a Wanda Lacerda, uma grande atriz do Rio de Janeiro, pouco conhecida em São Paulo, me chamou para dirigi-la em *A Vinda do Messias*, do Timochenco. Fui para o Rio e fiz a mesma encenação que tinha feito com a Berta. Foi uma tentativa dela como produtora, para a inauguração de um teatro dentro do Retiro dos Artistas, lá em Jacarepaguá. A ideia era agitar um pouco o Retiro e tornar esse teatro ativo. Fiquei muito feliz e satisfeito com o resultado. Era uma atriz de grandes trabalhos.

Em 1975, o Carlos Pinto, responsável pelo agito teatral em Santos, com seu teatro estudantil Vicente de Carvalho, me convidou para dirigir *Sang City*, de Nery Gomes de Maria. Um autor jovem, bastante talentoso. Nesse grupo, acho que pisava a cena pela primeira vez o Hélio Cícero. A peça conta a história de um assalto a uma pequena sala de um curso por correspondência. Foi encenada só em Santos, com um grupo de amadores, mas naquela época os amadores eram muito bons.

Em vez de falar da peça queria transcrever o que escrevi no programa porque acho que resume tudo. *Sempre fui a favor de um teatro essencialmente brasileiro. Quer com relação ao texto, quer à linguagem. Um teatro que atendesse às necessidades intelectuais de um público ávido por ver sua imagem refletida no palco. E através dela conseguir se entender melhor, ou entender melhor o seu companheiro.*

E assim poder ter à mão os recursos básicos para sua transformação, e talvez tudo que esteja à sua volta. Um teatro voltado para o homem e seu papel dentro da comunidade.

Durante um período do teatro brasileiro esse tipo de preocupação com o indivíduo isolado foi abandonada em benefício de uma dramaturgia voltada para a resolução de problemas sociais. Quer por acontecimentos alheios à nossa vontade, quer por uma evolução natural, os novos autores começaram a dar destaque a problemas individuais apresentados como deformações sociais, ou seja, como consequência de uma deformação social. Esta nova fase nos deu oportunidade de conhecer verdadeiras obras-primas de nosso teatro. E o que é mais importante, com enorme sucesso de público. Uma consequência lógica, pois essas peças apresentavam personagens facilmente identificáveis por todos. Sang

City, *de Nery Gomes Maria*, *é um feliz prolongamento dessa fase. Os pequenos e os grandes marginais, a classe média baixa sofrendo diretamente as consequências de uma sociedade que se recusa a reconhecê-los, ignorando sua existência. Sua violência ou seu humor, sua melancolia e passividade, podem muito bem ser encarados como reflexo de todo um temperamento ou de todo um comportamento brasileiro. Para os atores e para o diretor é gratificante trabalhar com um texto que contenha esses elementos. Mais ainda quando se trata de um grupo de atores ávidos por se acrescentarem teatralmente. Não é comum, dentro de um esquema empresarial, onde os atores estão mais preocupados com seu salário ou com seu nome nas manchetes, encontrarmos essa força, vontade e humildade. Eis porque meu prazer em realizar esse trabalho e do meu orgulho e vaidade em vê-lo quase pronto. Acho que não foi fácil para eles. Não por falta de talento ou tarimba. Pelo contrário. Seus trabalhos anteriores dentro de uma linguagem de vanguarda e experimental, que caracteriza o passado do grupo, foram raízes profundas para o amadurecimento em nível profissional. Quando digo que não foi fácil é porque talvez eles esperassem de mim novas informações, novos conceitos, enfim, que eu ensinasse alguma coisa. Mas minha proposta para esse trabalho era outra. Não quero ensinar nada a ninguém, mas apenas encaminhar as pessoas para seu próprio conhecimento e, como consequência, desenvolver suas próprias potencialidades. No caso do ator, desenvolver sua própria criatividade e trabalharmos juntos em função de um espetáculo. O ator independente, autossuficiente, livre de manejar seus recursos e com inteiro domínio de si mesmo e do espetáculo no tablado do palco. Da mesma forma como o teatro deveria agir sobre o público: levá-lo a se conhecer, desenvolver sua inteligência e torná-lo livre para que ele possa agir no tablado da vida. Os atores vinham com grande energia e entrega, além da imensa expectativa de trabalhar comigo, o resultado foi excelente. Espero ter contribuído para o crescimento do grupo e para a realização do trabalho do Carlos Pinto.*

Nesse mesmo ano, fui novamente chamado na Escola de Arte Dramática. Decidi montar outro texto do Oswald que nunca havia sido feito – *O Homem e o Cavalo*.

Estava muito à vontade porque já tinha exorcizado tanta coisa com *A Morta* que *O Homem e o Cavalo* veio como um presente. A peça havia sido proibida pela censura muito antes da ditadura militar. Foi liberada mais tarde, porém, com duas cenas cortadas. Entrei em um pequeno confronto com a EAD, pois eles queriam que eu mantivesse o corte dessas duas cenas.

Tenho uma carta da direção da EAD dizendo que eu poderia fazer sem as tais cenas. Ficamos num impasse, mas resolvi manter as cenas. Conversei com a turma, expliquei que não precisavam se preocupar, eu assumiria totalmente a responsabilidade, e eles toparam. Não queria preocupar nem constranger ninguém, mas achava que tinha de ser assim. A EAD sempre trabalhou com a maior liberdade e jamais houve censura quando era o caso de exercício didático do curso. Penso que a escola é um lugar onde a gente pode se permitir montar quaisquer textos, com a maior liberdade.

Montei na íntegra e ninguém da EAD se manifestou, não houve nenhum conflito maior. Mas foi uma coisa muito desagradável, sentir essa pressão dentro de um contexto universitário. Enfim, foi uma loucura. A peça é completamente louca e a gente foi mais louco ainda pintando no chão do cenário um grande falo. Foi um grande buchicho. Queria ir além, a peça permite essa liberdade em todos os sentidos. Depois dessa montagem, senti que tinha explorado todas as possibilidades experimentais. Era como se até 1975 eu estivesse em processo de formação, de experimentação.

Capítulo L

O Teatro Comercial

No ano seguinte, a Miriam Mehler, o Tony Ramos e o Lenine Tavares resolveram montar *Leito Nupcial*, de Jan de Hartog. Peça famosa que Cacilda Becker já tinha encenado com o Jardel Filho e que retrata a história de um casal desde antes de eles se casarem até eles ficarem velhos. A versão cinematográfica tem no elenco Lili Palmer e Rex Harrison. A Dercy Gonçalves também fez uma versão muito pessoal da peça, muito mais picante, claro.

Eu estava fascinado de trabalhar com o Tony e com a Miriam. Mas na hora de ler o texto, inventei umas regras para essa leitura, para ver se eu aceitava ou não o trabalho, afinal. Era quase que uma briga com o autor, para ver se ele me convencia.

As regras que impus eram as seguintes: se eu achasse que era uma pequena obra-prima, eu achei; se ela fosse perfeita como carpintaria teatral e pudesse contribuir para nossa própria dramaturgia, tudo bem; se todas as situações fossem verdadeiras, ótimo; se esse caso de amor não fosse apenas uma *love story*, mas uma mostra das dificuldades e dúvidas do casamento, parabéns;

Leito Nupcial, *de Jean de Hartog, com Miriam Mehler e Tony Ramos*

se ficasse claro que não só o amor e o sexo são importantes num relacionamento, mas uma comunicação total, maravilha; se essa comunicação total entre as duas pessoas contribuísse para uma grande comunicação entre os homens, ah, isso seria fantástico; se os atores fossem pessoas loucas que topassem tudo e eu pudesse fazer um trabalho bem curtido e descontraído, aplicando todas as minhas experiências relacionadas com a interpretação, ficaria feliz da vida.

Não preciso dizer que *Leito Nupcial* foi o grande vencedor nessa batalha e que sucumbi aos seus encantos. Convidei para fazer os cenários e figurinos o Cláudio Tovar, que era do Dzi Croquettes, pois achava o trabalho dele fantástico.

O *Leito Nupcial* fugia completamente de tudo o que eu já tinha feito. Uma peça de sucesso, convencional, mas linda. Resolvi encarar. Foi uma delícia trabalhar com atores bastante experientes. A Miriam, minha amiga e com a qual trabalhei muito, atravessou todas as fases do teatro brasileiro, ela pegou o TBC, o Arena, o Oficina e vem até hoje. Tenho grande admiração por ela. Foi ótimo fazer esse trabalho. Graças a todas as experimentações que tinha feito, as pessoas com quem tinha trabalhado, me sentia totalmente à vontade com qualquer tipo de texto.

Comecei minha carreira de diretor com atrizes bastante vigorosas e experientes também, contudo fazendo textos principalmente da nova dramaturgia, que não eram comuns a elas. Com a Miriam e o Tony foi muito fácil porque eles já eram muito amigos e formavam uma dupla sensacional, foi um trabalho lindo. Para cada fase eles usaram um tipo de interpretação, que mudava conforme a vida deles ia caminhando.

Foi encenado no Faap e foi um grande sucesso. Uma fase de teatro convencional, teatrão mesmo, mas no bom sentido. A peça ficou muito tempo em cartaz e depois eles viajaram bastante com ela. Às vezes eu viajava junto. De repente, conheci outro tipo de sucesso e outro tipo de público, que eu nunca tinha tido antes. Foi muito gostoso. Pensei, puxa, agora eu estou no meio da Broadway.

Em seguida, o Lenine e a Miriam me chamaram para fazer outro trabalho: *A Moratória*, de Jorge Andrade. Vibrei, é claro, *A Moratória* é um grande clássico do teatro brasileiro, baseado na vivência pessoal do Jorge. Ali ele aborda a crise político-social que abalou a economia de São Paulo, em 1929, e a consequente decadência da aristocracia rural. A base da economia era quase que apenas do café e o *crack* da bolsa de Nova York acarretou a crise econômica daqui. A crise também explode devido a uma série de erros individuais de pessoas desligadas do processo político-social. Elas são vítimas e ao mesmo tempo agentes dessa crise.

O Jorge colocou a ação da peça em dois planos simultaneamente, no presente, em 1932, e no passado, em 1929. Esse jogo dramatúrgico reforça a dura realidade da decadência que estão vivendo e teatralmente é fascinante esse encontro entre o passado e o presente, um desafio para o ator. O controle maior das emoções, o ator saía por uma porta com determinada emoção do passado e entrava no presente com uma emoção completamente diferente.

Busquei nos atores essa dosagem de emoção com simplicidade, interiorização total, muito próximas do *Tio Vânia* que eu tinha realizado. Mas afinal Jorge Andrade é um grande tchecoviano. Tive o prazer da sua presença e do seu apoio em alguns ensaios e nossas conversas sobre esse passado recente vivido intensamente por ele. Jorge, obrigado.

A peça é emocionante e o elenco era incrível, além da Miriam, Paulo Padilha, Márcia Real, Carlos Augusto Strazzer, Riva Nimitz e Mauro de Almeida, um elencão. Foi encenada no Faap também. Eu gostava muito do Jorge Andrade, já conhecia a obra dele e essa peça é sua grande obra. Funcionou. Foi o maior sucesso também. Muito bonito, também um grande trabalho de ator, mas dentro de outro tipo de teatro.

Capítulo LI

Espírito Aventureiro

Eu era um aventureiro e topava as coisas mais loucas. De repente, como o pessoal de Santos, de *Sang City*, uma turma de teatro de Tupã me chamou. Estavam desesperados, tinham começado a ensaiar *Eles Não Usam Black-Tie*, de Gianfrancesco Guarnieri, mas a coisa não andava, não sabiam como acabar. Me pediram para ajudar nem que fosse só por quinze dias. Lá fui eu para Tupã. Uma cidade inacreditável. Não sei se ainda é assim, mas na época não tinha nada para fazer.

Como todos trabalhavam e só podiam ensaiar à noite, eu ficava andando pela cidade. Vi cenas que eram quase um faroeste. Lembro de pessoas fazendo negócios com pacotes de dinheiro nas mãos dentro de um boteco. Era uma cidade um pouco agressiva com os desconhecidos, com os forasteiros, e também com o grupo de teatro. Uma noite, quando voltávamos dos ensaios, fomos perseguidos por uns caras, saímos correndo, tivemos de nos esconder, foi um susto. Daí, pedi ao grupo que me arrumasse uma atividade para durante o dia, senão ia enlouquecer. Eles me arrumaram um clube e eu ficava na piscina o dia todo, de férias, e de noite ensaiava. Era uma gente muito carinhosa, muito boa gente mesmo. Fiz com maior prazer e eles fizeram muito bem. Me senti recompensado.

Nessa época, conheci Sônia Samaia, amiga do Miroel Silveira, uma pessoa encantadora e que depois fez também comigo a novela *Os Imigrantes*, na TV Bandeirantes. Ela queria produzir uma peça. Lemos várias e escolhemos *Delírio Tropical*, de Stanislaw Witkiewicz, autor polonês muito ousado, vanguardista, com uma obra bastante hermética, mas estimulante.

Witkiewicz nasceu em 1885 e morreu em 1939. A obra dele, que eu acho que merece ser revista, é bastante importante já que ele foi uma espécie de precursor do teatro do absurdo, muito antes do Ionesco, Becket, Jean Genet, Arrabal.

Em 1920, ele já havia escrito uma série de artigos sobre uma nova concepção da teoria da arte e a afirmação da decadência completa da civilização europeia contemporânea. As suas ideias caminhavam paralelas ao Surrealismo, ao Manifesto Futurista, do Marinete, do Artaud. Um teatro que abria mão de quaisquer psicologismos dos personagens e que ele chamou de teoria da forma pura.

Delírio Tropical, de *Witkiewicz*: *Sonia Samaia, Cristina Pereira, Ailton Monteiro e Cláudio Mamberti*

O fundamento dessa teoria é a exigência absoluta de um teatro metafísico, ou seja, *uma arte que provocaria um arrepio na espinha do espectador, um arrepio de terror, um arrepio sagrado, por exemplo, comparado a uma plateia grega assistindo a uma tragédia, ilustrando a pequenez do homem face ao seu destino.* Enfim, a obra dele é bastante hermética e ousada nessa procura de uma falta de psicologia.

Delírio Tropical, no entanto, é um caso à parte na obra dele. Quando lida, aparentemente, é uma peça normal, mas a situação é colocada de outra forma. Ele ambienta a peça nos trópicos, sem conhecer os trópicos. De acordo com ele: Loucura Tropical é *uma séria doença dos nervos dos trópicos, procedente da influência da terrificante temperatura e também da influência da comida condimentada, álcool, e da constante visão de escuros corpos nus.*

Engraçada essa observação. Embora uma ação nos trópicos fugisse completamente do universo dele, polonês, ao mesmo tempo favorecia essa coisa da forma pura, do metafísico, dessa estranheza.

Era um cara louco, com uma vida bastante perturbada mentalmente, por conta do suicídio de sua noiva. O seu trabalho não era bem aceito pela crítica, ele foi acusado de escrever peças absurdas

Delírio Tropical, de Witkiewicz: Maria Alice Vergueiro, Luiz Roberto Galizia e Cristina Pereira

e de zombar do público, consideravam-no um diletante genial, mas psicótico e adoidado. Em setembro de 1939, com a invasão da Polônia pelos alemães e pelos russos, Witkiewicz se suicida.

Ter vivido entre as duas guerras sempre foi um trauma para ele. Ao ser declarada a segunda guerra, ele pressentiu um colapso da nossa civilização. Saiu à rua e se matou com uma bala na cabeça.

Mas, voltando à peça, a história se passa num hotel. Além dos personagens europeus, homens de negócios que manipulam trustes internacionais, está uma família, com pai, mãe, filho e uma filha com seu marido. Há também um poderoso negociante de café e de cacau com sua esposa. E o pivô de tudo, que é um desconhecido, se chama Mister Price. Além deles há ainda mais uns nativos, um garçom chinês, um criado malásio e uma prostituta anglo-siamesa.

Mister Price fica atraído intensamente pela mulher do grande negociante e ela por ele. Paralelamente, negociações e disputas entre esses três poderosos.

A peça caminha para uma relação incestuosa e, de repente, sem mais nem menos, ela é meio-irmã dele. No final, ele pede a ela que o mate porque já está totalmente num mergulho delirante. Ela o envenena. Nisso entra o marido e diz que seria melhor dar um tiro para confirmar a morte. Mas o morto ressuscita. Surge completamente mudado, renovado e sem querer saber de ninguém de lá e de nada deles, desse lugar, dessa trama. Sai do delírio e ressurge como um homem novo, totalmente resgatado na sua intensidade.

No começo, todo o elenco estava sentado em mesinhas como se estivesse ao ar livre, uma coisa meio largada, nas cadeiras, com calor, levava horas assim, de vez em quando alguém se dava uns tapas, eram os mosquitos. Uma maravilha, a gente se divertia com essa história.

Durante um exercício de improvisação, a Maria Alice Vergueiro, louca de pedra, maravilhosa como sempre foi, entra embaixo de uma mesa e permanece ali, concentradíssima. O exercício foi ótimo para todo mundo mas, no fim, eu lhe disse que não tinha entendido a sua proposta. E ela me respondeu: *É que eu acho que esse personagem só ouve, só observa, pelos cantos e por baixo da mesa.* Foi ótimo. Tudo gente muito doida. Um elenco de doidos mesmo. Doidos maravilhosos, talentosos e criativos. Essa peça deu origem ao grupo formado pelo Luiz Roberto Galízia, Maria Alice Vergueiro, Cacá Rosset, etc. Foi a semente do nascimento do Teatro do Ornitorrinco.

Penso que talvez tenha seguido o caminho errado para essa peça. Fiquei muito influenciado por toda a teoria do autor, esse teatro metafísico, dessa forma pura, mas acho que poderia ter encarado como uma peça normal que causaria um outro efeito, talvez até ressaltando mais essa parte política de um capitalista estrangeiro num país tropical. De qualquer modo, valeu como tentativa de saber o que seria esse teatro do Witkiewicz .

Até hoje tenho vontade de fazer outra peça dele, que explicitasse melhor esse tipo de teatro, que é o começo de todos aqueles autores que já citei, do teatro do absurdo, que já não é mais do absurdo, é da modernidade.

No elenco, além da Sônia Samaia, Carlos Augusto Strazzer, Lineu Dias, Maria Alice Vergueiro, Cláudio Mamberti, Cristina Pereira, Milton Monteiro, Leda Senise, Luiz Roberto Galízia, Gilberto Misune, Valdir Fernandes.

Chamei o Gianni Ratto para criar o cenário, que ficou belíssimo, uma coisa incrível, todo feito de praticáveis sobrepostos com tábuas de madeira. Tinha também grandes esteiras de palha que eram utilizadas como cortinas, sem contar a luz deslumbrante. Foi encenado no Sesc Anchieta. A peça não foi bem, ninguém entendia porra nenhuma, mas nós estávamos felizes da vida com o trabalho de cada um. Para mim, também significou uma volta a mais na experiência.

Capítulo LII

Alma Espanhola

Ainda em 1977, outra turma da EAD me chamou e decidimos montar *Mariana Pineda*, de García Lorca. Sempre aproveitei essas ocasiões de escola para escolher textos que nem eu nem os atores havíamos feito.

Enfrentar um Lorca é uma viagem para outro universo. Além do ineditismo da peça, achei que se encaixava bem para o elenco que eu tinha na turma. Foi um trabalho interessante. O Lorca é bastante difícil – embora pareça simples –, é complicado chegar até a poética dele, não basta simplesmente contar uma história. Esse texto exige um tipo de interpretação que tenha uma alma espanhola forte, porém, sem extrapolar, para não correr o risco de esquecer que é uma peça bastante política.

Conta a história de uma espera, de uma mulher que está eternamente bordando uma bandeira da liberdade, uma coisa muito sufocante. Para acentuar essa característica, fiz um espaço cheio de lindas gaiolas de passarinhos, de vários formatos que, penduradas, davam o clima e a ideia da peça, um aprisionamento, sim, mas um aprisionamento poético.

Os atores circulavam por essas gaiolas penduradas em diferentes alturas. Gastamos uma nota para comprar as gaiolas. Com a iluminação ajudando ficou lindo, um grande estímulo para os atores. É impressionante como um cenário simples, mas que contenha a síntese da obra, é de grande valor para a interpretação do elenco e compreensão do público.

Acho que deu certo, as ideias estavam presentes, as interpretações contidas, mas com força emocional. Acho que conseguimos atingir uns 80% do que seria um Lorca. Ainda fico me devendo um outro Lorca.

Capítulo LIII

Influência Americana

No fim dos anos 1960, conheci Beto Rampone, que mais tarde trabalhou com a gente em *A Capital Federal*. Ele brigava muito comigo porque eu nunca tinha ido para os Estados Unidos. Ele ia sempre, tinha um tio que morava lá. Até que, um belo dia, aceitei o convite e fui com ele. O tio dele morava em Hollywood, numa daquelas casas que ficam nas colinas e onde moravam muitos artistas.

Entrar nos Estados Unidos por Hollywood já foi uma coisa boa, porque eu era apaixonado pelo cinema americano também. Na casa vizinha do tio dele morava um velho ator que tinha feito dezenas, talvez centenas, de figurações em filmes famosos. Ele se orgulhava de ser figurante, não é como aqui essa coisa pejorativa. Passamos uma tarde inteira em sua casa vendo fotografias e todo o seu arquivo de documentos. Ele ficou feliz da vida. A sua estima com relação ao pequeno trabalho dentro de um contexto grandioso do cinema americano foi uma bela introdução aos Estados Unidos, ao *Way of Life* dos americanos.

Depois fomos para Nova York, onde entrei em contato com o teatro americano. Eu, como

Com Beto Rampone, no Metropolitan Museum

grande parte da minha geração, principalmente por causa do nosso momento político, tinha, até então, aversão aos Estados Unidos.

Achávamos que os americanos capitalistas eram responsáveis por tudo de ruim que acontecia no mundo. Eu era daqueles bobinhos que deixaram até de tomar Coca-Cola por conta disso. Mas quando entrei em contato com o teatro que era feito na Broadway, fiquei impressionado.

Claro que os musicais são um superdivertimento, mas dava para ver a qualidade dos atores. O ator lá tem que ser muito bom, a concorrência é brutal, tem de saber cantar muito bem, dançar muito bem. A disciplina é rigorosíssima, quem não se encaixa cai fora do sistema. Tudo isso foi uma descoberta, comecei a admirar o teatro americano e a perceber que não havia nada demais em você se divertir com um musical.

Ao lado disso, havia grandes peças, grandes textos e grandes autores, alguns inclusive eu já conhecia daqui. Um país que tem um Eugene O' Neill, um Arthur Miller, um Tennessee Williams é mesmo uma coisa fantástica.

Resumo da ópera, comecei a ir com frequência para os Estados Unidos e, naturalmente, trazia mil livros e textos. Queria saber mais sobre as peças novas que aconteciam. Numa das vezes fui acompanhado pelo Beto Rampone e pela minha amiga Edmeia Dias. Foi um verão que me mostrou um outro lado dos americanos. Piqueniques e concertos no Central Park, nada de sobretudo, cachecóis e gorros, uma grande liberdade, uma alegria. É impressionante como mexer com essas memórias me fez reencontrar velhos amigos. A Edmeia está entre essas pessoas queridas que eu há muito não via e que entraram em contato comigo durante o período das entrevistas para este livro.

Num ano em que fui sozinho para Nova York estava calmamente passeando por Times Square quando ouço alguém gritar meu nome. Olhei para trás e me deparei com Joel Grey.

Joel me foi apresentado pela Ciça Camargo e pelo João Cândido Galvão quando esteve no Brasil com o grupo de Bob Wilson para apresentar o espetáculo *Quando Despertarmos Dentre os Mortos*. Ficamos amigos na época, mas depois de um tempo sem encontrá-lo, não imaginei que ele ainda se lembrasse de mim. Foi uma ótima surpresa e, melhor ainda, saber que ele estava fazendo muito sucesso com a sua atuação no musical *Chicago*, que eu havia assistido dois dias antes. Sua performance era sensacional.

Verão em NY, na Broadway, com Edméa Dias

Pic-nic no Central Park, antes do concerto, com meu amigo americano, David

Com Joel Grey, no Teatro Municipal, após o espetáculo

Outra vez fomos passar o Natal e o Réveillon lá, a grande festa no Times Square. Numa outra vez, nos hospedamos na casa do tio do Beto, que tinha mudado para Nova York. Ele morava com um amigo que tinha câncer na cabeça e estava muito mal, já havia feito uma cirurgia que lhe deixara uma grande cicatriz. Ficamos hospedados lá e convivemos bastante com esse problema.

Foi nessa época que assistimos a uma peça de grande sucesso na Broadway, *Shadow Box* (*Caixa de Sombra*), de Michael Christopher. Ela fala justamente sobre as relações de parentes e amigos com um paciente terminal. É ambientada num lugar imaginado pelo autor, uma espécie de retiro, de chácara, um tipo de hospital onde cada paciente fica num chalé e a família pode visitá-los.

O espetáculo era baseado em pesquisa de uma psicóloga chamada Elisabeth Kübler-Ross. O estudo originou o livro *On Death and Dying*. Para escrevê-lo, ela entrevistou vários pacientes, seus acompanhantes ou visitantes, e estudou o comportamento deles em relação a essa situação.

Sua conclusão: *Ao defrontar-se com o fato de sua própria morte a pessoa passa por cinco estágios diferentes: da negação, da ira, da negociação, da depressão e, finalmente, da aceitação. Tais estágios podem durar diferentes períodos de tempo como podem ser simultâneos ou surgir um em substituição ao outro. No entanto, o fator que permanece insistentemente vivo durante todos eles é a esperança.*

Isso me perturbou tremendamente, nunca o teatro havia falado sobre o assunto.

Fiquei enlouquecido, o espetáculo era lindo, emocionante. Contava a história de três pacientes terminais. O primeiro caso era de um marido, classe média, que recebe a visita do filho e da mulher, com toda a mentalidade classe média. A mulher não sabe como lidar com a situação. O outro caso era de um escritor homossexual, que estava ali acompanhado por seu parceiro, e recebe a visita da ex-mulher. E o último caso era de uma mãe doente sendo cuidada por sua filha.

O interessante na estrutura dessas três histórias é que eram intercaladas com entrevistas. Um ator, do qual só se ouvia a voz, entrevistava o paciente ou seu acompanhante. Muitas vezes o grande problema era o acompanhante que não sabia como lidar com o assunto. Era de uma grande dimensão humana e, a despeito de tratar da morte, era também otimista. A mensagem era enquanto está vivo, resolva os seus problemas, elimine qualquer tipo de obstáculo, de neurose, ou de ignorância em relação ao assunto.

Os três casos ilustravam muito bem onde o problema era o paciente, onde era o amante, a esposa ou a filha. Enfim, uma obra completa, fascinante.

A transformação que esse espetáculo provocava nas pessoas era muito bonita. Imagine o que foi para mim assistir a esse espetáculo e, ao voltar para casa do tio do Beto, me deparar com o problema na vida real.

Essa peça foi o começo de uma grande transformação de posicionamento perante a vida, foi da maior importância. Nunca esperei encontrar na Broadway uma coisa desse tipo. Resolvi que queria montar essa peça no Brasil.

Capítulo LIV

A Circus

Ainda em Nova York, tentei entrar em contato com o autor, mas era uma transação muito complicada o pagamento de direitos autorais, só consegui o nome do agente. Lá tudo é feito por grandes agências de direitos autorais. Pedi que me enviassem o texto em inglês. De volta ao Brasil, comecei a agitar essa história através da Sbat.

Paralelamente, me preocupava com uma grande produção, grandes atores e um teatro importante porque um teatrinho qualquer desprestigiaria o assunto. Queria uma montagem ultraprofissional, para que surtisse mais efeito ainda a mensagem toda da peça.

Fui conversar com uma amiga de muitos anos, a Valéria Silveira. Uma pessoa encantadora, inteligente, muito ligada ao teatro. Ela é sobrinha do Miroel Silveira, casada com o Odilon Wagner, e também é fotógrafa. Fotografou inclusive alguns dos meus trabalhos.

A Valéria acompanhou todas as minhas batalhas para montar um grupo, sabia da minha vontade de montar uma sociedade para nossas produções. Conversamos muito sobre isso e eles

Em Caixa de Sombras, *de Michael Cristofer*

toparam a ideia de termos nossa produtora. Montamos a Circus.

Para traduzir o texto, chamei meu querido Leo Gilson Ribeiro, uma cabeça fantástica, grande crítico de teatro e de literatura e um intelectual seriíssimo. Ele fez uma tradução belíssima.

Hora de pensar no elenco. A cada convite, explicava como era a peça e perguntava se o ator estaria disposto a fazer, a entrar em uma montagem bastante complicada que mexeria demais com a vida da gente. Todos toparam na hora.

O elenco ideal, esse grande trunfo, era formado por Lilian Lemmertz, Yolanda Cardoso, Henriqueta Brieba, Edney Giovenazzi, Antônio Petrin, Sônia Guedes, Roberto Lopes, João Signorelli, Flávio Guarnieri.

Quando pensei na Henriqueta Brieba, que é do Rio de Janeiro, atriz fantástica da velha-guarda, liguei para saber se ela estava disponível. Disse só que era um papel maravilhoso, que ela nunca havia feito, mas não expliquei qual era o assunto. Ela respondeu: *Tá bom, tá bom, que roupa que eu levo?* Eu perguntei: *Como assim?* E ela respondeu: *Que roupa vou usar na peça?* Respondi: *Não, Brieba, não se preocupe com isso, nós providenciaremos tudo.* Antigamente os atores

Caixa de Sombras, *de Michael Cristofer: Sonia Guedes e Henriqueta Brieba*

tinham de levar as próprias roupas para fazer o personagem. Depois disso ela só quis saber então onde ia ficar. Expliquei que íamos hospedá-la num hotelzinho muito bacana.

A primeira fase dos ensaios foi muito intensa, de grande emoção. Chorávamos muito, eram momentos quase religiosos. Depois os ensaios ficaram mais felizes, quando percebemos que as personagens vinham vindo até nós e nos deixávamos levar por elas.

A peça foi encenada no Teatro Faap. O cenário, do Gianni Ratto, era deslumbrante. Ocupei todo o palco do Faap com árvores. Os pacientes ficavam abrigados em chalés de madeira. Optamos por representar diferentes ambientes em cada um dos chalés. No da esquerda toda a ação se passava na fachada. O do meio reproduzia uma sala e o da direita, uma cozinha. Os atores podiam circular por esse espaço entre as cabanas. A luz também era belíssima.

Com tudo pronto, o problema era o lançamento. O que poderíamos dizer sobre a peça para interessar ao público. É um assunto perigoso. As pessoas poderiam rejeitar a ideia. Pensamos até em disfarçar a história na hora da divulgação. Até que finalmente decidimos que o melhor era abrir o jogo. E abrimos. Contamos que o texto tratava da morte, do paciente terminal, que era baseado nas pesquisas da Kübler-Ross e que mostrava um novo posicionamento perante a vida e a morte. Saíram matérias lindas em todos os jornais, foi uma maravilha.

Nossa expectativa era enorme. Chegou o dia da estreia. O primeiro dia foi para convidados e, claro, foi ótimo. O segundo dia foi para o público. Estávamos muito ansiosos. Aflitos mesmo. Eu junto da bilheteria podia observar o público que descia pelas escadas do Faap. De repente o barulho dos passos que desciam os degraus foi aumentando cada vez mais. Pensei, o que está acontecendo com esta história, meu Deus do céu? Enfim, o teatro lotou. Foi uma emoção inacreditável.

A peça ganhou muitos prêmios. Eu ganhei. Lilian, Sônia, Henriqueta e Edney também ganharam. Mais tarde viajamos por várias capitais até chegarmos ao Rio de Janeiro com algumas substituições. Ficaram Lilian, Edney, Henriqueta e Yolanda. Entraram Beatriz Lyra, Ivam Mesquita, Marcus de Toledo, Marcos Lima e Rômulo Arantes.

Caixa de Sombras, de Michael Cristofer: Lílian Lemmertz, Edney Giovenazzi e Roberto Lopes

Caixa de Sombras, de *Michael Cristofer*: Yolanda Cardoso e *Antonio Petrin*

Capítulo LV

De Volta às Raízes

Depois de *Caixa de Sombras* tínhamos de dar continuidade à nossa empresa, a Circus, então eu, Valério e Odilon decidimos montar uma peça brasileira. Começamos muito bem com uma peça americana e agora poderíamos montar um texto nacional. A Leilah Assumpção tinha escrito *Vejo um Vulto na Janela Me Acudam Que Sou Donzela*, uma peça que se passava num pensionato de mulheres em Higienópolis. O elenco, todo feminino, era composto por Yolanda Cardoso, Ruthinéa de Moraes, Eugênia de Domenico, Denise Del Vecchio, Imara Reis, Sônia Loureiro, Cristina Santos e Cláudia Mello.

A trama acontecia durante o período que precedeu o golpe militar e a queda do Jango. Explorava todos os acontecimentos que resultaram no golpe, inclusive o episódio que deu origem à queda do Jango, a Marcha da Família com Deus pela Liberdade.

Dentro desse elenco, cada uma das atrizes representava um tipo de posicionamento com relação ao momento que estávamos vivendo, as atuantes, as alienadas, as convictas pela marcha da família, que eram as da direita, e tudo isso era misturado aos problemas pessoais de cada uma. Uma espécie de inferno catártico, onde as personagens se expunham de todas as formas, muitas sem consciência nenhuma da situação, o que gerava um conflito com as que tinham uma posição bastante clara e informada sobre o que estava acontecendo no País.

O cenário do Flávio Phebo tinha dois andares. Embaixo, a sala e a entrada do pensionato. Em cima ficavam os dois quartos e o banheiro. Tinha cenas deliciosas no banheiro.

Já estávamos vivendo uma pequena abertura política, isso era 1979, mas o espetáculo não foi bem de público, despertou interesse inicial, porém, ao longo da temporada, o público foi diminuindo. Constatamos que, com a abertura, as pessoas não queriam mais falar sobre o tema, rever o que tinha acontecido nos anos anteriores, não queriam ouvir falar de golpe, era uma lembrança muito recente e o público queria uma coisa mais escapista. Esse desinteresse aconteceu não só com essa peça, mas com várias outras que tinham essa temática, que tentavam retratar de alguma forma o período da ditadura militar.

O episódio que deu origem à queda do Jango, ao golpe, chama-se Marcha da Família com Deus pela Liberdade. Aconteceu dia 19 de março de 1964 em São Paulo. No dia 1.º de abril o Jango foi deposto.

Vejo um Vulto na Janela: Ruthinéia de Moraes e Yolanda Cardoso. Ao fundo, Claudia Melo e Imara Reis

Capítulo LVI

Guaíra

Ainda durante a temporada de *Vejo um Vulto na Janela...* recebi o convite para dirigir um espetáculo em Curitiba. Era de um grupo muito interessante ligado ao Teatro Guaíra, o Teatro de Comédia do Paraná.

O TCP tem uma história importante no teatro paranaense, teve como integrantes até Nicette Bruno e Paulo Goulart, mas estava meio disperso naquele momento.

Meu primeiro contato com o grupo foi quando *A Caixa de Sombras* foi encenada em Curitiba, data em que conheci o Marcelo Marchioro e o César Ribeiro da Fonseca, que depois se tornaram grandes amigos, os dois ligados ao Museu da Imagem e do Som, de Curitiba.

Na época, o Luiz Esmanhoto e o Aldo Almeida Jr. dirigiam a Fundação Teatro Guaíra. Eles queriam reativar o TCP com a obra do pesquisador e grande escritor Romário Borelli. A peça era *O Contestado*, que narrava a guerra homônima, um importante e cruel movimento popular que pouca gente conhece e que equivale um pouco a Canudos. A encenação fazia parte do projeto Mambembão, do Serviço Nacional de Teatro, e o espetáculo viajou para São Paulo, Rio de Janeiro, Florianópolis e algumas cidades do Rio Grande do Sul.

A peça se baseava numa pesquisa do Romário sobre estudos de Mauricio Vinhas de Queiroz, Maria Izaura de Queiroz, Douglas Teixeira Monteiro, Rui Facó, Ralph Della Cava e E. Hobsbawn.

Não era didática, ao contrário, era bem dramática e tratava de uma disputa de limites entre Paraná e Santa Catarina e que envolvia interesses de multinacionais e fanatismo religioso. Paralelamente, eu retratei o modo de vida desse povo que participou do movimento. Então havia as lavadeiras, as cesteiras de vime, as danças, os cantos.

Como eu não conhecia os atores do Paraná, tantos os mais jovens quanto os veteranos se dispuseram a fazer uma audição para mim. Foi uma surpresa. Tinha gente incrível, principalmente os veteranos, entre eles a Odelair Rodrigues, uma pessoa e uma atriz inesquecível. Entre os novatos estava o Luís Melo. Escolhi o elenco: Ailton Silva, Carmem Hoffmann, Danilo Avelleda, Delcy D'Ávila, Edson D'Ávila, Emílio Pitta, Hugo Duarte, Ires Daguia, Joel de Oliveira, Leonilda Chessa, Luis Melo, Luthero Almeida, Moacir Davi, Narciso Assumpção, Odelair Rodrigues, Rosemar Schick, Santos Chagas.

Elenco de O Contestado, de Romário José Borelli

Foram de uma entrega muito bonita não só no sentido de ajudar a contar essa história, mas também de levantar novamente o Teatro de Comédia do Paraná.

Na proposta do Romário havia muita música, já que ele também é músico. O Marcelo Marchioro, que havia mudado de cargo e agora era diretor de arte e de programação do Guaíra, e o César Ribeiro da Fonseca, que havia ficado no MIS, tiveram a ideia de gravar um disco com a trilha do espetáculo. Raridade naquela época.

Eram composições regionais de uma qualidade impressionante. Durante a temporada, alguém escreveu num jornal que eu havia feito um espetáculo quase que da Broadway e que isso era muito perigoso porque as pessoas poderiam se entusiasmar demais com a música e com o visual e perder a mensagem, o valor de análise política e histórica da peça.

Em compensação, o Yan Michalski, do *Jornal do Brasil*, assistiu e fez uma crítica em que dizia que esse era um dos mais bem realizados espetáculos épicos ultimamente vistos no Brasil. E que eu colocava o espectador numa posição em que ele dificilmente podia se negar a ponderar sobre as causas e os efeitos dos acontecimentos que eram mostrados.

Capítulo LVII

Plínio Marcos

Voltei para São Paulo para resolver o destino de *Vejo Um Vulto na Janela...*, que estava indo mal de bilheteria e estávamos tendo um grande prejuízo. Tínhamos um fundo de reserva que sobrara do *Caixa de Sombras*, mas nos empolgamos e acabamos gastando demais na produção de *Um Vulto na Janela...*, cenários grandiosos, oito atrizes...

Achávamos que a peça despertaria o maior interesse e, com essa recusa, ficamos muito decepcionados. Não sabíamos bem o que fazer.

Então a Ruthinéa, que estava no elenco de *Um Vulto na Janela...*, sugeriu que poderíamos tentar liberar e montar *Navalha na Carne*, do Plínio Marcos. Era um sonho antigo dela.

Quem estreou esse texto na verdade foi a própria Ruthinéa. Não profissionalmente, porque essa peça sempre foi censurada. Mas ela foi lida, ou melhor, semimontada, clandestinamente, num teatrinho que havia no apartamento da Cacilda Becker. Eu não vi essa leitura porque estava no Rio nessa época. Mais tarde, a Tônia Carrero também promoveu uma leitura lá no Rio, porque ela se interessou muito por fazer a peça e acabou fazendo.

Enfim, a Ruthinéa se ofereceu para batalhar pela liberação da peça que estava censurada até então e conseguiu. E finalmente a Ruthinéa estreou publicamente *Navalha na Carne*, no Teatro Aliança Francesa. Foi incrível. Como o teatro ficava na Boca do Lixo, todas as prostitutas foram assistir. E a Neusa Sueli da Ruthinéa acabou virando uma espécie de mito. No elenco, estava o Odilon Wagner, no papel do cafetão, o que, à primeira vista, parecia um absurdo, mas eu quis sair do estereótipo do malandro brasileiro, e o Edgar Gurgel Aranha, que interpretava o homossexual.

O cenário era meu, mas procurei não ser tão realista como o Plínio pedia. Fiz um grande painel com *outdoors* ao fundo para reforçar a ideia de que a história do palco continuava a acontecer na vida real, no centro de São Paulo, o que condicionou também um pouco a interpretação dos atores.

Em uma crítica o Sábato Magaldi não só aprovou minha escolha do Odilon Wagner para o papel de Vado como elogiou a encenação dizendo que eu havia encontrado a tônica exata ao valorizar o lado humano dos personagens, em vez de perseguir o episódico.

Capítulo LVIII

Do Palco para a Telinha

Nesse mesmo ano começo minha carreira na TV. O Rubens Ewald Filho estava escrevendo uma novela para a Tupi chamada *Um Homem Muito Especial*, uma história inspirada no Drácula. O personagem central era o Drácula que tinha deixado a Transilvânia e viajado para o Brasil à procura de seu filho Rafael. Quando Drácula reencontra o filho, se apaixona pela mulher dele.

O Rubens me indicou para um papel, eu fazia o acompanhante do Drácula, um corcunda inspirado no homônimo de Notre Dame. Eu era seu eterno servidor.

Mas nesse momento a TV Tupi faliu. O projeto da novela, que o Rubens atribui ao Walter Avancini, acabou indo para a TV Bandeirantes. A novela fez o maior sucesso. Tinha um grande elenco e houve prolongamento da trama várias vezes. Também houve troca de autores. Antes de a novela estrear na Tupi, porém, o Rubens havia ganhado uma bolsa para estudar em Londres. A viagem coincidiria com o término da novela, mas com a troca de emissora a novela acabou se estendendo mais do que o previsto e o Rubens teve que viajar bem antes que ela terminasse.

Quando retornou, a novela já havia tomado outros rumos e ele preferiu não continuar a escrevê-la. Assim, o final foi escrito por Consuelo de Castro.

Eu adorei fazer esse trabalho e adorei também começar a aprender como eram feitas as coisas na televisão, principalmente as externas que eram gravadas em Paranapiacaba. Era uma delícia, uma aventura. O clima era maluco. Estava um tremendo sol e, de repente, baixava uma neblina que não se enxergava mais nada. Em compensação as cenas que precisavam de neblina ficavam de uma beleza e de uma autenticidade impressionante. E, quando chovia, também tinha uma lama incrível. O elenco era muito animado e a gente se divertia.

Havia uma sede lá onde aguardávamos as gravações, lembro de um dia em que chovia muito e o Riccelli entrou na cozinha e fez bolinho de chuva, foi uma festa. A direção era do Atílio Riccó e a supervisão era do Walter Avancini.

A novela foi exibida na Rede Bandeirantes, no horário das 20 horas, e ficou em cartaz de 21 de julho de 1980 a 7 de fevereiro de 1981. No elenco, Rubens de Falco, Carlos Alberto Riccelli, Bruna Lombardi, Cleyde Yáconis, Isabel Ribeiro, Paulo Castelli, Cláudia Alencar, Sandra Barsotti,

Yara Lins, Herson Capri, Arlete Montenegro, Esther Góes, Wilma de Aguiar, Turíbio Ruiz, Vick Militello, Matheus Carrieri, Teresa Campos, Luiz Carlos de Moraes e eu.

Foi nessa novela que me encantei pelo universo da televisão e de todas as possibilidades que ela oferecia. Eu já tinha uma formação de cinema bastante forte, boas noções sobre imagem, fotografia, movimentos de câmera e enquadramentos, e descobri que na televisão era possível utilizar todo esse conhecimento com maior facilidade. Quis aprender a dirigir e comecei a prestar atenção mais aos rumos da direção do que à interpretação em si, que depois de tanto tempo já estava estabelecida, por mais reviravoltas que a trama sofresse. E foram muitas, até perder a corcunda meu personagem perdeu... Foi durante um banho no rio. Aliás, fazia um frio de rachar em Paranapiacaba no dia dessa gravação. Enfim, aprendi muito com o Atílio Riccó.

No livro do Ismael Fernandes, *Telenovela Brasileira – Memória*, editado pela Brasiliense, tem a explicação do que aconteceu. Ele diz que a novela ficou em cartaz por uma semana na TV Tupi, com o título: *Drácula, Uma História de Amor*, aí a TV Tupi entrou em crise, já era o começo da falência da rede. A Bandeirantes comprou a novela que teve ainda alguns capítulos escritos por Jaime Camargo.

E a Consuelo, que concluiu a trama, transformou a novela num bangue-bangue à brasileira. Para completar o imbróglio, antes do final da novela, a Bruna Lombardi e o Riccelli foram demitidos da emissora sem gravar os últimos capítulos.

Capítulo LIX

No Intervalo

Durante esse período não podia me empenhar em nada muito grande no teatro, nem que me tomasse muito tempo, então fiz pequenos trabalhos.

Um deles foi dirigir um grupo de teatro formado por sócios do Clube Sírio-Libanês. A peça era *Week End*, do Noel Coward. Uma das primeiras peças que eu fiz como ator, lá no Citibank. Foi uma experiência divertida trabalhar com uma turma de não profissionais. Entendia muito bem o que era teatro amador porque eu tinha saído de um grupo assim. E também era um trabalho que me possibilitava ficar ausente quando tivesse gravações na televisão.

Em novembro de 1980, o Paulo Yutaka, ator fantástico que já tinha trabalhado comigo no *Boca de Ouro* e em *A Morta*, estreia no Teatro Lira Paulistana, na Teodoro Sampaio, o espetáculo *Bom Dia, Cara ou Um Ator Trabalha*, com texto, direção e interpretação dele.

Ele havia viajado para Portugal com o Teatro Oficina e, mais tarde, resolveu ficar em Amsterdã, onde criou um trabalho inspirado no teatro modernista brasileiro. Ele pretendia retratar um

Em Week End, *de Noel Coward, com Eva Borges, Maria A. Pontes Lopes, Luiz Carlos Daumas, Albanita de Paiva, Maria Celeste M. Silva e João L. Botecchia*

brasileiro fora do país, mostrar como se adaptava, enfim, mostrar o que ele estava vivendo. O trabalho cresceu e ele acabou ficando seis anos por lá. Quando retornou ao Brasil, me procurou para supervisionar seu novo trabalho, com texto, direção e interpretação dele. Aceitei, mas foi só para dar um olhar de fora, porque o trabalho dele era fantástico, ele sozinho já tinha tudo.

Também o pessoal do Macunaíma, que era uma grande escola e tinha no corpo docente nomes como Silvio Zilber e Miriam Muniz, me convidou para dirigir um espetáculo de formatura, como eu fazia para a Escola de Arte Dramática.

Quando cheguei lá, conversei com os alunos e expliquei que era muito difícil escolher uma peça que tivesse bons papéis para todo mundo fazer jus à nota. Propus um trabalho que começava do nada, sem texto, sem personagem. Eles toparam. Começamos com exercícios baseados no trabalho do Chaikin, do Open Theater, mas de uma forma diferente. Aquele exercício dos animais trabalhava de fora para dentro e o que eu propunha dessa vez era trabalhar no caminho inverso, de dentro para fora.

Deveriam ficar todos grudados numa parede de frente para outra parede onde pudessem fixar um ponto e imaginar uma pessoa. Pedi então que reproduzissem a pessoa, mas não fisicamente, queria que fossem o espelho da alma dessa pessoa. Bem complicado... A cabeça do cara vai ficando louca. Enfim, disse que quando estivessem plenos da imagem dessa alma, caminhassem calmamente e reproduzissem um som que correspondesse à alma dessa pessoa. Essa foi a primeira etapa. Era aula para doido.

Voltei a usar esse método em *O Anjo do Pavilhão 5*, foi maravilhoso, um sucesso. Na segunda fase do exercício, a partir daquele som, eles podiam começar a falar alguma palavra, mas sem olhar para ninguém... somente para a parede. A próxima etapa era dizer essas palavras para o outro, reconhecer o outro, e começar a ter um diálogo. Se antes eles não tinham personagem, agora já tinham e poderiam ter um texto. Assim, comecei os improvisos de texto, com esses personagens criados por eles. Começamos a gravar e anotar as cenas faladas.

Resultou num espetáculo de cenas, mas ainda era preciso unir todas elas. Fiz um roteiro que ligasse uma à outra. Também queria trabalhar com eles o desconstrutivismo e, então, entre uma cena dialogada e outra, eu colocava flashes de uma cena futura. Queria ainda caracterizar o isolamento, a solidão, já que todos os encontros da peça eram entre duas pessoas desconhecidas, daí batizei o espetáculo de *Ninguém Telefonou*, e tinha sempre uma campainha de telefone durante ou entre as cenas. Ficou ótimo, uma experiência fantástica. É uma pena que um trabalho assim não tenha nenhum documento, nenhuma foto, nada.

O espetáculo foi elaborado a partir de uma ideia de estruturalismo no teatro, a criação dos personagens foi anterior ao próprio texto, sua definição e o surgimento de seus gestos e signos. Fizemos várias improvisações e os diálogos resultantes delas apresentavam uma síntese de cada situação, depois de eliminada a conotação realista, permanecia apenas a essência de cada personagem. Essa experiência em termos formais visava provocar um novo tipo de emoção no espectador ao mesmo tempo em que seu raciocínio era solicitado. A narrativa linear era desfigurada e o espectador deveria reunir dados de acordo com seu referencial e, assim, formar sua própria história. Imagem, gesto, situação e vagas informações seriam estímulos à memória e à sua própria história. Portanto, o espetáculo pretendia ativar uma nova memória. Uma voz ao gravador orientava tanto atores, quanto o público, de como deveriam se colocar perante o que ia ser apresentado.

Capítulo LX

Na Penitenciária

Em seguida, a Ruth Escobar me chamou para fazer um projeto com detentos dentro da Penitenciária do Estado. Ela havia feito uma peça lá antes e eles, os chamados reeducandos, ficaram muito felizes, era uma forma de auxiliar os detentos, ou melhor, os reeducandos, como eles os chamavam. Foi meu último trabalho de 1980, era uma peça para ser encenada no Natal, para todos os presidiários e seus familiares. Escolhi *O Alto do Burro de Belém*, do Chico de Assis.

Me preparei muito antes. Tinha guardada uma matéria da *Drama Review*, revista que eu sempre comprava quando ia a NY, que justamente falava sobre o teatro para presidiários e contava as experiências deles com os presos, isso me ajudou muito.

Quando cheguei à Penitenciária, já haviam aberto as inscrições para quem quisesse participar da montagem, eram cerca de 30 detentos. A Penitenciária do Estado, que ficava atrás do Carandiru, abrigava presos de pena mais longa e que tinham cela individual. Devo ter ficado com um pouco de medo, mas agora acho maravilhoso, foi uma experiência única.

Tinha sempre ao meu lado o Luiz Carlos Laborda, que trabalhava muito com a Ruth e que estava pronto a interferir se houvesse qualquer problema, até fiz ele assinar a direção comigo.

Lá encontrei caras muito confiáveis, fora de qualquer clichê de violência, foi muito interessante observar como eles vão perdendo a identidade (a revista americana também falava sobre isso), porque têm de se mostrar sempre bonzinhos, vão virando uns anjos de inocência. Outro fator que ajuda a perder a identidade é o fato de que ninguém os chama pelo nome, é sempre um apelido ou um número.

No primeiro exercício queria retomar essa identidade perdida, mas disse a eles que era uma brincadeira, que iam apenas se conscientizar que estavam no palco. Pedi que se apresentassem e dissessem seu nome completo, disse que poderiam gritar o seu nome completo. Foi uma coisa tão emocionante que me arrepia até hoje. Pude identificar a personalidade de cada um através desse pronunciar de seu nome. Uns falavam com muita raiva, outros um pouco menos, alguns meio brincando e de alguns outros você mal ouvia a voz.

Fui identificando os temperamentos de cada um e como eles se sentiam. Acho que foi uma catarse impressionante porque ninguém sabia o nome completo de ninguém. Eles topavam tudo o que eu propunha. Fiz aqueles improvisos com animais e eles foram adquirindo confiança. Mas ali era também um barril de pólvora, de repente, do nada, surgia um começo de briga, mas os próprios colegas apartavam.

A peça do Chico de Assis conta a história do nascimento de Cristo. Começamos a montar o espetáculo. Observei bem que papel daria para cada um e disse a eles: *Vou escolher algumas pessoas para montar o elenco, mas temos um problema, vocês sabem que a peça tem uma Virgem Maria e precisamos de alguém que, com a maior dignidade, possa fazer esse personagem feminino.*

Foi uma bagunça, começaram a gozar uns com os outros. Interrompi e disse que gostaria que eles escolhessem, com todo o respeito, a pessoa que achassem capaz de fazer esse grande personagem. Foi impressionante, todos apontaram a mesma pessoa. Isso significou muito para eles, foi um grande gesto poderem escolher a Virgem Maria. Para mim, o bacana foi constatar que eles reconheciam ainda onde havia dignidade. O Cristo eu escolhi e todos aceitaram.

Os caras que não tinham papel davam vida, muito felizes, a um bando de carneirinhos ou de camelos. Ficou muito bom, fizemos uma apresentação só para o pessoal interno, depois haveria uma sessão para as famílias e o público em geral. Mas, infelizmente, isso nunca aconteceu, porque entre um espetáculo e outro houve uma grande rebelião. Soube pela televisão. Estava almoçando quando vi a notícia. Fui correndo para lá, até então eu tinha livre acesso à Penitenciária, mas quando cheguei o policial da guarita me informou que eu não podia entrar.

Eu insisti que precisava ver como meu grupo estava e ele respondeu que não e que nós é que éramos os responsáveis por aquilo. E foi o que saiu em toda a imprensa, que um grupo de teatro tinha começado a rebelião. A Ruth deu o depoimento dela dizendo que tudo parecia coisa armada, mas ficou por isso mesmo. O grupo ficou incomunicável, nem podia receber correspondência. Depois de muito tempo, recebi algumas cartas deles, uma delas era de um preso que estava prestes a deixar a Penitenciária, ele me pedia um trabalho. A Ruth também recebia muitas cartas assim. Foi uma experiência e tanto. Uma energia que nenhum grupo de atores tinha me dado até então, agradeço muito a Ruth por essa oportunidade tão boa e que, infelizmente, terminou com essa martelada na cabeça.

Capítulo LXI

Cultura Italiana

O próximo convite para participar de uma novela surgiu durante a leitura dramatizada de um texto do Sérgio Cardoso, apresentada no teatro que leva o seu nome. Fui chamado pela Nidia Lycia. Além de nós dois, participaram o Rubens de Falco e o Umberto Magnani. A direção foi do Gianni Ratto que também estava cuidando dos cenários e figurinos da próxima novela da Bandeirantes, *Os Imigrantes*, do Benedito Ruy Barbosa, que estreou em abril de 1981.

A história retratava não só a imigração italiana, mas acompanhava a vida de três amigos que vieram para o Brasil no mesmo navio, um italiano, um português e um espanhol. O Herson Capri e a Norma Bengell estavam no elenco. Lúcia Veríssimo e Solange Couto estreavam na TV. Tinha também a Sônia Samaia, Rolando Boldrin, Othon Bastos, Rubens de Falco, Luiz Carlos Arutin, Fúlvio Stefanini, Cláudia Alencar, Sandra Barsotti, Riva Nimitz, Aguinaldo Rayol, tanta gente, até eu fazia um pequeno papel.

O Atílio Riccó, diretor da novela, com quem eu já havia trabalhado em *Um Homem Muito Especial*, o Gianni Ratto e o Benedito Ruy Barbosa

Como Anacleto, em Os Imigrantes

precisavam de uma pessoa que soubesse tudo sobre a cultura italiana. Sobre a gastronomia, o comportamento, o sotaque, as festas populares, as músicas, enfim, me chamaram para prestar essa consultoria. Além da consultoria, eu ainda era preparador de prosódia. Foi uma delícia.

Coloquei em prática tudo o que sabia, principalmente nos cuidados com a figuração, o povo, que nessa novela era da maior importância.

Esse trabalho foi muito interessante. Aprendi mais ainda sobre a televisão e já pensava em cenas para o Atílio gravar, fiz coisas muito bonitas com toda a figuração que fazia a parte do cafezal, da colheita, do plantio, esses italianos eram agregados à casa-grande já que vieram para substituir os escravos. A primeira fase foi quase toda feita em locação numa fazenda belíssima de Amparo. Os interiores da casa grande também foram gravados lá.

Foi uma ousadia bastante trabalhosa, principalmente com relação aos interiores. Da iluminação aos posicionamentos de câmeras, tudo fica mais complicado quando não é feito em um estúdio. Além desse espaço da casa-grande e da senzala, que também era imensa, havia muitas cenas ao ar livre, muitas festas. Nós armamos também um grande forno daqueles feitos de barro, redondo, para assar pães e tortas também ao ar livre.

Eu fazia mais ou menos uma codireção, ainda não pegava em câmera, mas dava sugestões e, mais para o final da novela, acabei dirigindo mesmo algumas cenas.

Conheci então o maior cameraman, o Zé Microondas, que fazia tomadas fabulosas com a câmera na mão. Sensível e criativo, sem limites, poderia gravar nas locações mais complicadas, poderia se afundar até o peito dentro de um rio, se fosse preciso, grande parceiro nos meus primeiros passos na direção de TV.

Os Imigrantes: *Maria da Graça (continuísta)* e *Zé Microondas, dois grandes colaboradores. De costas, Atílio Riccó*

Capítulo LXII

Outra Vez na TV

Em 1981 eu não fiz teatro, depois de *Os Imigrantes* fui participar de uma minissérie, dessa vez na TV Cultura. Eles tinham um projeto chamado telerromance que eram minisséries baseadas em livros. *Floradas na Serra*, do Geraldo Vietri, baseado no romance da Dinah Silveira de Queiroz, tinha direção do Atílio Riccó. Gravamos em Campos de Jordão porque a história se passa lá e fala de um sanatório para tuberculosos. Interpretava um médico. Eram locações lindas, havia uma casa que era um pensionato e o próprio sanatório, que estava desativado, foi liberado para as gravações.

Logo em seguida veio o convite para trabalhar em *Os Adolescentes,* novela de Ivani Ribeiro, uma grande autora que a Globo tinha deixado escapar para a Bandeirantes. A trama era muito ousada e lançou vários jovens atores, entre eles a Julia Lemmertz, o Flávio Guarnieri e o André de Biase.

Tratava de gravidez de adolescente, de aborto, suavemente de homossexualismo e de relações problemáticas com as famílias. Dessa vez eu já peguei na câmera para valer mesmo.

Na história, todos esses jovens estudavam na Faap e ali eu fiz cenas lindas, naquele saguão que tem um vitral, ficou sensacional. Além de dirigir, para variar, eu também interpretei um pequeno papel.

Foi uma novela de muito sucesso também e foi um período em que a TV Bandeirantes ameaçou de verdade a audiência da TV Globo.

O elenco estupendo: Norma Bengell, Beatriz Segall, Sônia Oiticica, Arlete Montenegro, Carmen Silva, Imara Reis, Márcia de Windsor, Kito Junqueira, Antônio Petrin, Paulo Vilaça, Luiz Serra, Giuseppe Oristânio, Hugo Della Santa, André de Biase, Júlia Lemmertz e Flávio Guarnieri, entre muitos outros.

Durante as gravações terminou o contrato da Ivani Ribeiro e quem assumiu a continuidade da novela foi o Jorge Andrade, que é um grande dramaturgo. Ele já escrevia para a televisão, já havia escrito uma novela linda para a Globo em 1975, *O Grito*. O Jorge deu uma continuidade esplêndida à trama que foi exibida até abril de 1982.

Capítulo LXIII

De Volta aos Palcos

Depois das experiências na TV, o Abujamra me chamou para um trabalho de ator no teatro. A gente sempre tem esses reencontros, vira e mexe ele me chama para trabalhar, nem sempre posso, mas naquele momento estava disponível.

A peça era *Hamleto*, de Giovanni Testori, com direção do Abu.

Era baseada no original de Shakespeare e foi encenada no TBC. Entre os atores estavam Ricardo de Almeida (Hamlet), Miguel Magno (Gertudes e Ofélia), eu (Claudius), Armando Tiraboschi (Laertes), Armando Azzari (Polonius) e o Thales Pan Chacon (o estrangeiro), além de um coro enorme encabeçado por Denise Stoklos e Paulo Yutaka. Cenários e figurinos de Domingos Fuschini.

Administração e coordenação de produção de Cecília Camargo e Cid Pimentel. Coordenação-geral de Hugo Barreto.

Claro que o Abu extrapolou o Testori, pela escalação do elenco já se vê que era uma coisa completamente irreverente e anárquica total. Eu fazia um Claudius completamente alucinado. Na

Em Hamleto, *de Giovanni Testori, com Miguel Magno e Armando Tiraboschi*

minha primeira frase em cena, eu vinha do fundo do palco até o proscênio e, muito solenemente, dizia meu texto: *Buceta e poder, entre o poder e a buceta, o poder.* Era uma coisa inacreditável, o teatro vinha abaixo, até hoje muita gente ainda se lembra dessa cena.

Era um espetáculo muito bonito, além de engraçado, e foi boa demais essa lavagem de alma como ator já que eu vinha fazendo uma direção atrás da outra. Quando fico muito tempo sem representar, fico com o maior tesão. Mas, claro, tem de ser uma coisa que eu goste muito e com as pessoas que eu me dou bem, e o Abujamra é muito querido. A peça fez um grande sucesso.

Nas palavras do João Cândido Galvão, crítico da revista *Veja*, o grande sucesso, inclusive de público, *se devia ao Abu que com um despudor apavorante usava o Testori como pretexto para pôr em cena os fantasmas que há anos povoavam o seu mundo, numa catarse de precisão milimétrica e grande eficácia.* Sobre Miguel Magno ele dizia que *era um furacão de comicidade moderna e contundente, destruindo apenas com um olhar, ou um gesto, séculos de esclerosada tradição.* Que o meu Claudius *tinha precisão cirúrgica e que meu discurso de aceitação do trono era dito com o mesmo olímpico distanciamento e a mesma eficiência cênica.*

Capítulo LXIV

Off Broadway

Nesse meio-tempo eu já estudava com o Antônio Petrin e a Sônia Guedes, remanescentes do grupo de Santo André, o projeto de montar *Gemini*, de Albert Innaurato, peça americana de muito sucesso nos Estados Unidos, *Off Broadway*.

No elenco, tinha a turma jovem, o Marcos Frota, Paulo Castelli, Paulo Ivo e Júlia Lemmertz e mais o Petrin, a Sônia e a Kate Hansen.

Estreamos em Santo André e depois fizemos uma temporada no Sérgio Cardoso. A trama se passava no dia do aniversário de um rapaz, muito introvertido e que acha que é homossexual. Para comemorar a data, um casal de amigos dele aparece de surpresa. Montam uma barraca no quintal e ficam acampados ali. A festa acaba sendo um desastre, mas, afinal, tudo fica bem.

Era uma comédia, tinha uma cena de um jantar com macarronada preparada ao vivo em que a Sônia Guedes estava impagável. As críticas foram muito favoráveis com relação à estética do espetáculo. A montagem era absolutamente realista, com um grande cenário que mostrava um quintal que dava para duas casas, ou seja, era

Gemini, de Albert Innaurato: *Marcos Frota, Antonio Petrin, Sonia Guedes, Julia Lemmertz, Paulo Ivo e Paulo Castelli*

a fachada traseira de uma casa, como se fosse o fundo da cozinha, com dois andares, dava para ver as janelas e os quartos e o muro que dividia as duas casas. Todos que viram gostaram muito da encenação e da interpretação dos atores, mas fizeram sérias restrições ao texto.

Era uma peça bonita, achei que ia ser um grande sucesso, mas não foi.

A crítica fez restrições, mas era uma coisa meio morna, diziam que era um espetáculo muito simpático, muito agradável de ver, mas com umas obviedades. Claro que não foi um grande fracasso, mas o Teatro Sérgio Cardoso é muito grande, acho que isso prejudicou muito, talvez tenha sido nosso maior erro. Como era uma peça de *Off Broadway*, deveríamos ter feito aqui num teatro pequeno, tudo mais íntimo, mais aconchegante. Eu produzi junto com o Petrin, a Sônia, o José Armando Pereira da Silva e o Walter Portella.

Foi muito agradável fazer essa peça, encaminhando essa turma nova para o estrelato, a Julinha foi esplêndida, foi a primeira peça dela. Foi meio frustrante, mas serviu para aprender também, a gente não vive só de sucessos.

Capítulo LXV

O Ninho da Serpente

Depois dessa experiência, voltei para a TV Bandeirantes, para outra grande novela de Jorge Andrade, *O Ninho da Serpente*. A direção era do Henrique Martins e a supervisão do meu querido Abujamra. Assim como em *Os Adolescentes* as gravações também foram todas feitas em locação.

O grande personagem do *Ninho da Serpente* era uma casa maravilhosa de três andares, com uma escada em caracol, que foi a imagem da novela até na capa do disco. A casa principal ficava nos Jardins, foi alugada vazia e o Flávio Phebo, cenógrafo, mobiliou-a lindamente; ele tinha um bom gosto incrível, era dono de um antiquário e deu à casa todo um rigor clássico paulistano. A novela foi toda gravada em locações. Outras casas foram alugadas no Morumbi.

A história era sobre uma família da aristocracia paulista, a dona da casa era a Cleyde Yáconis e havia um grande mistério em torno do personagem principal, interpretado pelo Kito Junqueira, no papel de um simples enfermeiro que, após a morte do patriarca da família, também é privilegiado na herança. Ele tinha um quarto fechado no qual ninguém entrava.

Além da Cleyde e do Kito, estavam no elenco Beatriz Segall, Juca de Oliveira, Othon Bastos, Eliane Giardini, Márcia de Windsor, Nydia Lícia, Antonio Petrin, Laura Cardoso e outros.

Além de atuar, eu dirigia cenas fora da casa. Com o Henrique Martins aprendi muito também. Esse pessoal tradicional às vezes é criticado, mas acho que eles dominavam a televisão como nunca porque sempre trabalharam com dificuldades.

Por exemplo, essa história de aproveitar uma descida ou uma subida de escada, eu não imaginava como seria feita, já que não era possível fazer com a câmera na mão. Mas ele tinha uma solução ótima, gravava por andar e depois emendava lindamente com o outro andar. O Henrique tinha essa habilidade de resolver problemas que pareciam grandiosos de uma maneira prática e diferente, sem recorrer sempre a um plano-sequência. Ele já gravava pensando na edição, isso é que era fantástico.

Meu papel era de mordomo da Cleyde Yáconis, apaixonado por ela até o último instante. Acho que fiz bem, peguei um andar rígido, sempre empinado, impecável. Eu quase não tinha texto, só tinha texto com a Cleyde e com a Denise Stoklos, que também fazia parte da criadagem. Nós só presenciávamos as coisas, num canto, sem falar nada. Não sabíamos o que fazer, então eu sugeri que fizéssemos cara de filme de suspense americano de quinta categoria.

Começamos a trocar olhares misteriosos e a câmera começou a mostrar isso. O Jorge também notou e nosso papel começou a crescer. A personagem da Denise também ganhou um quarto misterioso e o meu personagem ganhou mais cenas e diálogos com a Cleyde. Durante a trama, todos os que moravam na casa foram saindo, cada um por um motivo e, no final, ficamos eu e Cleyde na casa vazia. Eu atrás dela, apaixonado até o fim. Só lamentamos que no final da novela tenhamos perdido a Márcia de Windsor. Ela morreu de repente, faltando apenas cinco capítulos para o final da novela, foi muito triste.

Nesse momento, todo mundo esperava que a Bandeirantes desse continuidade a esse núcleo forte de telenovelas que tinha se criado e que alcançou grande audiência, com uma sequência de quatro novelas de sucesso. Não sei o que houve, eles perderam um grande momento. Tentaram, mais tarde, fazer outra novela com novo elenco e nova direção, mas não deu certo. Perderam o bonde da história, foi uma pena.

Eu dirigia as cenas externas que eram uma loucura. Certa vez, por exemplo, os *playboys* da novela resolviam andar a cavalo na Avenida Paulista, no meio do trânsito. Pedimos autorização para a Prefeitura e uma ajuda para o Departamento de Trânsito. Conseguimos liberar uma pista para os cavalos.

Em outro momento, os mesmos *playboys* inventaram que precisavam de uma praia em São Paulo. Fizemos uma, num enorme caminhão aberto, todo cheio de areia, que descia a Rua Augusta. Lá em cima ia um rapaz com guarda-sol, drinques e canapés, e mais umas moças. Colocamos uma câmera no alto de um pequeno prédio, de três ou quatro andares, para fazer de cima uma tomada geral, outra câmera de baixo e uma na mão.

Armou-se o esquema, era tudo cronometrado, tínhamos comunicação com o pessoal da CET que ia parar o trânsito lá em cima e a gravação tinha de ser feita em uma só tomada. Mas depois que o caminhão passou, achei que não tinha material suficiente e quis refazer. Fui falar com os caras e disse que tinha dado um crepe com a fita, pedi pelo amor de Deus e consegui refazer. Ficou uma loucura.

Capítulo LXVI

O Grande Circo Místico

Em 1983, o Balé Teatro Guaíra, de Curitiba, queria montar *O Grande Circo Místico*, do Chico Buarque e do Edu Lobo, na verdade, a ideia de fazer esse espetáculo era do Marcelo Marchioro. Na época, o Balé Guaíra estava a todo vapor, com muito sucesso e o maior prestígio, e eles me chamaram para dirigir a montagem.

Lá fui eu para Curitiba novamente. Fiquei instalado na cidade trabalhando com os bailarinos em termos de personagens, de representação, e também trabalhando com o coreógrafo que era o Carlos Trincheira no sentido cênico, para ser uma coisa harmoniosa, em termos de espaço, de colocação, de interpretação das músicas.

Foi uma maravilha fazer a primeira montagem desse espetáculo, anos depois ele foi remontado. Trabalhar com músicas do Chico e do Edu era um prato cheio mesmo. Foi minha primeira experiência com um corpo de baile profissional, de grande talento, e o resultado foi um sucesso estrondoso. Trabalhar o teatro com a dança foi a realização de um sonho de há muito tempo.

Ballet Guaíra, O Grande Circo Místico

Capítulo LXVII

Remontagens

Quando voltei para São Paulo, passei por um período de remontagens. Primeiro a Miriam Mehler resolveu remontar o *Leito Nupcial*, não mais com o Tony Ramos, porque ele não podia fazer, mas com o querido Geraldo Del Rey. E, depois de cinco anos, finalmente remontei a *Caixa de Sombras*, no Rio de Janeiro, também com algumas substituições. No Rio de Janeiro a peça foi bem, mas não foi aquele estrondo que foi em São Paulo. Acho que os cariocas ficaram com medo do assunto.

Enquanto estava no Rio, me chamaram para outro espetáculo delicioso, *As Certinhas do Lalau*, inspirado na coluna do Stanislaw Ponte Preta, lá pelos anos 1950, em que ele elegia *as certinhas do Lalau,* em contraponto com as mais elegantes da sociedade do colunista Jacinto de Thormes. A ideia era reunir umas ex-vedetes e montar um miniespetáculo de revista de Walter Pinto e Carlos Machado.

Participaram da montagem a Rose Rondelli, a Irma Alvarez, a Maria Pompeu, a Nilza Leoni, Diana Morell, Célia Azevedo. Maria Pompeu, eterna batalhadora, só conseguiu convencer seis delas. Tinha um número de plateia, daqueles bem safados, com a Rose Rondelli que era impagável. Estreou no Café Concerto Rival, em plena Cinelândia, onde antigamente a grande atração era justamente o teatro de revista. Eram sete textos do Stanislaw Ponte Preta e mais um tanto de esquetes e o roteiro final de Jesus Rocha. Os ensaios foram bem divertidos, com piadinhas sobre elas mesmas, sobre o peso, sobre as gordurinhas, etc. Foi muito gostoso, um espetáculo cheio de malícia e música.

Capítulo LXVIII

A Lei de Lynch

Em 1984, novamente em São Paulo, dirigi *A Lei de Lynch*, de Walter Quaglia.

O texto perturbador e provocante contava a história do linchamento de um cara que tinha sacrificado uma criança num ritual de magia negra. Foi um grande trabalho da Cleyde Yáconis e do Cacá Carvalho. A Cleyde interpretava uma espécie de governanta de um fazendeiro, que era o cara envolvido com essas histórias de magia negra.

Ela era toda comportada, mas, quando ia para os rituais, virava uma pombagira. Como sempre, a Cleyde estava fantástica. O Cacá Carvalho, como sempre extraordinário, interpretava quase que um débil mental, um dissimulado que vivia pelos cantos.

O cenário do Walter Quaglia era lindo e cheio de significados, o espetáculo era ousado, utilizava máscaras, porém misturadas com absoluto realismo. Acharam o texto muito forte, houve uma rejeição muito grande e desagradável. Me acusaram até de fazer apologia ao linchamento.

Fiz uma imagem alegórica e muito bonita do linchamento e o público aplaudia. Isso deu pano para manga, até uma amiga minha considerou o fato como uma apologia ao linchamento. É claro que a ideia não era essa, o que eu queria mesmo era que cada um refletisse se era a favor ou contra o linchamento. As pessoas saíam um pouco perturbadas. Foi encenado no TBC. Por um lado foi um trabalho frustrante, mas valeu pela interpretação e empenho do elenco: Cláudio Curi, Raimundo de Souza, Dulce Muniz, Josmar Martins, Carlos Cambraia, Fábio Tomasini, Roberto Ascar, Andrea L'Abbate, Walter Mendonça, Roberto Safady e João Bomba, criador dos sons ao vivo. Além, é claro, da Cleyde e do Cacá. Os figurinos eram do José Carlos de Andrade.

A Lei de Linch, de Walter Quaglia, com Cleyde Yáconis,
Caca Carvalho e Cláudio Cury

Capítulo LXIX

Altos e Baixos

Depois dessa direção, aceitei o convite para atuar novamente. Dessa vez numa peça da Leilah Assunção, *Boca Molhada de Paixão Calada*, com direção da Miriam Muniz e cenário do Flávio Império. No elenco, eu e Kate Hansen.

Era a história dos relacionamentos conturbados de um casal que atravessava toda a época da repressão, desde os anos 1960. Um desafio para os atores.

Na verdade, a história do relacionamento deles servia de pano de fundo para mostrar que eles atravessaram todas as fases de antes e depois do golpe militar e que, ainda assim, ficariam sempre juntos. A Miriam e o Flávio formavam uma dupla fantástica. Para acentuar todas essas mudanças de época, o cenário tinha de ser neutro, mas eficaz e criativo.

O cenário era composto por praticáveis, uma cortina e um grande sofá, dividido ao meio e que se transformava em outros sofás. Quando se juntava, as várias partes formavam uma boca. Mais uma obra-prima de Flávio e Miriam que, além da compreensão que favorecia a loucura do

Em Boca Molhada de Paixão Calada, *de Leilah Assumpção, com Kate Hansen*

Em Boca Molhada de Paixão Calada, *de Leilah Assumpção, com Kate Hansen e toda a equipe de produção*

espetáculo, foram os grandes responsáveis pelo êxito e elogios que as interpretações receberam.

Maria Lúcia Candeias, na *Isto É* de 17/10/1984, dizia que *o ponto alto do espetáculo era a minha interpretação perfeita. Que eu dava vida a um personagem com facetas variadas, que se intercalavam rapidamente e que isso exigia do ator muita técnica e mobilidade.*

Depois a Kate foi substituída pela Cláudia Alencar, que entrou com tudo, com toda a força. Com a vantagem que já éramos íntimos desde a novela *Um Homem Muito Especial*, onde o meu personagem era apaixonado pelo personagem dela.

No ano seguinte ganhei um presentão: *Direita Volver*, de Lauro César Muniz. Cansado de exercitar textos metafóricos durante o regime militar e estimulado pela vitória da oposição com Tancredo Neves, Lauro se entrega gostosamente ao universo de personagens direitistas, reunidos na significativa noite de 31 de março de 1985, para comemorar o aniversário do senador biônico João Carioba, tão processado e impune quanto um político corrupto da atualidade. Recebeu US$ 200 mil depositados na Suíça para votar no candidato da situação, além de ser a favor da tortura, e acha que a imprensa é responsável pela desmoralização do governo, etc.

Direita Volver, de Lauro César Muniz, com Cleyde Yáconis, Bárbara Bruno, Dionísio Azevedo e J. França

Na reunião temos também a presença do ex-coronel e ex-torturador Álvaro Gomes, agora general; Bel, secretária e amante do senador; Marina, mulher do senador; Vera Fontana, sua amiga e jornalista torturada pelo general; o criado negro Patrício, vítima de preconceito racial; e Rafael, de 21 anos (idade do golpe militar), filho do senador.

Lauro se diverte com esses personagens, vomitando todo o seu desgosto do passado recente e nos fazendo mergulhar numa comédia catártica como que anunciando os novos tempos da democracia.

Reuni um elenco de primeira: Cleyde Yáconis, Rosa Maria Murtinho, Dionísio Azevedo, Cláudio Curi, Bárbara Bruno, Flávio Guarnieri e meu querido J. França. Nos divertimos muito, não só pela comicidade do texto, mas também por nossa expurgação de toda uma revolta recente. Foi encenada no Teatro Paiol.

Essa foi um sucesso, graças a Deus. O público reagia a cada sequência, a cada frase identificada com a realidade da época.

Ainda em 1985, eu fiz *Espectros*, de Ibsen, com a Lélia Abramo, grande atriz e grande mulher, uma paixão. A produção era de um jovem ator, o Fernando de Almeida. No original, Ibsen escre-

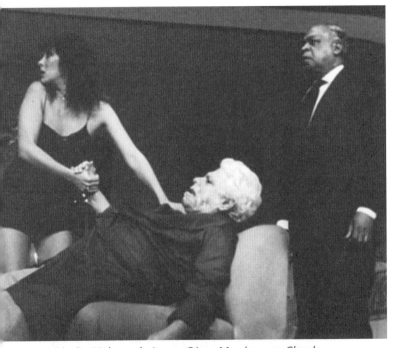

Direita Volver, de Lauro César Muniz, com Cleyde Yáconis, Bárbara Bruno, Dionísio Azevedo e J. França

veu o texto na época da tuberculose, da sífilis e das doenças venéreas, quando ainda não havia antibióticos, mas o Fernando adaptou para a época da Aids.

Se com o final de *Casa de Bonecas* saímos do teatro esperançosos com o futuro de Nora, ou se com outros personagens femininos Ibsen é extremamente cruel, tirando-lhes a própria vida, em *Espectros* acompanhamos a trajetória clara e perfeita de Helena, na busca da liberdade e da verdade. Ela é capaz de se tornar realmente dona de seu próprio destino, e mais, do destino de seu filho. É aqui, porém, que esbarra no seu papel irreversível no mundo: a maternidade. No final da peça sua *liberdade com responsabilidade* nos deixa uma indagação trágica com relação ao seu último e talvez primeiro ato realmente verdadeiro. Heroína e vítima, obcecada pela verdade, é punida justamente por suas mentiras do passado. Seu destino trágico começa com sua volta ao lar em nome das convenções e do dever.

Lélia era a grande matriarca a defender o filho, a família, o passado. Suas discussões com o reverendo (Lineu Dias) eram fulminantes.

O Ibsen é muito difícil de fazer e o texto era muito verborrágico, enfim, não funcionou. O espetáculo acabou ficando muito tenso, muito intelectualizado... O público não prestigiou, um tema difícil debatido no palco, posicionamentos filosóficos e religiosos, um novo espaço teatral dentro de uma escola, enfim, procuramos sempre uma justificativa para o fracasso.

Alternando bons e maus momentos, com a mudança de ano, vem uma delícia, mais um sucesso, *Doce Privacidade*. Esse foi o título em português para *Private Lives*, de Noel Coward, um autor inglês clássico da comédia elegante.

A peça era sobre dois casais, um mais jovem e um mais velho, ambos separados, que, por acaso, se hospedam em quartos vizinhos de um hotel. A peça começa nas varandas dos quartos sem que eles se deem conta da coincidência. Aí tem início uma sequência de quiproquós típicos do Boulevard até o *happy end*. Era uma espécie de troca de casais, cada dupla tinha ficado com o parceiro do outro.

A produção era minha e da Miriam Mehler. No elenco, Laerte Morrone, um dos grandes atores comediantes, Martha Mellinger, João Bourbonnais e Tatiana Nogueira. Todos eles davam um show de comicidade. Foi um grande sucesso.

Capítulo LXX

Relembrando Bob Wilson

Um belo dia parei tudo e decidi ir para a praia. O Marcelo Crevatin, que me foi apresentado por Wladimir Soares e Antonio Maschio, proprietários do Pirandelllo, tinha uma belíssima casa em Boiçucanga, na confluência do rio com o mar. Fiquei lá sem fazer nada por um tempo, só tomando muito sol e caipirinha.

O meu santo amigo Marcelo até me provocava com umas discussões políticas de vez em quando, mas eu não estava a fim mesmo. Minhas caminhadas pela praia eram só caminhadas, sem imagens, sem pensamentos.

Quando comecei a me encher de não fazer nada, decidi traduzir *Cais Oeste*, do francês Bernard-Marie Koltès, a única coisa que me entusiasmara nos últimos tempos. Mas mesmo esse pequeno trabalho só me ocupava nas tardes de chuva, depois eu voltava a curtir o vazio total.

Não sei bem o que eu queria. Comecei então a lembrar do que eu tinha mais gostado de ver ou fazer em toda a minha vida, cenas de peças, personagens, roupas, restos de cenário. A impressão mais forte que me veio foi de uma longa noite em que assisti a um espetáculo de Bob Wilson no Teatro Municipal em 1974.

A sensação voltou toda e quis começar a compreender o que tinha se passado, durante muito tempo chegamos a negar essa viagem estética, preocupados que estávamos em driblar a censura, aqueles anos negros.

O Luiz Roberto Galízia havia escrito o livro *Os Processos Criativos de Robert Wilson* e eu decidi relê-lo. Esperava algumas respostas, ele me deu todas.

O Galízia era quem deveria ter continuado na prática o trabalho sobre Bob Wilson, infelizmente não deu. Minha amizade com Galízia ia muito além do nosso contato intelectual e profissional para chegar até bailes de carnaval, onde nos divertíamos muito com nosso olhar cínico sobre os foliões. Sempre que nos encontrávamos nos dizíamos a célebre frase: *Quando vamos voltar a trabalhar juntos e fazer aquela loucura?*

Tudo passou muito triste e agora é uma lembrança agradável. Esse mergulho no passado e nas lembranças provocou cavernas do inconsciente até então inexploradas. Imagens obsessivas começaram a povoar meu estado de sonolência, comecei a anotá-las, eram apenas minhas, e eu não compreendia bem o significado delas.

De repente, elas começaram a tomar forma e a sair da minha individualidade para adquirir um sentido coletivo. Então era isso, coisas que eu tinha tentado esquecer ainda estavam lá. Bob Wilson em 1974 foi uma experiência excitante revivida por um grande amigo, os terríveis anos 1970 revisitados pelo meu inconsciente. Não sei bem o que se passou até a elaboração final do roteiro de *O Tempo e a Vida de Carlos e Carlos* e nem tinha a intenção de encená-lo, fiz apenas um estudo meio febril, resultado de uma preguiça de verão.

Mostrei a um grande amigo para ver o que ele sentia lendo essa loucura toda vinda da minha cabeça, o resultado foi que não parou de falar até as 5 da manhã, provocado por aquelas imagens. Achei então que poderia provocar essa *peste* num número maior de pessoas, através de um espetáculo, procurei o Alberto Guzik e contei a ele toda a história. Ele achou que deveríamos começar essa experiência imediatamente.

Comecei então a armar o que seria uma ópera desse porte, procurar teatros, verba, etc. Esse é um capítulo à parte, nele só existe ódio por Secretarias de Cultura, burocracia e funcionários *gogolianos*, não vou me deter nesse ódio porque estou relembrando tudo isso em alto-astral.

Minha primeira certeza foi querer ter comigo o Arrigo Barnabé, não dá para descrever o que ele e o Hermelino Neder estavam fazendo em termos musicais na época.

Um dia encontro, por acaso, dois jovens atores, a Cristina Sano e o Carlos Mani, eles queriam fazer um trabalho, mas não sabiam o quê. Contei que estava procurando um grupo para montar *O Tempo e a Vida de Carlos e Carlos* e perguntei se eles gostariam de participar. Eles e mais o Marco Stocco, o Marcos Machado e a Célia Orlandi fizeram parte do grupo que montou aquela beleza de espetáculo que era *Criança Enterrada,* na EAD.

Marcamos um papo onde eu coloquei mais os contras do que os prós, eles formariam um núcleo principal, com um trabalho mais prolongado antes de começar os ensaios propriamente.

O Emílio Alves, bailarino e coreógrafo, também topou começar a trabalhar bem antes, depois vieram os bailarinos escolhidos a dedo, não só pelas suas qualidades, mas também pelas suas inquietações com relação ao sentido de sua profissão.

Achei também que só montar o espetáculo era pouco, mais pessoas poderiam aproveitar esse grande acontecimento que estávamos prepa-

O Tempo e a Vida de Carlos e Carlos: *João Vieira, Carlos Mani, Daniela Mazzariol* e *Marco Stocco*

rando. Inventei uma oficina sobre Bob Wilson e chamei o João Cândido Galvão, que tinha trabalhado com ele para dar um *workshop*. O João contou toda a história de como o Bob Wilson chegou a essa linguagem, a essa estética. Com isso a gente deu uma noção, não só aos participantes da oficina, como também ao próprio elenco, do que era realmente, e é ainda, essa revolução da linguagem teatral que o Bob Wilson criou.

Estudamos como seria a participação dos integrantes dessa oficina no espetáculo, em qualquer uma das áreas não necessariamente dentro do palco. Até um filme documentário sobre o trabalho foi feito por um dos participantes da oficina, o Mário Vaz Filho, diretor e produtor. Falar de todos é redundante, o fato é que os que se envolveram com esse trabalho estavam reformulando todos os seus conceitos sobre a arte e a vida.

O espetáculo, encenado em 1987, fazia uma revisão ainda meio temerosa de tudo que tinha acontecido no Brasil nos anos 1960 e 1970. Aproveitando esse gancho, peguei um Brasil que vinha desde a época dos grandes proprietários de terras, dos grandes fazendeiros, depois da imigração, até chegar naquele momento que a gente vivera nos anos 1970.

O Tempo e a Vida de Carlos e Carlos: *Marcos Machado, Daniela Mazzariol, Carlos Mani e Marco Stocco*

O título da peça, *O Tempo e a Vida de Carlos e Carlos*, era uma referência ao espetáculo que Bob Wilson tinha apresentado aqui em 1974, *O Tempo e a Vida de David Clark,* que originalmente se chamava *O Tempo e a Vida de Joseph Stalin*, mas esse nome havia sido censurado no Brasil.

O meu título não foi só uma imitação ao trabalho do Bob, coloquei o Carlos e Carlos para fazer referência a Carlos Lamarca e Carlos Marighella, dois revolucionários que tinham sofrido toda a repressão e tinham sido assassinados.

O Bob fazia seus espetáculos baseado na história americana. Eu me baseei em imagens bem ao estilo dele, também sempre com algum contexto político e seguindo uma das características dele que é a lentidão. Ele tem um ritmo só do começo ao fim, o espetáculo pode levar horas.

Além da história principal, que ia evoluindo, havia as histórias paralelas dos grandes fazendeiros da época do café, os imigrantes que chegavam, passando por várias fases. As pessoas não identificavam de imediato, mas o ritmo do espetáculo, a música e a imagem conduziam a um estado de sonho ou de pesadelo.

As imagens provocavam o inconsciente do espectador; ele podia montar a história que quisesse, mas eu tinha a minha história. Só não a contava explicitamente.

O espetáculo começava com a entrada de uma mulher antiga. Do outro lado, vinha um coronel de fazenda que apontava uma arma, nem sempre para ela. Eles atravessavam o palco lentamente e ela, de tempos em tempos, desmaiava. A cena se repetia. Era um ciclo. Eles iam contando a historinha de uma relação tumultuada, do machismo, da condição da mulher na época. Essa cena ia se fundindo com outras imagens até que, de repente, entrava um imigrante italiano puxando uma mesinha com um projetor, anunciava a chegada do cinema. E assim se desenvolvia o espetáculo até o final.

Ficha técnica do espetáculo. Texto e direção: Emilio Di Biasi; Música: Arrigo Barnabé e Hermelino Neder; Coreografia: Emílio Alves; Cenário, figurinos e adereços: Mário Cafiero. Projeto de iluminação: Yacov Hillel. Elenco por ordem de entrada: Marco Stocco; Gaby Imparato, Cristina Sano, Carlos Mani, João Vieira, Daniela Mazzariol, Carlos Martins, Miriam Mehler, Marcos Machado, Alberto Soares, Sacha Svetloff, Eugênio Puppo, Célia Orlandi e Genésio de Barros.

Foi encenado no Sérgio Cardoso, na salona, porque essa linguagem pede um espetáculo grandioso, com impostação operística.

Quando montava o cenário fui procurar no Teatro Municipal se eles teriam algum telão daqueles antigos para usar na peça. Me disseram que estavam todos no porão do Centro Cultural São Paulo e que eu poderia procurar lá. A parte triste da história é que encontrei uma infinidade de telões, todos dobrados, sem nenhum cuidado, no chão de cimento, sem nenhum tipo de preservação. Não seria possível abrir cada um, então fui olhando as beiradas de cada um até achar um que tinha uma pintura de floresta muito bonita. Pedi que o rapaz abrisse e era belíssimo, tinha o carimbo da Casa Tireli, famosa casa de telões na Itália. Havia servido de cenário para a estreia da ópera *O Guarani*. A tinta já estava desintegrando, levei assim mesmo. No final da temporada eu o devolvi ao Centro Cultural. Muito tempo depois ligaram querendo saber se eu havia devolvido o telão. Pode?

O espetáculo era só com música do Arrigo e do Hermelino, mas eu senti que tinha necessidade de um texto. Não sabia exatamente que texto usar dentro de toda essa profusão, esse volume de imagens. Não sabia como fazer isso. Como fazer esse texto, qualquer texto seria ilustrativo, seria uma coisa redundante. Deixei essa questão de lado, fiquei calmo e senti que a qualquer hora ia me pintar algo. E pintou mesmo, foi uma coisa muito louca.

Um dia eu acordo de madrugada com um texto fragmentado na minha cabeça. Palavras soltas sem sentido. Meio no escuro mesmo peguei um caderno e fui anotando tudo compulsivamente. Era um enorme poema, que afinal fazia sentido com a linguagem toda do espetáculo. Um mistério.

Miriam Mehler e o Genésio de Barros falavam esse texto. Cada um em um momento do espetáculo e com uma interpretação completamente diferente. Deslumbrante.

O Poema

Mas eu não posso
Poderia
Vem
Não, não posso
Sim, mas, não, oh!...
Quero poder
Tenho medo não
Sempre esse medo
Medo
Esse medo sempre
Talvez amanhã
O coração gelado
Enregelado
Frisado
Encouraçado
Tourado

Mil vezes assado
Do outro lado
No condado
Sempre o virado
Ter que deitar
Sonhar
Ter que deitar
Sonhar
Ar, ar, ar...
Vem depois
Ar, ar, ar...
Vem vai
Vai vai
Sai, sai, sai...
Só se lutar
Não, não, oh!...
Mas, talvez, oh!...
Sim, porque sim
Porque não
Sem saber pelas colinas desceu
O sol quente empedrado
Pés sangrando no despenhadeiro
Torta de mel no balaio
Sino longe bate
O sino
Tange, tange
A velha costurou
Costurou
Costurou

A velha costurou
Costurou
Costurou
Vem
Não
Vem
Não posso
Vem
Tenho medo
Sempre esse medo, sempre
Sim, mas, não, oh!...
Quer me levar
Ter de morrer
Sonhar
Dormir
Nem sequer amar
Amar
Jogo sempre de armar
Armar, armar, armar
Sempre de armar
Sobre tudo as coisas todas
Armar sempre
Vejo a chave no portão dos séculos secu-
lorum
Vejo a noite
Vejo a chave das ilusões perdulorum...
perdidas
Vejo o dia
Vejo a burra sentada esperando o confitorum

Vejo o vejo, mas já não vejo. oh!...
Vejo a ti, oh!...
Não
Não sou ti
Não sou vós
Nós
Sou
Sou, sou, sou
Soul
Sim
Sou soul, soul sou
Sim, sabes, sabes, sim
Sou se és, se és, se és
Saberás, saberás
Sabrás
Quien sabe
Quien
Quien
Ninguna voz aclarará mi pena voz
De pena de pena
Tanta pena
Ninguna voz para aclarar mi voz
De pena
Tanta pena
Pena pequen perto
Perto de
Que coração pode
Aguenta sim
Tudo pode com pena

Que coração
Chega não quero mais
Que choro
Que chata
Parece uma chata
Chega
Nada de choro
Chata
Vive parada nessa roseira
Vive gelada nessa pedreira
Vive tomada nessa tomada
Porque vai
Vai embora
Ou vem
Não, não
Vem
Não posso
Vai
Tenho medo
Sempre esse medo sempre
Vem
Sim, mas, não, oh!...
Tem uma serpente ao lado de cada pote
Tem um vento sempre jogando
Tem um porão de geleias e teias
E tem, e tem, e tem...
Tem mais tem
Se você tivesse
Se você quisesse

Mas já, agora
Agora sabe
Agora
Você pode vir
Não
Vem
Não, não, não...
Vem
É o outro
É o outro
Não sei, sim, mas...
Mas, mas, mas...
O outro sei não sei
Vem, vem, vem...
Sim, mas, não, oh!...
Sabe, eu queria...
Você talvez
O outro rolou para os olhos dormentes
Para as selvas de água de chuva
Para o sonho do pai, filho, espírito...
Santo, não
Santo, não
Santo, não
Rolou sumido nos tropicais
Tropicais brasileiros
Perobeiros
Arauqueiros
Jacarandeiros
Arareiros

Sabiazeiros
Coqueiros
Ah, coqueiros, ah!...
Ah, ah, ah!...
Coqueiros, ah!...
E canoeiros
Ah, canoeiros, ah!...
Por sobre as águas desta mãe gentil
Ah, ah, ah!...
Vem
Não sei, mas sei
Vem, vem, vem...
Tenho-me
Sempre
Tenho-me
Sempre
Sempre, sempre...
Que posso mais que o livro e o cetro
Que posso além do porco e a língua
Que posso ter para ter, ter, ter...
Ter
Sem luz lá no fim
Vaga estrela vaga
Vadiando de dor e viagem
Viagem de dor e vadia
Viagem de vadiagem
Vadia, vadia, vadia...
Sempre mesma vadia
Mesma lenga, sempre

Sempre
A lenga de todo dia
Postada na mala da esquina
Na mala de dor e partida
De sempre a lenga partida
Eterna na dor da lenga
De malas sempre partidas
Vem, vem...
Agora vem
E o outro
Não sei, vem
Sim, mas, não, oh!...
Vem
Tenho m
Sempre esse m
Sempre
Como partir partido
Sem dor, sem flor
Sem suor, esplendor
Calor, calor...
Que calor
Só o sol
Partir, partir...
Que sol, que sol
Ah, que sol, ah!...
Ah,
Um copo de calor no corpo
De dor
De pavor

Um copo de que
De suco de
De sol, ah, sol...
Que sol
Calor no copo de sol
Vem, então, vem
Você vem... e vem... e vem
Sim, mas, não sei
Vem
Talvez é que, oh!, não sei...
Vem vá, vem
Sabe, tenho aquele m
Sei, você tem sempre aquele mesmo m
Então,
Então,
Vou se você
Não
Vem você com você
É que
Sem se você
Queria
Vem você por você
Você podia
Você pode você com você
Sem se se você
Eu queria tanto se você podia
Se você
Vem você, vem...
Só você só

Assim,
Assim,
Assim,
Assim,
Assim,
Assim.

Toda a divulgação dava conta de que o espetáculo era baseado na teoria do Bob Wilson, em versão brasileira, com imagens brasileiras. Houve uma grande repercussão. Muita gente começou a comparar com Bob Wilson. Claro que não era Bob Wilson, era a minha visão sobre o trabalho dele, 13 anos depois. Fiz para mim e todos os envolvidos no projeto. Quem viu, viu. Quem não viu...

Ainda nessa época, a Barbara Heliodora fez um ciclo de quatro palestras chamado *A Trajetória de Shakespeare,* que reunia os tópicos *O Aprendizado de Shakespeare, O Mundo Variado do Amor Shakespeariano, O Mundo do Poder e O Mundo Trágico de Shakespeare*, então era uma abordagem completa da obra dele e ela me convidou para ilustrar trechos das peças citadas. Além de mim, também atuaram nesse ciclo a Nicette Bruno e a Bárbara Bruno. O projeto foi apresentado no Teatro da Cultura Inglesa, em Pinheiros. Voltar sempre ao velho Bardo é fundamental. Barbara, obrigado.

Livraria da Travessa, com Bárbara Heliodora

Capítulo LXXI

A Rede Globo

Como é que eu fui parar na Rede Globo? Começa em 1988 a história de minha ida para a Globo. Sempre resisti, nunca batalhei, mas aconteceu. Tinha ainda certo preconceito com relação à televisão. Na Bandeirantes, eu tinha feito novelas, mas era diferente, eu estava em casa, aqui em São Paulo com a turma toda. Ir para a Globo significa você praticamente mudar para o Rio de Janeiro. E eu não gostaria de fazer o que muitas pessoas fazem, ficar na Ponte Aérea toda semana.

Mas o Benedito Ruy Barbosa, com quem eu tinha trabalhado em *Os Imigrantes*, foi para a Globo e escreveu uma novela que era praticamente o prolongamento de *Os Imigrantes*, uma novela muito bonita chamada *Vida Nova*. Até hoje não entendo por que nunca a reprisaram.

Ele tinha adorado o resultado do trabalho que eu havia feito com os italianos em *Os Imigrantes* e queria repetir o mesmo método, então pediu à TV Globo que me chamasse. Eu não podia recusar, o Benedito é muito querido. Nossa parceria ainda se estendeu para outras novelas. Fui recebido lindamente, afinal era uma indicação de Benedito Ruy Barbosa. Fui me amaciando, nessa época não havia essa estrutura dividida em núcleos como é hoje e quem coordenava toda essa parte de contratações do artístico era o Paulo Ubiratan, outro querido.

Durante o período em que trabalhei em *Vida Nova*, convivi muito com as pessoas do departamento de recursos artísticos, que é a área que auxilia a escalação de elenco e, quando necessário, escolhe também as participações eventuais da novela.

Esse departamento era coordenado pela Maria Carmem Barbosa e sua equipe. Durante as gravações, ela notou meus acertos na escolha da figuração de *Vida Nova*. Também foi nessa novela que conheci o Luiz Fernando Carvalho, com quem eu viria a trabalhar mais tarde. Ele era codiretor, o diretor-geral era o Reinaldo Boury. Meu trabalho por lá resultou bastante bem, mas sabia que quando acabasse a novela eu voltaria aqui pro meu casulo. E assim foi. Minha história com a Rede Globo, porém, teria uma continuação.

Capítulo LXXII

De Volta a Sampa

Estava em São Paulo, às voltas com dois projetos de teatro, um como diretor e outro como ator, quando recebi um telefonema de Daniel Filho, que me convidava para ser o diretor do Departamento de Recursos Artísticos. A Maria Carmem Barbosa estava cansada desse trabalho, queria escrever e eu seria seu substituto. O departamento todo seria reformulado, haveria um remanejamento da equipe e eu deveria coordenar tudo isso.

Eu disse que não podia por estar envolvido com as duas peças, *Cais Oeste,* em que eu atuava, e *Gepeto,* que eu dirigia, mas ele insistiu. Disse que reservaria passagem e hospedagem e pedia que eu fosse ao menos bater um papo com ele. Mas eu realmente não podia. Ficamos um bom tempo negociando por telefone essa minha ida ao Rio de Janeiro.

Gepeto é de um argentino chamado Roberto Cossa e tinha feito muito sucesso na Argentina. Acho que foi do Ben-Hur Prado, produtor, a ideia de montar esse espetáculo. Fiz a tradução com a Regina Lobo da Costa Prado, irmã do Ben-Hur.

É a história de um professor, um intelectual maduro, que vive sozinho. Ele recebe a visita de um estudante, um aluno dele, que vem tirar satisfações porque cisma que o professor está envolvido com sua namorada. Este primeiro conflito serve como pretexto para o professor destruir com muita ironia todo um pensamento tolo, uma bobajada típica da juventude, que não sabe nada. É um embate muito interessante e, no fim, ele acaba tendo uma relação muito amorosa com o professor. O professor era o Rubens de Falco e o aluno era o Marcelo Picchi. A moça só era citada, não aparecia em cena. Nós fizemos inicialmente uma grande excursão pelo interior de São Paulo, só depois estreamos na capital.

Paralelamente, fui aceitando outros pequenos convites, como fazer o narrador numa apresentação de *O Carnaval dos Animais*, de Camille Saint-Saëns, no Teatro Municipal. A música foi executada pelo Quarteto de Cordas da Cidade de São Paulo e o espetáculo teve a participação do Balé da Cidade de São Paulo.

Em São Paulo, *Gepeto* foi encenado no Teatro Paiol, mas sem o Marcelo Picchi, que não pôde mais fazer, quem assumiu seu papel foi o jovem talentoso Marcelo Andrade.

Logo depois da estreia na capital, comecei a ensaiar o *Cais Oeste, do* Bernard-Marie Koltès, que eu queria encenar lá mesmo no Paiol, mas em horário alternativo, às segundas e terças-feiras, era uma peça bem apropriada para isso. Eu tinha traduzido a peça tempos atrás, quando passei aquela temporada na praia.

O Koltès estava na crista da onda, sua obra foi traduzida e montada na Europa inteira. O Patrice Chereau dirigiu todas as suas peças. *Cais Oeste* revolucionou a dramaturgia moderna. Ela tem uma estrutura de longos monólogos para cada personagem, intercalados com a cena dialogada. É ambientada num hangar abandonado à beira de um porto. Ali vivia uma família de latinos e às vezes eles falavam em espanhol.

Era um encontro inusitado, uma circunstância muito estranha, um cara vinha para esse lugar querendo se matar, mas acabava obrigado a uma convivência com as pessoas dali. Ele tinha vindo de carro e não poderia mais voltar porque os habitantes do lugar roubaram uma peça do veículo. A partir disso se desenrola toda uma ação de vida e de morte, de roubos e chantagens, e disputas, uma discussão dos valores básicos da vida através das muitas palavras ou dos silêncios, dos contrastes, da hereditariedade ou do destino do consciente ou do inconsciente, a vontade de cada um de romper ou de construir a sua vida, não importando de que ventre

Em Cais Oeste, *de Bernard-Marie Koltès, com* Renato Modesto

seja parido. *Cais Oeste* é assim um porto livre, como livre também são as diversas leituras que o espetáculo pode proporcionar.

Resolvi que não queria dirigir essa, queria só fazer como ator mesmo e chamei o Marcelo Marchioro, meu amigo de longa data, lá de Curitiba, para dirigir, iluminar e criar a sonoplastia, porque sabia que ele também era das poucas pessoas que conhecia e gostava desse autor.

Dizer esse texto foi um grande prazer, uma linguagem nova, com um frescor de modernidade, nada parecido com o que eu já tinha feito. O público ficava concentrado no centro do espaço, os dois blocos de cadeiras laterais eram cobertos por praticáveis fazendo com que a gente circulasse ao redor da plateia.

Essa cenografia ajudava a criar um clima de ameaça. O cenário era do artista plástico Eduardo Iglesias. O público foi pequeno em dias e horários alternativos, mas um público seleto e ávido por um teatro contemporâneo. No elenco, eu, Bárbara Bruno, Rildo Gonçalves, Rosália Petrin, Chico Martins, Vanessa Goulart, Renato Modesto e Ronald Pinheiros.

Capítulo LXXIII

Plim-Plim

Daniel Filho e eu continuávamos conversando por telefone até que ele me perguntou quantos dias disponíveis por semana eu teria. Respondi que somente dois. Ele topou e aí eu não podia falar mais nada. Fiquei meio zonzo, imaginando toda essa mudança de vida.

Quando finalmente desci no aeroporto do Rio, não tinha coragem de sair. Sentei e fiquei pensando: *Eu não posso fazer isso agora. Eu peguei a passagem. Eu não posso voltar sem falar com o Daniel.*

Fiquei uma hora pensando, finalmente tomei coragem, peguei um táxi e fui conversar com o Daniel. Acertamos que no começo eu iria para lá uma vez por semana para discutirmos as modificações que ele gostaria que eu fizesse e para escolher a minha equipe.

Era um departamento com uma organização bastante interessante. Para funcionar era preciso que você tivesse agilidade no acesso ao arquivo para as escalações. Procurávamos primeiro não pelos atores, mas pelas características físicas dos personagens. Em seguida, selecionávamos os melhores, levando em consideração a qualidade do ator, claro, e apresentávamos as sugestões aos diretores de programas.

E foi isso que eu fiz durante muito tempo, não sei quantos anos, até começar a dirigir a novela *Renascer*.

Assumi o departamento antes da informatização, eram centenas ou milhares de pastas com currículo e foto do ator, arquivadas em armários enormes. Era um sufoco quando você precisava procurar um determinado tipo de ator.

Quando veio a informatização, fomos obrigados a fazer o curso para mexer com o computador. Todo esse arquivo de papel foi sendo transposto para o computador, agora com uma ficha completa de tudo que os atores sabiam fazer. Eu também fiz o curso, mesmo detestando computador, mas quem fazia mesmo essa parte para mim era a Jussara, minha secretária querida e eterna amiga.

Todo mundo gostava muito do meu trabalho, das minhas sugestões. Gosto muito dessa fase também porque foi quando conheci o Boni, o grande cara que inspecionava tudo que se fazia na televisão. O Boni tem uma cabeça incrível, uma visão de televisão impressionante, consegue perceber o que é bom para a emissora, o que agrada ou não ao público. Nas reuniões com ele, aprendi muito. Ele era muito incisivo, dizia francamente do que gostava ou não. Assistia ao primeiro capítulo de uma novela e, se não gostava, mandava regravar inteiro e o capítulo ganhava outra dimensão. Acho que está faltando um pouco disso hoje em dia.

Capítulo LXXIV

Revelando Talentos

Aprendi a reconhecer esse poder da câmera de mostrar a alma do ator, de analisar se aquele cara era fotogênico, se tinha carisma, empatia. Comecei a reconhecer esses valores tão necessários para a televisão.

A gente garimpava atores em grupos de teatro no Rio de Janeiro, São Paulo, Paraná, Belo Horizonte, Salvador, Recife. Quando eu não podia ir, ia alguém da minha equipe. Apostei em muitas pessoas que eram desconhecidas da TV, revelei muitos talentos.

Numa dessas viagens fui para Curitiba assistir a uma montagem da ópera *O Barbeiro de Sevilha*, do Rossini, dirigida pelo Marcelo Marchioro.

Ele tinha criado um coro de bailarinos, uma coisa meio *comedia dell'arte*. Dentro desse grupo, vi uma menina que me impressionou demais, não conseguia tirar os olhos dela. Era a Letícia Sabatella. Fui conversar com o Marcelo para saber como eu faria para conseguir o material dela. Sou muito cuidadoso com essa coisa, não gosto de melindrar ninguém. Se eu a chamasse para fazer um teste, teria de chamar a turma toda.

Então tive uma ideia, pedi uma câmera para a Globo e chamei o grupo todo para fazer um teste de imagem. Voltei para a Globo com essa menina gravada. Mostrei pro Luiz Fernando que ia dirigir um especial, ele adorou. Foi o início da sua carreira de sucesso.

Em São Paulo, a Globo mantinha um pequeno braço do departamento e eu havia convidado a Bri Fiocca para a coordenação dele. Eu estava sempre em contato com ela, perguntando se tinha alguém em quem valeria investir. Um dia recebo uma foto do Fábio Assunção, era uma foto simples, de corpo inteiro. Eu o coloquei na roda e sua carreira deslanchou.

Quando a Globo precisava da protagonista para a minissérie *Tereza Batista*, mandei uma das minhas assistentes, a Iolanda, que era do Recife, procurar alguém por lá. Ela me trouxe a Patrícia França.

Dessa vez, fiquei na Globo de 1989 a 1992. Nunca quis fazer um contrato longo com a TV Globo, gostava de saber que era só por um período. Quando terminou esse contrato decidi que queria voltar para o teatro, mas ainda não sabia o que fazer.

Capítulo LXXV

Dois Perdidos Numa Noite Suja – Versão Contemporânea

Um domingo, em 1992, numa pausa de contrato com a Globo, fui passear na feira da Praça da República. De repente, vejo o Plínio Marcos vendendo os livros dele, como sempre. O público andava esquecido do Plínio. Fiquei de longe observando um pouco e, de repente, me veio na cabeça remontar *Dois Perdidos Numa Noite Suja.* Lembrava da primeira montagem, mas, relendo a obra, percebi que poderia mostrar uma visão mais contemporânea dessa peça que pertencia à chamada nova dramaturgia ou dramaturgia do quarto fechado. Senti que havia possibilidade de romper com as indicações sobre o cenário sem mudar uma vírgula do texto.

Naquela época o Marco Ricca estava ocupando o teatro do Bexiga, que hoje é o Ágora. Contei a ele a minha ideia e ele topou fazer. Para o outro papel, me lembrei do Petrônio Gontijo, que eu não conhecia pessoalmente, mas tinha visto num vídeo e em alguns trabalhos na televisão. Procurei o contato dele e telefonei. Ele estava de férias, em Varginha, sem fazer nada e também aceitou o convite na hora.

Foi uma coincidência os três estarem inúteis na vida. Começamos a trabalhar.

Expliquei que minha ideia era tirar a ação do quarto e colocar num lugar a céu aberto. Eu entendia que a miséria daqueles dois, que nos anos 1960 ainda tinham dinheiro para alugar um quarto de pensão, tinha aumentado, eles haviam ficado mais miseráveis ainda, com certeza os dois teriam se tornado moradores de rua.

Pirei na ideia que o chão da área de cena deveria ser com terra. Uma terra que, quando chovesse, viraria lama. Parecia um absurdo, mas decidi que teríamos lama no palco todo. Mas lama é uma coisa complicada, queria na verdade conseguir um material que representasse a lama, mas que não fosse tão agressivo e anti-higiênico para os atores, já que com lama de verdade corriam o risco até de pegar uma virose, por exemplo.

Então o Cacá Soares, que era sócio do Marco Ricca e que também fez cenário, foi pesquisar o material. Chegamos a uma mistura que resultava numa lama preta, que, afinal, ficou bem mais interessante.

O único objeto que havia em cena, além de dois pedaços de plástico com que eles forravam o chão para dormir ou se cobrir, era uma banheira, que ficava sempre cheia de água graças a uma goteira que pingava durante todo o espetáculo. Ali eles não só se lavavam como também se agrediam. É dentro da banheira ainda que os dois planejam o assalto.

Faltava resolver o que fazer com o fundo do palco, que material seria compatível com a lama. Decidimos utilizar um material que simbolizasse uma imagem da tecnologia. O Cacá trouxe umas placas de metal com uma porção de furinhos, acho que são usadas como divisórias. Enfim, montamos um painel com essas placas e colocamos os dois personagens acuados nesse lugar. Eles formam uma comunidade, uma minissociedade que está constantemente em perigo.

Isso nos levou a um terceiro elemento desencadeador de novos estímulos que praticamente fechava o conjunto de ideias: atrás dessas placas, praticamente imperceptíveis, coloquei uma câmera e um *camara-men* transmitindo ao vivo a peça toda por um outro ângulo.

As cenas eram vistas por um monitor de TV bem pequeno, só víamos o monitor com sua luz forte em preto e branco, o *camera-men* ficava coberto todo de preto. Isso nos remetia a um leque de possibilidades: à reportagem, à frieza da tecnologia, à ideia da vigilância constante e mesmo a

Jean Genet, no sentido de espelho, em contraste com a realidade.

Além disso, muitas vezes os atores se aproximavam desta câmera e, de costas para a plateia, ficavam em close no monitor, falando trechos mais significativos do texto. Ficou um efeito muito bonito. Esse trabalho de vídeo foi realizado por duas pessoas muito queridas, o Márcio Ribeiro e o Rubens Rewald, que hoje já é cineasta.

As marcas cênicas eram verdadeiras e violentas, havia um eterno corpo a corpo e quem cuidou dessa parte foi a Ariela Goldmann, que entende muito dessas técnicas corporais, de como brigar sem machucar a outra pessoa, uma coreografia. Hoje ela é diretora, mas fez esse trabalho de preparação corporal para mim em vários espetáculos. O Rubens ficava doido com essas cenas de briga, ainda guardo uma fita gravada com a visão dele. No final, quando o Paco (Marco Ricca) morria, o Tonho (Petrônio Gontijo) o abraçava e o carregava nos braços, numa imagem que remete à Pietà.

Para a trilha eu usei músicas de um grupo alemão Einstürzende Neubauten, que o Carlão Reichenbach havia me apresentado e que tinha uma sonoridade incrível; eles fazem música batendo em canos, um trabalho parecido com o

Uakti, mas com um pouco mais de violência, um som meio letal, com uns gritos terríveis. A peça começa com esses gritos.

Já na cena em que Tonho finalmente consegue o sapato, que eu havia substituído por tênis, e se desespera ao descobrir que o calçado é um número menor, coloquei a *Bachiana* n.º 5, de Villa-Lobos, que muita gente achou uma covardia. Pouco me importa, era um grande momento. Foi um espetáculo bom demais para a minha cabeça. Nós estávamos num momento muito propício para uma explosão dessas e foi muito gratificante essa minha volta ao texto brasileiro, com outra compreensão, um outro enfoque, valorizando ainda mais o texto. O Marco e o Petrônio eram extraordinários. Uma entrega, uma energia e uma violência absurdas, mas sem perder de vista o humor, porque o personagem do Marco, o Paco, era um deboche só, diz coisas muito engraçadas e ao mesmo tempo poéticas. Descobri essa poesia do Plínio durante o processo. Inicialmente o texto era um retrato da sociedade, tinha todo um realismo, mas com o nosso trabalho descobrimos que a história tem um ritmo próprio que é fantástico.

Minha proposta era não mudar em nada o texto. Que as gírias não fossem atualizadas, nem a maneira de falar, afinal é um clássico brasileiro.

Faltou dizer que a produção e administração do espetáculo eram da Noêmia Duarte. Nesse trabalho nos tornamos grandes amigos e até hoje ela me acompanha sempre. Trabalhando comigo ou não, é uma amiga muito querida e fiel.

O Plínio ficou escondido na estreia, não quis aparecer, mas ele gostou muito. Foi o maior sucesso. Ninguém esperava ver *Dois Perdidos...* com essa postura, essa estética. Fiquei muito feliz, porque todo mundo começou a falar do Plínio de novo, foi uma segunda fase dele, todos queriam montar suas peças.

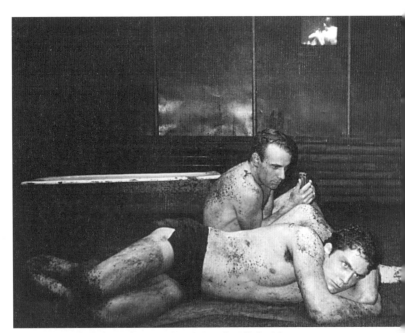

Dois Perdidos Numa Noite Suja, *de Plínio Marcos, com Marco Ricca e Petrônio Gontijo*

Capítulo LXXVI

Assumindo a Direção

Tinha minha vontade de dirigir novela. Já havia colaborado com o Luiz Fernando em *Vida Nova.* Foi uma parceria muito interessante, aquela coisa de pesquisar, de ver muito filme. De repente você descobre uma cena de um filme que pode reproduzir na novela e fica feliz. Eu e o Luiz criávamos juntos, embora eu ainda não pegasse na câmera.

Eu já havia trabalhado com o Luiz Fernando na novela *Vida Nova*. Tínhamos nos dado muito bem. Compartilhado do mesmo ideal de levar para a televisão uma qualidade artística vinda do teatro, do cinema e da literatura. Ele iria fazer sua primeira novela como diretor-geral. Mais uma de Benedito Ruy Barbosa, *Renascer*.

Mas agora essa novela não tinha nada de italiano, e sim de baiano. Luiz Fernando me chamou para dirigir. Quando começou a escalação precisávamos de uma atriz desconhecida, muito especial, para interpretar a Buba, uma hermafrodita, uma personagem bastante complexa. Resolvi pesquisar em todos os nossos arquivos de vídeo pacientemente. De repente me deparo com uma garota, magrinha, branquinha, interpretando

uma cena de Nelson Rodrigues fortíssima, mal-
ditíssima, Maria Luísa Mendonça. Mostrei para
o Luiz. Mandamos chamá-la e foi o estouro que
foi. Ela se arriscou e saiu vitoriosa. Grande atriz.

Precisávamos também de um casal de jovens
atores, protagonistas da primeira fase da novela. Eram poucos capítulos, mas muito intensos.
Depois a novela avançava vários anos e eles não
voltavam mais. A jovem já estava escalada, Patrícia França. Deveríamos estar atentos também
para que o ator tivesse uma boa química com
a Patrícia. Fizemos uma seleção de atores por
fotos do cadastro. Pegamos uma cena da novela
e partimos para o teste. Eu mesmo dirigi o teste,
provocando todos os sentidos e emoções dos
atores. Entre eles estava Leonardo Vieira; ele
também acabou vencedor. E o par com Patrícia
foi perfeito. Em poucos capítulos eles ganharam
a simpatia do público que lamentava a saída
deles da novela.

Afinal, o Benedito resolveu colocar de novo o
personagem de Patrícia (Maria Santa, que havia
morrido na primeira fase) como uma aparição
ao seu amado José Inocêncio (Fagundes). Isso
fez com que a novela ganhasse mais encanto
ainda. Acho que foi das melhores novelas da
história da televisão e a melhor novela de Benedito Ruy Barbosa.

Com Benedito e a alma boa de Ilhéus, Marco Antonio Penna

Nossas referências, minhas e do Luiz, para uma imagem nova na televisão eram o cinema: a luz, a fotografia, o enquadramento, os movimentos de câmera. E também o teatro, o teatral: os cenários, os figurinos, as cores, a recriação de uma época. Além do Leonardo Vieira, da Patrícia França e da Maria Luísa, tínhamos buscado mais atores novos para o elenco. Foi assim que surgiram Isabel Filardis, Jackson Antunes, Marco Ricca, Leila Lopez, Syria Coentro, Bertrand Duarte e outros.

Antes de começarem as gravações, fui com essa turma de novos atores para a Bahia fazer uns *workshops* de preparação, nos instalamos numa casa de madeira em uma fazenda enorme, dava para sentir toda a riqueza do cacau e também sua decadência.

Também aprendi tudo sobre o cacau e as barcaças, aquelas grandes plataformas onde se coloca o fruto para secar. Lá chove muito e o cacau não pode apanhar chuva, por isso existe aquele telhado sobre as barcaças. Se chover, num instante você puxa o telhado que fica sobre trilhos e cobre o cacau.

Aos poucos fui pegando na câmera calmamente. Buscando o melhor posicionamento, a melhor luz e o apoio a todos os novos atores. A fazenda

Com Fernanda Montenegro e Cacá Carvalho, em Renascer

do cacau, a plantação, o desenho das barcaças tinham um frescor de imagens que estimulava a criatividade.

Tive o grande prazer de conhecer e trabalhar com Walter Carvalho, nosso diretor de fotografia, um gênio. Sua arte e experiência são de uma especial grandeza, aprendi demais com ele. Amigo para sempre.

Com o Jackson fiz sua primeira cena na televisão. Mostrava ele se lavando à beira de um riacho. Ao fundo, um caminho de árvores por onde ele andava a cavalo e por onde surgiria a Isabel Filardis. Era um dia de sol belíssimo e para mim estava legal.

Então o Walter disse que a luz era pouca, que ia colocar uma HMI, que é um refletorzão, para misturar com aquele sol. Ficou uma luz maravilhosa, refletia por entre as árvores e inclusive na água. Assim, fui aprendendo sobre todas as possibilidades.

Outra cena que ele iluminou lindamente foi dentro de uma dessas barcaças. O chão era cheio de buracos, por onde descem os grãos de cacau depois de secos. A cena que eu queria gravar era com o Marcos Palmeira subindo a escada desde lá de baixo. Avisei ao Walter como seria e ele me pediu cinco minutos. Quando me deu o OK, ele havia colocado um desses grandes refletores lá embaixo, a luz pegava o telhado todo, um efeito especial incrível, totalmente fora do comum, fiquei de queixo caído. Brinquei com ele: *Tá bom, Walter, fica combinado assim, eu não sei nada.* A novela foi um grande sucesso, o que é muito compensador. Contrato terminado, hora de voltar pro teatro.

Renascer, *preparando o set do porto*

Budro, com *Ariela Goldman, Jairo Mattos, Lavínia Pannunzio e João Vitti*

Capítulo LXXVII

Budro

1994. A Ariela Goldmann, que tinha feito a preparação corporal de *Dois Perdidos*..., era casada com o Bosco Brasil que tinha escrito uma peça chamada *Budro*. Ela me perguntou se eu gostaria de ler o texto. Li e adorei. Uma peça absolutamente paulistana.

É a história de dois casais de amigos, um casado de verdade e o outro que tem um caso encruado. Elas, companheiras desde a escola. Eles, um filho de um ricaço e um professor universitário, classes diferentes tentando se comunicar. Eles se reúnem toda semana, dizem que vão sair para ir ao cinema, mas não conseguem. Acabam sempre em casa mesmo, discutindo sobre seriados do tipo *Jornada nas Estrelas*. Vivendo do passado através das peripécias do amigo Budro, que foi morar no exterior e que nunca voltará.

Os três vivem falando do Budro e contam suas histórias como se ele continuasse presente. Mas o quarto personagem, o professor, ignora tudo isso, ele não conheceu o Budro e se sente muito deslocado a cada menção de Budro.

A peça retrata as frustrações e conflitos dos quatro e tem um clima de fim de século, de isolamento total com relação à cidade de São Paulo. Um clima brechtiano: a espera por Budro. Tchecov Pinteriano, o professor universitário que chega para desestruturar a harmonia falsa. Sem esquecer Sartre: *O inferno são os outros.*

Ao mesmo tempo em que eles não podem se largar porque estão muito habituados uns aos outros, há uma mistura de amor e ódio, de frustrações, de conflitos entre classes diferentes.

O elenco era formado por João Vitti, Lavínia Pannunzio, Jairo Mattos, Ariela Goldmann. A cenografia era minha e do Luís Frúgoli, que também assinava a luz. Os figurinos eram da Marjorie Gueller.

Montamos no Piccolo Teatro Estúdio, um prédio que ficava lá na Rua Girassol, na Vila Madalena. Utilizamos o porão do espaço, que originalmente era em formato de teatrinho italiano. Perguntei aos administradores se seria possível tirar todas as rotundas pretas, pintar tudo de branco e montar uma arquibancada só de um lado. Eles toparam. Ficou ótimo, reforçava a ideia de um *bunker* mesmo, um lugar isoladíssimo, com todo aquele concreto em volta.

Poucos elementos, um fliperama, um tapete persa, um carrinho de supermercado como bar, um enorme afresco de um anjo e um monitor de TV que projetava imagens de São Paulo o tempo todo. O afresco foi feito pelo Frúgoli. Era lindíssimo. Parecia uma obra vinda de uma escavação arqueológica.

Era um espetáculo muito denso, que tinha até um certo humor, mas tudo estava sempre por um fio. Quando algo não dava certo resultava num momento de grande violência. Senti o maior prazer em montar novamente o primeiro texto de um autor, como várias outras vezes havia feito. O Bosco ganhou o Prêmio Molière e o Shell, de melhor autor.

Em Filme Demência, *de Carlos Reichenbach, com Ênio Gonçalves*

Capítulo LXXVIII

Cinema e Carlão

Foi durante a temporada de *Cais Oeste* e *Gepeto* que recebi a visita de Carlos Reichenbach. Eu já tinha ouvido falar dele, de seu sucesso no Festival de Roterdã, mas fiquei surpreso com a visita. Com seu jeitão doce e tímido, me convidava para fazer um filme e perguntava se eu gostaria de ler o roteiro.

Claro que eu topei. Disse: *Não preciso ler o roteiro, com você eu topo qualquer parada*. Assim, entrei para o elenco de *Filme Demência*, que é o filme que o Carlão mais gosta.

Filme Demência é absolutamente livre, intelectualizado, aberto e com uma linguagem completamente *underground*, é uma adaptação da história do Fausto, com roteiro de Reichenbach e de Inácio Araújo. Era uma espécie de transposição do mito para o Brasil moderno. Contava a história de um industrial falido (Ênio Gonçalves) que era expulso de casa pela mulher. Sozinho em seu mundo ele começa a ter alucinações e acha que sua missão é descer aos infernos e encontrar Mefisto (eu), que em seus delírios lhe aparece em forma dos mais variados tipos. Ao todo, fiz cinco personagens.

No elenco, além de mim e do Ênio Gonçalves, estavam Imara Reis, Fernando Benini, Rosa Maria Pestana, Orlando Parolini, Alvamar Taddei e outros.

É um filme também sobre São Paulo, foi todo rodado em locações no centro da cidade. Na minha primeira cena eu, caracterizado como o clássico Mefisto, mostrava uma maleta e oferecia drogas ao homem, na porta de um cinema que ficava quase na esquina da Av. São João, era um pequenininho antes do Cine Ipiranga e colado com o Bar do Jeca.

Depois eu interpretava um poeta anarquista que aparecia na Galeria Metrópole, um vendedor do tipo caixeiro viajante, um personagem de cara limpa que fazia somente uma aparição mefistofélica e, por último, uma velhinha. A cena da velhinha foi filmada no litoral norte, na Rio-Santos. O homem dava carona para essa velhinha e ela era o demônio.

Foi uma coisa muito tumultuada, muito pobre em termos de recursos, porque o Carlão vinha da Boca do Lixo. Mas fazia filmes fantásticos, sempre foi muito hábil, havia um certo erotismo, mas sempre com um cunho político muito forte, uma provocação.

Em Filme Demência, *de Carlos Reichenbach, com* Ênio Gonçalves

Esse filme era uma paixão do Carlão e representou um salto para que ele fizesse um cinema mais à vontade, era o final da Boca do Lixo e da época das pornochanchadas. Me orgulho de ter começado minha carreira no cinema no prediozinho da Rua do Triunfo, onde ficava a produção.

No meio das filmagens, o dinheiro acabou. Não dava para continuar. O Carlão, desesperado, chamou o Ênio e eu para explicar a situação. Ele queria saber se a gente topava terminar o filme quando ele conseguisse a verba que faltava. Garantimos a ele que terminaríamos de qualquer maneira. Ficamos um tempo sem filmar, mas, finalmente, conseguimos terminar.

É um filme belíssimo, muito ousado, uma coisa única no cinema brasileiro.

Fomos para o Festival de Gramado, foi uma ovação, um sucesso, e eu ganhei um Kikito como melhor ator coadjuvante. Hoje o troféu é de metal, mas o meu ainda é de madeira.

Em 1987 fiz meu segundo filme com o Carlão, *Anjos do Arrabalde*, que eu adoro e que tinha roteiro do próprio Carlão.

Foi rodado na periferia de São Paulo e conta a história de uma amizade entre mulheres muito diferentes entre si. São professoras da periferia que têm de conviver com uma realidade de miséria e violência e ainda enfrentar seus problemas particulares.

No elenco estavam Betty Faria, Irene Stefânia, Clarisse Abujamra, Vanessa Alves, Ênio Gonçalves, Ricardo Blat, Carlos Koppa, José de Abreu, Nicole Puzzi e outros.

Eu interpretava o namorado da Betty, um sujeito dissimulado, duas caras, com uma relação ambígua com a Betty, revelando ao final seu lado bissexual. A Betty Faria fez até um curso para eliminar o sotaque carioca. Adoro o filme todo, um realismo poético próximo do neorrealismo italiano. Dessa vez o Carlão levou o Kikito por melhor filme no Festival de Gramado.

Em *Alma Corsária*, o Carlos Reichenbach, que assina o roteiro e a direção, fazia um acerto de contas dele com relação aos anos de ditadura, da repressão.

É sobre dois amigos que vão lançar um livro a quatro mãos e decidem convidar para a noite de autógrafos uns tipos muito estranhos. A festa acaba por retratar como eles se conheceram, nos anos 1950.

Com Irene Stefânia, Betty Faria e Clarice Abujamra, em Anjos do Arrabalde, de Carlos Reichenbach

Com Carlos Reichenbach, Beth Faria e Raul Cortez

Eu interpretava dois papéis, o de um velho esclerosado, entrevado em uma cadeira de rodas num asilo, e o de pai da protagonista.

No elenco, além de mim, Bertrand Duarte, Jandir Ferrari, Andrea Richa, Flor, Mariana de Moraes, Jorge Fernando, Abrahão Farc, Roberto Miranda, Paulo Marrafão, David Y. Pond, Amazyles de Almeida, Rosana Seligmann, André Messias.

O Carlão ainda me chamou para fazer outros filmes, mas eu estava na televisão e não pude aceitar os convites.

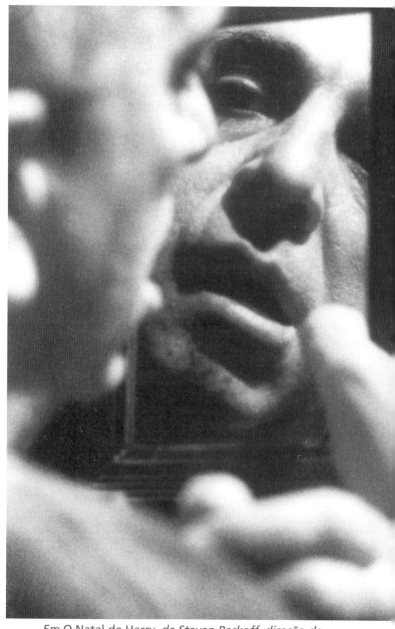

Em O Natal de Harry, *de Steven Berkoff, direção de Tonho Carvalho*

Capítulo LXXIX

Uma Oficina de Atores em São Paulo

Quando a Globo decidiu criar uma oficina de interpretação em São Paulo eu fui encarregado de encontrar um local. Já havia uma casa no começo da Avenida Angélica que abrigava um pequenino braço paulista do departamento de recursos artísticos, mas precisávamos de um lugar muito maior e que fosse também de fácil acesso. Depois de muita procura, achei outra casa na mesma avenida, porém já perto da Avenida Paulista. Compramos todos os móveis necessários e inauguramos o departamento que coordenei até começar a dirigir o *Rei do Gado*.

Antes disso, porém, resolvi fazer um trabalho como ator no Rio. Havia lido um texto chamado *Harry's Christmas*, de Steven Berkoff, e me apaixonei por ele. Tinha um pouco de medo de fazer um monólogo tão longo, mas decidi fazer assim mesmo. Primeiro pedi a Barbara Heliodora que o traduzisse para mim.

O título em inglês é um trocadilho que em português não encontramos equivalente, então ficou *O Natal de Harry* simplesmente.

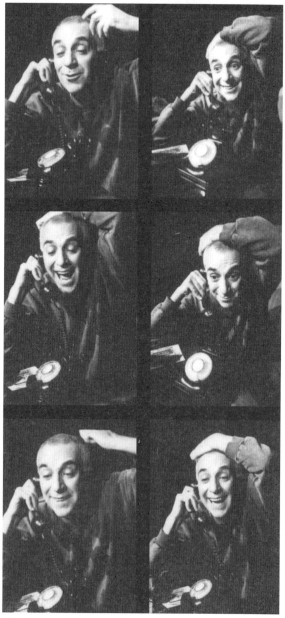

Em O Natal de Harry, *de Steven Berkoff, direção de Tonho Carvalho*

Harry está sozinho em sua casa na véspera do Natal. Aguarda ansiosamente a chegada de mais cartões, pois os poucos que recebeu não são suficientes para a decoração de um Natal alegre. Pensa em acrescentar alguns que guardou de anos anteriores. Relembra amigos e ex-amores, quer telefonar e convidá-los para um drinque, ou quem sabe ser convidado para uma ceia de Natal, mas hesita em telefonar. Uma voz interior, o seu outro eu, mais forte e liberto, incita-o a agir o tempo todo, mas sua imobilidade o impede e o arrasta cada vez mais para o isolamento. A noite de Natal chega e Harry lamenta não a ter planejado com antecedência. A solidão, o desespero e o conflito interior com seu outro eu implacável forçam-no a uma revisão de sua vida. Começa a tomar tranquilizantes. Dormindo não precisará presenciar a insuportável passagem de Natal. Em seu delírio revê seu grande amor perdido e o sonho de uma vida feliz.

Ele é muito louco. Depois de tomar os comprimidos com vinho, acaba morrendo. É uma história tristíssima, mas todo mundo que viu falava que eu tinha que encenar isso em todos os natais. Eu achava a ideia um terror. Imagina, uma coisa dessas no Natal poderia até provocar um suicídio coletivo.

Comecei a estudar o texto nas horas vagas do meu trabalho na Globo. Falava sozinho em voz alta para decorar. Mas não sabia direito que fazer, não podia continuar sozinho. Chamei o Tônio Carvalho para me ajudar. Eu o conhecia desde que ele havia trabalhado no grupo Decisão, lá nos idos de 1964, 1965. Sempre mantivemos contato.

Eu o havia levado para a Globo para coordenar a oficina de interpretação no Rio de Janeiro. Ele foi um grande colaborador dessa fase do departamento. Enfim, eu o chamei para uma conversa e resumi a história da peça. Perguntei se ele topava dar uma olhada no que eu já tinha feito. Ele gostou do que viu e me deu vários toques.

Principalmente com relação à marcação, à ocupação do espaço mesmo. O cenário era mínimo, só uma mesa e uma cadeira. Ele dirigiu a metade que faltava e estreei na Casa da Gávea. Um espaço que era coordenado pelo Paulo Betti, a Cristina Pereira e mais algumas pessoas. Foi uma ótima temporada, as pessoas adoraram.

Fiz também uma temporada bacana em São Paulo, na Sala Jardel Filho do Centro Cultural São Paulo.

Gostava demais desse espetáculo, mas despendia uma energia absurda, suava em bicas. O vinho que eu tomava em cena era, na verdade, Gatora-

Em O Natal de Harry, *de Steven Berkoff, direção de Tonho Carvalho*

de de uva, que também servia para me hidratar um pouco. Tomava um por noite. Chegou um momento que fiquei enjoado só de ver a garrafa. Agarrei trauma.

Recebi críticas ótimas, entre elas a do Leonel Fischer, da *Tribuna da Imprensa* do Rio de Janeiro. Ele diz que eu era *um intérprete perfeito para um dificílimo personagem, que a minha presença cênica era absolutamente fascinante.*

A Barbara Heliodora comentou em *O Globo* que minha atuação era *imaginativa e controlada, sem exageros ou apelações, e que eu mostrava as muitas facetas do Harry com talento e humildade.*

Capítulo LXXX

Outra Direção

Em 1996 o Benedito Ruy Barbosa escreve *O Rei do Gado* e exige que a trama seja dirigida por mim e pelo Luiz Fernando Carvalho. Novamente juntamos nosso trio, que sempre trabalhou em grande colaboração. *O Rei do Gado* foi um presentão que a gente ganhou. Tínhamos a responsabilidade de superar *Renascer*, nosso grande sucesso. Acho que conseguimos.

A história da novela estava dividida em duas fases. De um lado havia a família dos Mezenga, liderada por Antônio Fagundes. Do outro, a família dos Berdinazzi, do Tarcísio Meira. Os dois eram teimosos imigrantes italianos e tinham uma briga eterna. Paralelamente, havia a história do amor entre o jovem Henrique (Leonardo Bricio), da família dos Mezenga, e Giovanna (Letícia Spiller), a caçulinha dos Berdinazzi. Claro que as famílias eram absolutamente contra essa paixão. A trama atravessava vários períodos e retratava ainda a decadência do ciclo do café no interior paulista.

Depois de estudar muito, selecionar elenco e outras coisas, começamos a produção com uma viagem à Itália, para escolher as locações das cenas que aconteceriam na primeira fase. Uma dessas cenas deveria reproduzir a Segunda Guerra mundial, já que um dos personagens, filho do *Rei do Gado*, fora convocado a lutar. Havia um grande paradoxo nesse episódio. O jovem, filho de italiano, era brasileiro, e teria de lutar contra seus antecedentes.

Tínhamos o apoio de uma produtora na Itália, que nos ajudaria a procurar os locais que precisávamos para reproduzir esse cenário de guerra.

Partimos de Roma, eu, o Luiz Fernando e nosso motorista e guia e viajamos muito pela região sul, pelo interior, pelas montanhas. Conhecemos lindas cidadezinhas medievais que ninguém visita, já que são de difícil acesso por estarem incrustadas nas montanhas. Encontramos um povo gentil e delicioso, que ainda mantém os costumes daquela época.

Da estrada avistávamos um castelo no alto de uma montanha e lá íamos nós. Assim fomos seguindo cada vez mais para o sul. Já estávamos na véspera do Ano-Novo e não tínhamos encontrado nada que nos impressionasse. Já quase anoitecendo, paramos na primeira cidadezinha. Não conseguíamos nenhum lugar para dormir porque estava tudo fechado, não se via mais ninguém na rua. Pensamos até em dormir

Rei do Gado: *em locação*

no carro, mas nos indicaram uma outra cidade-zinha próxima que tinha um hotel. O vilarejo se chamava Grassano.

O hotel ficava ao lado da estação do trem, aque-les típicos hoteizinhos de estação, mas estava fechado. Vimos uma luz lá dentro e batemos. Fomos atendidos por uma moça e um rapaz, eram parentes e donos do hotel. Explicamos nossa situação e praticamente suplicamos que nos hospedassem. Eles confiaram em nós e nos abriram três quartos, mas avisaram que iam trancar o hotel e sair.

Achamos meio estranho ficar fechados, mas aceitamos assim mesmo. No entanto, durante a conversa eles acabaram nos convidando para acompanhá-los numa festa.

Era uma celebração promovida pela igreja e reunia todo o povoado.

Eu e o Luiz aceitamos o convite, o motorista pre-feriu ficar dormindo. A festa era uma maravilha, parecia que tínhamos sido carregados pelo tem-po, para o passado. Cada família levava um tipo de comida e aqueles embutidos, tipo salame, copa, etc. Além de muitos doces também. Havia muita música e todos dançavam. Todo mundo também vinha falar conosco. As meninas ficaram todas encantadas, porque nós dois éramos muito bonitos, modéstia à parte.

Essa convivência foi definitiva para a gente em termos de contato com os costumes, com a cultura e com a delicadeza daquele povo.

Poucas pessoas sabiam quem éramos nós. O padre então foi ao microfone e explicou o que fazíamos ali. Fui obrigado a agradecer e percebi que ficaram felizes por eu falar italiano.

A festa estava ótima, mas precisávamos seguir viagem, continuar a procura pela cidade que serviria como locação. Contamos às pessoas o que estávamos procurando e alguém disse que sabia o que queríamos. Explicou como fazer para chegarmos a Craco.

Craco, na realidade, era uma cidade inteiramente nova, porque a cidade original, a antiga, havia sido semidestruída por um deslocamento de terra. Os habitantes foram obrigados a abandonar a cidade, que foi reconstruída aos pés da montanha. A cidade antiga continua lá, no alto da montanha, com algumas construções, ou partes dela, que sobreviveram ao deslocamento.

Fiz muitas fotos do local, uma maravilha, uma coisa emocionante, de chorar. Era realmente

Rei do Gado: *aguardando a guerra*

linda. Ficamos encantados. Entramos em contato com a Prefeitura e explicamos a situação. Nos disseram que a cidade estava interditada, mas que abririam uma exceção porque gostaram muito da história e do projeto.

Era praticamente uma cidade fantasma. Felizes da vida com a descoberta, ligamos para o Brasil e acertamos todos os detalhes para começar as gravações. Começo de novela é fogo. E esse era só um pequeno pedaço da trama, que explicava o que tinha acontecido com um dos filhos do italiano que protagonizava a novela. Era muita coisa para fazer. E ainda precisávamos gravar muitas cenas no interior do Brasil, onde ficavam as fazendas em que os italianos trabalhavam. Então Luiz decidiu que eu gravaria sozinho essa parte da Itália enquanto ele conduziria as gravações por aqui.

Levei um susto, ia fazer sozinho esse evento todo, mas lá fui eu de novo para a Itália, e, agora sim, com uma responsabilidade muito grande. Nossa base na Itália ficava em Roma, era dali que partia toda a nossa produção e os testes para a escolha do elenco italiano.

Para o papel de Gema, moça que Bruno (Marcelo Antony) conhece na Itália, escolhi uma jovem atriz de 21 anos, Sônia Tozzi. Ela havia trabalhado no filme *Ninfa Plebea* (traduzido como *Ninfeta Italiana*), de Lina Wertimuller. Lembro que ela deu uma declaração muito bonitinha para a imprensa em que dizia: *Mamma mia, não posso acreditar, estou sonhando, claro que vejo novelas, sou uma romântica, Gema parece comigo em tudo, inclusive na força do amor, estou vivendo um momento mágico.*

Os papéis dessa trama, às vezes, precisavam de dois ou mais atores. No caso de Gema, por exemplo, havia também a versão dela já mais velha, avó, que foi interpretada por Luiza Fiori.

Para fazer o papel que depois seria da Glória Pires eu precisava de uma criança. Encontrei a Mariana Pereira, uma menina de 10 anos, nascida em Londres, de pais brasileiros, e criada em Roma.

A atriz Síria Betti vivia a mãe de Gema. É uma atriz fantástica. Quando descobri que ela já tinha trabalho num filme do Luchino Visconti, fiquei louco. Ela não contou isso durante os testes, mas num intervalo de gravação, entre um sanduíche e outro. Conversamos muito sobre o Visconti e sobre o filme que ela havia feito com ele. Era uma rápida participação, mas uma rápida participação em um filme do Visconti é tudo. É meu diretor preferido.

Rei do Gado: *a linda atriz italiana Sonia Tozzi (de blusa branca)*

O mais incrível é que esse papo todo foi gravado pelo Walter Carvalho, nosso cinegrafista e diretor de fotografia. De longe ele gravou tudo sem que a gente percebesse.

Fizemos o roteiro de gravação e decidimos as cenas com Marcelo Antony e Sônia Tozzi, tinha de mostrar como foi o encontro deles, o amor, enfim, a vida deles. Explorei ao máximo aquelas imagens, aquela paisagem. Todos os diálogos foram gravados em italiano e exibidos com legendas em português. Era muito bonito.

Primeiro gravamos as cenas da guerra. A produção arrebanhou cerca de cem pessoas da redondeza e de outros lugares para figurarem como pracinhas. Não eram só italianos, tinha gente de tudo quanto era raça. Entre eles, escolhia alguns que teriam mais destaque, que seriam os companheiros do Marcelo Antony, o único ator brasileiro que viajou comigo. Fiz um plano de guerra, ia ter bomba, tiro e tudo o mais e foi gravado em diferentes locais.

Uma das cenas que mais marcaram nessa viagem foi feita no último dia de gravação e eu a considero a mais maravilhosa. Lembro tão bem disso. Resolvi gravar na igreja semidestruída. Ela tinha vários buracos no lugar onde deveriam estar as janelas ou vitrais originais. Por ali entravam fachos de luz maravilhosos. O Walter disse que não seria necessário colocar nenhuma luz artificial. Mas, no dia da gravação, o tempo fechou, e tivemos de recorrer aos refletores. No entanto, como só iríamos embora no dia seguinte, perguntei à equipe se topariam fazer novamente caso o dia amanhecesse ensolarado. Todos toparam. E no dia seguinte o maravilhoso sol estava lá. Regravamos tudo e ficou belíssimo. Não usávamos fita de vídeo, mas uma câmera de 16 milímetros, com película mesmo, branco e preto.

Quando voltei para o Brasil, o Luiz me deu o cenário do Raul Cortez (Geremias) para dirigir. Eu fazia outras coisas também, claro, mas fiquei com todas as cenas do Raul. Um cenário muito inspirador também, todo feito em estúdio. Exceto por uma fachada de fazenda, que era mostrada quando ele deixava a casa.

A Walderez de Barros interpretava a empregada do Raul (a Judite). O Benedito havia previsto uma pessoa para contracenar com Raul dentro da casa, uma governanta, que soubesse tudo da casa e dele. Mas os rumos dessa personagem ainda não estavam definidos. Indicamos um caminho e ela foi nos surpreendendo.

Comecei a dar um certo destaque para ela, porque a televisão tem essa vantagem. Você pode ter uma câmera o tempo todo em um ator e depois escolher o melhor momento para colocar no ar. Mas a Valderez é uma atriz fantástica e o Benedito foi vendo que tinha sangue ali. Foi aumentando o papel dela e, no final, ficou uma dupla incrível.

Foi ótimo também para o Raul ter uma pessoa com ele o tempo inteiro e não ser somente uma relação empregado/patrão. Era uma relação de confiança, de amizade, até de amor. Fiquei bastante feliz com esse sucesso da Walderez. Gosto quando faço um trabalho com uma pessoa e ela vai caminhando com suas próprias pernas e faz sucesso.

Eventualmente, fazia outras cenas externas também, quando fossem de ligação com o interior, o estúdio. Quando escreveu o final da novela, o Benedito avisou que a gente teria que voltar à Itália, porque ele ia fazer com que o Geremias (Raul Cortez) fosse atrás de seu descendente, que era o filho que o personagem de Marcelo Antony tinha tido com a italiana no começo da trama. O Luiz pediu que novamente eu fosse para a Itália, porque ele ainda tinha muito que resolver por aqui. Assim, eu, o Raul e mais nossa pequena equipe fomos para lá.

Chegando lá, decidi que gravaria cenas com o Raul muito antes da chegada dele ao lugarejo em que se daria o encontro com seu sobrinho-neto.

Gravei o Raul pela Itália inteira, como se ele não soubesse onde era esse lugar. Começamos por Roma. Para ir esquentando as turbinas fiz cenas do Raul andando pela praça do Vaticano, com aquele monte de gente. Ele com um ar muito melancólico... caminhando entre os pombos, depois ainda fomos ao Coliseu e à Piazza di Spagna, outro cartão-postal de Roma. Gravei até ele comprando castanhas, hábito comum no inverno italiano.

Ia mandando essas imagens para o Brasil e elas eram incluídas nos capítulos gravados aqui. Em seguida fomos a Firenze, cidade que eu amo. Lá visitamos a Ponte Vecchio, o Rio Arno, a Piazza della Signoria. Esse material todo ia alimentando a história.

Junto comigo e com o Raul, viajou o Emílio Orciollo Netto também, que ia interpretar o sobrinho-neto do Raul. Ele ficou tão nervoso que adoeceu, teve febre e ficou de cama, coitado. Isso logo que chegamos a Roma.

Rei do Gado: *Raul Cortez procura por toda a Itália o Emílio Orciollo Neto. Em 1º plano, minha eterna continuísta, amiga de fé, companheira de todas as horas, Lucia Fernanda*

O Emílio Orciollo tinha participado dos testes em São Paulo com o pessoal da Escola de Artes Dramáticas, antes do início da novela, mas acabou não entrando, embora seu teste tenha sido ótimo. Quando soube que precisaríamos de mais um ator, sugeri ao Luiz que chamássemos o Emílio, de quem havíamos gostado tanto e que tinha ficado sem papel. Assim, de repente, ele soube que ia nos acompanhar na viagem. Ele assistia a todas as gravações para ir se ambientando e também fazendo contato com o Raul, com o sotaque italiano, com todo o comportamento de um rapaz criado no meio do campo.

Fiz também muitas tomadas na estrada, e o Benedito escreveu umas cenas do Raul conversando com o motorista, para relembrar o público do começo da história e explicar por que ele estava lá. O motorista era um ator italiano.

Escolhi ainda mais dois atores italianos para interpretarem dois camponeses. Para eles, o Raul pedia informações de seu sobrinho-neto quando finalmente chegávamos em Craco. Eles diziam que o rapaz estava trabalhando nas oliveiras.

Essa foi outra cena emocionante, o encontro dos dois. O Raul andando por entre as oliveiras com figurantes parando de trabalhar para observar aquele estranho.

Os camponeses, ao verem aquele homem de sobretudo e chapéu, só olham, não dizem nada. O Raul continua caminhando e, de repente, vê metade do corpo de alguém numa oliveira lá no fundo. Chega mais perto e chama o personagem pelo nome. O Emílio ganha então uma cena que é um verdadeiro presente para quem está estreando na televisão. Com a tesoura de podar nas mãos, ele abaixa o galho da oliveira em que está e aparece deslumbrante em um superclose.

O encontro entre os dois é lindo. Dali eles vão para a casinha dele, que é a mesma casa onde morava a Gema, e ele vai contar toda a sua história.

Também gravei em Pistoia, na região da Toscana, uma cena que o Benedito escreveu sobre o cemitério dos pracinhas na Itália. Quando chegamos lá, descobrimos que não havia mais ninguém enterrado ali, mas o local foi mantido como uma espécie de homenagem a esses homens. É um lugar muito bonito e conserva um paredão todo de mármore, onde estão gravados os nomes de todos os pracinhas que lutaram por lá. Na cena, o Raul vai lendo todos os nomes e, com a bengala, para no nome Bruno Berdinazzi. Foi uma choradeira geral da equipe.

Foi uma novela que me deu muito prazer, que me deu esse presente que foi ir três vezes à Itália e conhecer o país nas veias. E aqui no Brasil também gostei muito do trabalho de estúdio que fiz. Foi muito agradável trabalhar com o Raul e também com o Fagundes e com a Sílvia Pfeiffer.

A Sílvia é muito querida, gosto demais dela. Estourou logo no primeiro trabalho que fez na televisão que foi a minissérie *A Boca do Lixo*, do Silvio de Abreu. Fico feliz porque eu a incentivei muito a fazer esse trabalho.

Na novela, a Sílvia interpretava a Leia, a mulher do Bruno Berdinazzi Mezenga (Antônio Fagundes). O Oscar Magrini era o Ralf, seu amante. Tem uma cena maravilhosa com a Sílvia e o Oscar também. Ela leva uma surra dele e eu deitei e rolei. A cena começava com ela apanhando na sala e terminava com ela espancada, destruída no chão do banheiro. Havia câmeras por toda a parte porque não poderia haver cortes na cena e ela deveria cair exatamente em um lugar do banheiro, onde uma das câmeras daria um close em seu rosto. Mas ela não caiu no local marcado e tivemos de refazer. Coitada, teve de apanhar tudo de novo porque não adianta nada fazer uma briga decupada.

A Sílvia foi extraordinária, depois que ela caía no chão do banheiro era para cortar a cena, mas ela estava tão incrível que deixei gravando mais um tempo. Porque é muito legal quando você pega um ator assim, com essa gana, essa energia toda. Quando acontece uma coisa inesperadamente boa como essa você tem de aproveitar.

Faltou falar do trabalho que fiz antes de começarem as gravações com os atores que iam trabalhar no cafezal: o Marcelo Antony, o Leonardo Brício, o Caco Ciocler e o Manoel Boucinhas.

Fui com eles para a fazenda que servia de cenário. Eles teriam que apreender tudo sobre o café, todas as fases do trabalho com o grão. Tínhamos um instrutor só para isso. Pedi para a produção que colocassem umas camas na casa onde iríamos gravar porque queria que eles dormissem lá. Eu também passei a noite ali.

Tudo isso para que eles tivessem uma ideia real do processo todo. Que começava com um despertar às quatro horas da manhã. Depois do café, havia uma pessoa encarregada disso também. Eles aprenderam a selar os cavalos e foram cavalgando até o cafezal. Eu os acompanhei até o cafezal e depois os deixei aos cuidados do instrutor. Eles ficaram o dia inteiro lá e eu fiquei esperando no hotel.

À noite, quando foram me encontrar, eu os vejo totalmente iluminados, modificados. Estavam

Rei do Gado: *aprendendo e suando*, Manoel Boucinhas, Leonardo Brício e Caco Ciocler, com os instrutores

com outra cara, outra postura, outro tudo, graças a esse contato com uma coisa real, com direito a bolhas nas mãos e nos pés.

Eles não paravam de falar, estavam muito empolgados e, apesar do cansaço, tinham achado a experiência maravilhosa.

No dia seguinte, fui com eles. Levávamos até uma marmitinha para eles almoçarem lá mesmo no cafezal. Conversamos muito sobre essa experiência. Um dia levei o texto de cada um e disse que eles iam fazer ali mesmo, no cafezal, um improviso utilizando toda aquela energia que conseguiram através do trabalho braçal. Foi uma maravilha. Repetimos isso várias vezes e eu ia dando umas orientações de encaminhamento de interpretação. Acho que consegui um resultado tão bom quanto consegui em *Renascer,* que também fiz uma preparação semelhante antes de começarem as gravações. A grande diferença é que o elenco de *Renascer* era menos experiente. Com exceção do Leonardo Brício, todos estavam começando, nunca haviam feito nada na televisão. E eu queria mostrar para eles que na televisão também se pode ter um trabalho desse tipo, com esse cuidado.

Queria que estivessem muito bem preparados para lidar com todas as adversidades que podem

Rei do Gado: *almoçando no cafezal, durante o aprendizado*, Marcelo Antony, Leonardo Brício e Caco Ciocler

acontecer na televisão. Que estivessem munidos para todas as dificuldades, que iam desde o ritmo das gravações até ter de repetir toda a cena por causa de um problema com a câmera ou com a luz. Acho que consegui. A prova eu tive na primeira cena entre o Leonardo Brício e a Letícia Spiller. Era uma corrida pelo cafezal e depois eles rolavam no chão, se abraçavam e se beijavam. Fizeram tranquilamente. Parecia que pertenciam àquele universo. Se o cara chega frio já não rola, então eu acho que foi uma boa preparação. Todo mundo ficou muito bem.

Rei do Gado: *limpando o cafezal*, Caco Ciocler e Leonardo Brício

Capítulo LXXXI

Descobrindo Locações

Descobrir locações é uma parte fundamental do trabalho e eu adoro.

Nessa novela nós fomos para a região de Amparo, que eu já conhecia desde *Os Imigrantes,* na Bandeirantes. Tem muita coisa linda por ali, entre Amparo, Serra Negra. Mas não é uma coisa fácil. Descobrimos uma casa muito bonita e alugamos, mas ainda faltava outra. Rodamos muito e finalmente chegamos à porteira de uma propriedade com um casarão nos fundos. A porteira estava fechada e, como não conseguimos chamar ninguém, resolvemos pular a cerca para chegar até a casa. Fomos meio temerosos, de repente poderia aparecer um cachorro bravo ou poderíamos até levar um tiro, sei lá. A casa estava toda fechada, mas vimos uma janela aberta e achei que havia alguém lá dentro. Depois de muito bater na porta e bater palmas, sai um casal de velhinhos morrendo de medo.

Me apresentei, disse que éramos da televisão e que gostaríamos de conhecer a casa. Disseram que precisavam pedir autorização para o seu filho. Quando o filho chegou, nos abriu a casa e era uma coisa fantástica. Tinha um piano antigo, daqueles que tem castiçal. Não tinha luz elétrica, a iluminação era toda feita a gás, com cúpulas de opalina cor-de-rosa e azul. Também havia afrescos pintados na parede e um quadro preciosíssimo, de um pintor famoso da época, acho que deveria valer muito dinheiro. Enfim, era uma coisa inacreditável.

Tinha de ser aquela casa porque nunca ninguém havia visto tudo aquilo. Fizemos um acordo e afinal conseguimos. Mas, apesar da beleza, a casa estava toda suja, imunda mesmo, e tivemos que limpar. Ficamos sabendo que a casa deveria ser tombada, mas eles não tinham dinheiro para a restauração necessária.

Era uma verdadeira preciosidade, infelizmente não sei o que foi feito da propriedade depois. Quando a gente usa uma locação assim ela sempre vira atração turística, mas essa casa eu não tenho certeza.

Capítulo LXXXII

Trocando de Ritmo

Depois de *O Rei do Gado* fiz outra novela, *Anjo Mau*, que era *remake* de um grande sucesso da TV Globo. A primeira versão do folhetim é assinada por Cassiano Gabus Mendes, e o *remake* é de Maria Adelaide Amaral e Bosco Brasil, com colaboração de Vincent Villari e Dejair Cardoso. A direção-geral era da Denise Saraceni, mais o José Luis Villamarim e eu.

Eu vinha de dois trabalhos regionais, *Renascer* e *O Rei do Gado*, então estranhei muito a linguagem dessa novela absolutamente urbana. Claro, fiz muitas cenas lindas, sempre tentando o melhor, especialmente um longo plano-sequência nos corredores do hospital, com boa parte do elenco com áudio de todos.

O cenário de Beatriz Segall dava possibilidades de criar imagens bonitas. Beatriz e Ariclê Perez eram irmãs ricas e chiques no passado, decadentes no presente. De qualquer forma, a novela foi um grande sucesso, mas não creio que tenha sido um grande colaborador da Denise. O elenco fabuloso, delicioso, tinha o grande José Lewgoy, a amigona Regina Dourado, os garotões Marcio Garcia e Luciano Szafir (estreando na TV), meus

Anjo Mau: *num intervalo*, Beatriz Segall, Luiz Salém, Emilio, Noêmia Duarte, Pedro Paulo Rangel e Lília Cabral queridos Jackson Antunes e Emílio Orciolo Netto estreando também. Samara Filippo, Marcela Rafea, Gabriel Braga Nunes, Thaís Araújo. E ainda uma montanha de veteranos e de gente tarimbada. Além de Glória Pires, naturalmente.

Alguns novos talentos se firmaram depois dessa novela, mas eu já estava um pouco cansado do ritmo da televisão. Foi nesse momento que percebi que não conseguiria fazer na televisão um trabalho pelo qual não me apaixonasse totalmente. Aproveitei que era o final do contrato e voltei para São Paulo, querendo fazer o meu teatrinho.

Numa das minhas idas a Nova York eu tinha ouvido falar de uma peça *The Complete Works of WLLM SHKSPR (Abridged)*, de Jess Borgeson, Adam Long e Daniel Singer. Era uma adaptação da obra completa de William Shakespeare. Tive a felicidade de encontrá-la editada. Lendo o texto eu compreendi porque as pessoas falavam tanto e tão bem sobre essa peça. Fiquei apaixonado, era uma coisa incrível, era realmente a obra completa de Shakespeare, mas feita com uma grande liberdade, uma grande comicidade. Me impressionou tanto que resolvi que queria montá-la no Brasil. Comprei os direitos.

Fiquei um tempo pensando sobre o elenco, precisava de três atores. Mas que atores poderiam passear entre a obra de Shakespeare e ao mesmo tempo ter noção não só da dramaticidade do autor como de sua emoção e ainda apresentar uma grande veia cômica? Cheguei a pensar que não conseguiria encontrar esse trio. Não sei por que demorei tanto tempo para pensar nos Parlapatões. Quando apresentei a ideia a eles, Alexandre Roit, Hugo Possolo e Raul Barretto, toparam na hora.

Tinha também que resolver o problema da tradução, situação que sempre recorro à Barbara Heliodora. Mas, justamente essa peça, imaginei que ela não gostaria de traduzir. Mesmo assim, liguei para a Barbara e, meio sem jeito, perguntei se ela toparia a empreitada. Para minha surpresa ela disse que tinha visto a montagem em Londres e que tinha achado uma maravilha. Foi um grande alívio ouvir isso, eu estava com tanto medo que ela não aceitasse. Começamos a trabalhar. Demos o título absurdo, já uma brincadeira impronunciável: *ppp@WllmShkspr.br, ppp (Parlapatões, Patifes e Paspalhões), @ (apresenta), WllmShkspr (William Shakespeare) e br (Brasil)*.

Em toda essa minha história com o teatro não me lembro de ter me divertido tanto quanto durante os ensaios de *ppp@WllmShkspr.br*. Porém, nunca esquecíamos nossa proposta original, que era

ppp@Wllm Shkspr.br, de Jess Borgeson, Adam Long e Daniel Singer, com Raul Barreto na minha visão de Hamlet trabalhar o humor a partir de uma emoção que o desencadeia, ou trabalhar uma emoção que já contenha em sua origem um possível humor.

Conversei com os meninos, que é como eu os chamo, sobre isso antes de começarmos a ensaiar. Nosso ponto de partida, claro, seria o bondoso bardo, com toda sua seriedade e classicismo, que trataríamos com todo o respeito! Mas, paralelamente, queria toda a permissividade que deveria ser sem limites percorrendo os caminhos de outros grandes do humor: Chaplin, Buster Keaton, Oscarito, Grande Otelo, Bergson, Ronald Golias. Mas os Parlapatões *passaram dos limites,* de todos os limites. Depois de estimular toda a inventividade deles, fui obrigado, paradoxalmente e com dor no coração, a frear esse transbordamento de humor.

Eu tentava ser gentil e polido e, muitas vezes, diante de criações extraordinárias, eu dizia *guardem para a próxima.*

A partir daí nossa guerra se tornaria uma grande troca, iniciando uma trajetória de plena realização, de um lado a avalanche de um humor inteligente, liberto e sem fronteiras, e do outro meu humor louco, sim, mas controlado. Abre-se o pano e o inesperado: caras lavadas da maquiagem, ternos elegantes, interpretações à la Noel Coward ou David Niven, no melhor estilo inglês. A partir daí tudo poderia acontecer e aconteceu!

Ao mesmo tempo em que ensaiávamos com essa paixão, tentávamos conseguir alguma verba para montar o espetáculo. Não tínhamos nenhum tostão, nenhum patrocínio, nada. Mas continuávamos indo em frente. Até que chegou um momento crucial, decisivo. Precisávamos de um mínimo de grana para começar a produção dos figurinos e dos adereços. Não tínhamos nem teatro para estrear, nenhuma perspectiva. Imagina fazer todo esse trabalho sem ter uma perspectiva de estreia. Mas era tudo tão prazeroso que ia valer a pena de qualquer forma, nem que fosse como experiência. Decidimos fazer de qualquer jeito, mesmo sem nenhum tostão.

Resolvemos analisar nossas finanças e chegamos à conclusão que cada um de nós poderia investir R$ 5 mil do seu próprio bolso.

Felizes da vida, pegamos esses 20 mil e começamos a trabalhar com essa verba. Foi nesse momento que surgiu a oportunidade do Festival de Curitiba. Conseguimos um acordo com a direção do festival; eles nos convidariam e estrearíamos o espetáculo lá. E assim foi. Fomos pro Festival de Curitiba, com o maior entusiasmo, como o nosso

ppp@Wllm Shkspr.br, de Jess Borgeson, Adam Long e Daniel Singer, com Alexandre Roit e Hugo Possollo

espetáculo tão complexo, tão milimetricamente pensado, da mecânica do palco à interpretação dos atores.

Ao lado do entusiasmo, no entanto, havia o grande medo de estrear assim, com essa pobreza de orçamento, dentro de um festival bastante conceituado. Temíamos a reação do público e da crítica, afinal, não é fácil mexer com Shakespeare.

Mas estreamos e foi o maior sucesso, mesmo com todo o nervoso, o humor prevaleceu e foi assim até o fim, um delírio.

O espetáculo teve uma ótima repercussão no Brasil inteiro, eram matérias e mais matérias que indicavam a montagem como uma das melhores do festival. Ficamos muito felizes e começamos a pensar numa estreia em São Paulo.

Sugeri o Teatro Faap, eles ficaram meio temerosos, diziam que a Faap era um *teatrão*, que só recebia produções ricas, com atores famosos. Mas eu bati o pé.

Disse que o espetáculo era de alto nível e que talvez eles não tivessem noção disso e que eu também achava que estava na hora de eles darem uma virada na carreira, principalmente com relação ao público. Achava que eles não podiam ficar conformados só com o público que os conhecia e que já haviam conquistado. Tinham que se dar a chance de conquistarem um público diferente.

Na ocasião, quem cuidava da programação do Teatro Faap era a Ana Mantovani, Diretora da Faculdade de Arquitetura e Artes Plásticas e do Teatro, e que eu já conhecia de muito tempo atrás. Fui conversar com ela. Era preciso consultar a alta direção, mas provavelmente graças à grande repercussão do espetáculo no Festival de Curitiba, conseguimos uma pauta para estrear lá.

Foi uma loucura ir para a Faap com um espetáculo desses, mas eu sempre fui muito confiante. O espetáculo tinha uma grande classe, com rigor, mas com abertura para o improviso e tinha alta qualidade dos três atores.

Continuávamos sem dinheiro para o orçamento e, numa ousadia, fui bater às portas da Shell. Naquela época a Shell produzia vários espetáculos e eu conhecia o Madeira, que cuidava da escolha de quem receberia essa verba.

Contei que ia estrear na Faap e que precisava, pelo menos, de uma verba para fazer a divulgação, o lançamento da peça. Por sorte, ele havia lido todas as matérias a nosso respeito e topou nos apoiar. Esse apoio, aliás, foi definitivo para nossa estreia e para a carreira da peça.

A cenografia, a sonoplastia e a iluminação foram de nossa autoria. Os figurinos foram uma criação de Adriana Vaz Ramos. A pintura do telão era de autoria de Luís Frúgoli, e a preparação de esgrima da Ariela Goldmann. A música original foi composta por Paulo Soveral e a coreografia utilizada em *Otelo* foi concebida por Ângela Dip.

A temporada na Faap foi o maior sucesso, uma delícia, nunca havia feito um espetáculo que agradasse tanto assim às pessoas e a mim também. Foi uma longa carreira. Depois da temporada na Faap, viajamos muito e, mais tarde, reestreamos no TBC.

Com *ppp@WllmShkspr.br* ganhei o Prêmio Apetesp de melhor direção.

Faltou comentar que durante dois anos eu fui presidente da Apetesp, nesse período me dediquei totalmente à tarefa de organizar e proteger os produtores de teatro, reativando parcerias com órgãos públicos na conquista de verbas. Na época, havia grandes discordâncias dentro da Apetesp e eu tentei reunir toda a classe em torno de um mesmo ideal. Reativei as campanhas da Kombi, que vendiam ingressos a preços populares, com toda a classe teatral se concentrando em frente ao Teatro Municipal. Organizei também uma palestra sobre a Aids, que naquele momento preocupava toda uma classe. Chamei dois grandes conhecedores do assunto: o Dráuzio Varella e Valéria Petri. Foi um grande sucesso, discutiu-se muito, saiu em toda a imprensa, talvez essa tenha sido a primeira manifestação pública sobre o assunto e assim a Apetesp cumpria um papel não só de proteção ao teatro como a toda a sociedade.

Mas, voltando ao prêmio, foi um momento especial. Esse prêmio era distribuído há muito tempo, mas não era uma coisa regular, sempre sofria interrupções. Quando presidi a Apetesp fiz questão de que a premiação fosse definitiva e convidei a Maria Bonomi para criar também a imagem definitiva do troféu. Ela fez uma criação linda a partir do seu conceito sobre a trajetória do artista.

Enfim, apesar de tanto tempo de carreira, eu nunca havia recebido esse prêmio.

Foi uma festa lindíssima, na Sala São Paulo, a solenidade da 20ª. Entrega do Prêmio Apetesp, que nesse ano homenageava os 50 anos de carreira de Paulo Autran. Uma noite de glória. Eu e os três loucos dos Parlapatões numa enorme alegria.

Acho que *ppp@WllmShkspr.br* é um espetáculo inesquecível, quem assistiu até hoje comenta. Eu e os meninos continuamos com vontade de trabalhar de novo juntos. Uma hora vai acontecer.

Capítulo LXXXIII

Coincidências Levam a um Passeio no Bosque

Em 1999 estava no Rio de Janeiro quando encontro o Beto Bellini e a Erika Barbosa, que tinham sido apresentados a mim pelo Tônio Carvalho. O Beto e a Erika eram produtores e estavam à procura de algo novo para investir e gostariam que eu participasse do projeto. Na hora não me ocorreu nada, mas fiquei de pensar em algo.

Numa dessas felizes coincidências, mais uma vez encontro a Barbara Heliodora, na estreia de um espetáculo no Teatro Municipal do Rio. No corredor, contei a ela sobre a possibilidade de uma nova produção e perguntei se ela não tinha nenhuma peça interessante para me indicar. Ela disse que ia pensar e me avisaria. Essa conversa foi antes de começar o espetáculo. No intervalo, ela me chamou e disse que uma pessoa havia encomendado a tradução de uma peça há muito tempo, mas tinha desistido da montagem. Perguntou se eu não gostaria de ler.

Claro que eu quis. Imediatamente fui buscar o texto. Li e adorei, embora fosse uma peça bastante arriscada em termos de público. Não sabia nem se as pessoas iam querer ouvir aquele texto, mas era brilhante. A peça era *Um Passeio no Bosque*, do americano Lee Blessing.

Fiquei ao mesmo tempo fascinado e temeroso com a obra. Chamei o Beto e a Erika e marcamos uma leitura, só nós três. Lembro que a Erika ficou encantada. Mas eu queria saber a visão deles como produtores, se a peça era comercial, como seria em termos financeiros, etc. O Beto disse que o texto era belíssimo e que tínhamos de montá-lo. Então eu disse que, além de dirigir, gostaria de atuar na peça e o Beto disse: *Porra! Vai ser o máximo!* Começamos a ensaiar no salão de festas do prédio em que eu morava. É um salão pequenininho, mas bem agradável. Eu fazia café lá no apartamento e descíamos para ensaiar. No elenco, além de mim e do Beto, estava o Antônio Gomes para fazer as mudanças de estação entre uma cena e outra, primavera, verão, outono e inverno.

São dois diplomatas, um russo e um americano, que se encontram na Suíça para tentar formular um tratado de paz entre seus países. É uma ficção com uma grande dose de realidade. Embora o encontro se passe na Suíça, que é um país neutro, eles jamais poderiam conversar num escritório, porque toda a imprensa estaria de olho neles. Então se encontram num parque. O russo (interpretado por mim) é mais velho e tem umas ideias avançadas sobre a forma de encaminhar o tal tratado.

Já o americano vem com a ideia de revolucionar o mundo. O russo, no entanto, já está meio desencantado porque há anos ele tenta sem sucesso fazer esse tratado.

Assim, ele leva as considerações do americano meio na brincadeira. Isso vai perturbando o americano até que ele explode e diz umas verdades ao russo. Depois disso, eles se tornam muito amigos, mas o tratado que propõem é recusado. Desencantado, o russo se prepara para ir embora, sob protestos do americano.

No fim, fica essa sensação de sonhos perdidos, de desencanto, de total desesperança.

Chamamos o Paulo Tiefenthaler para ser o assistente de direção; ele também é excelente ator. Inicialmente, claro, eu fui cuidando da interpretação do Beto. O Paulo tomava nota das marcas e tudo o mais, foi um processo feito por nós três juntos.

Quando tive certeza que a interpretação do Beto estava bem encaminhada, comecei a ensaiar meu papel. O Paulo ia me dando uns toques. Mas

Um Passeio no Bosque, *de Lee Blessing*

eu não sei o que aconteceu, acho que estava num momento muito inspirado, como ator. No *Natal de Harry*, que era um puta trabalho e que todo mundo gostou, eu não estava tão seguro de mim mesmo e em determinadas partes da peça eu nunca me gostei. Já nesse trabalho, de repente, eu estava com tanta gana de voltar a ser ator, que me sentia muito seguro. O texto também me favorecia muito, era tudo o que eu precisava naquele momento. Por isso acho que fiz com muita tranquilidade apesar de ser um texto complexo e de fôlego.

Mas fomos conseguindo linda e tranquilamente. Foi um momento bastante inspirado do Beto também. Outro dia fui assistir ao seu excelente trabalho em *O Arquiteto e o Imperador da Assíria*, em que contracena com o Paulinho Vilhena. Adorei. Ele é um ator sensacional.

Mas voltando ao *Passeio no Bosque*, o cenário belíssimo era do Colmar Diniz. Eu queria um bosque, mas não um bosque realista. O Colmar fez umas pranchas de madeira que davam um aspecto geométrico, frio, perfeito. Além disso, só um banco de jardim, de madeira também. A iluminação brilhante era do Maneco Quinderé, que enlouqueceu quando viu o cenário. Ele optou por umas luzes que iluminavam só as tábuas. Ficou lindo. Para marcar a passagem do tempo, usávamos elementos da natureza, como folhas que caíam, flores, neve. O figurino era meu e da Erika Barbosa. Na trilha, usei músicas do Erik Satie.

Gostei demais do resultado. Entrei mesmo na pele desse russo. Talvez porque eu compartilhava de suas ideias. Foi encenado no Teatro do Sesi, no centro do Rio de Janeiro, mas, infelizmente, não fez sucesso. Acho que um dos principais motivos foi que o teatro ficava no centro, na Graça Aranha, e a gente fazia num horário alternativo, às 19h30, logo depois do expediente. Penso que nesse contexto, horário e localização do teatro, talvez fosse melhor um besteirol, uma chanchada, um *vaudeville*. Mas eu sempre sonho que o público vai se interessar por um texto que discuta um assunto polêmico.

A Barbara não pôde ir à estreia porque estava num congresso no exterior. Quando ela foi assistir, nós já havíamos resolvido encerrar a temporada. Mesmo assim ela fez uma crítica falando maravilhas de tudo e da importância do texto e falava mal do público que não sabia reconhecer um texto e um espetáculo fundamentais para o espectador. Encerrava a crítica dizendo que infelizmente o público tinha perdido uma das melhores montagens do ano.

Depois disso ainda trouxemos a peça para São Paulo. Encenamos na sala menor do Teatro Alfa, e a temporada foi melhor. Tivemos um público interessado que comungava conosco esse momento de discussão de ideias.

Apesar dos pesares, essa peça ainda me deu mais uma alegria. Com ela ganhei pela primeira vez o Prêmio Shell de melhor ator, um dos mais disputados até hoje.

Capítulo LXXXIV

De Volta à Telinha

Em 2000 fui novamente pro Rio de Janeiro, dessa vez para um grande e apaixonante projeto, a minissérie *Os Maias*, de Eça de Queiroz, e trabalhar de novo com o Luiz Fernando Carvalho e, pela primeira vez, com Del Rangel. Foi um grande mergulho no universo de *Os Maias*, li e reli a obra, além de participar de várias reuniões com a Maria Adelaide Amaral, que adaptou a história para a televisão. Foi dela a ideia de misturar na mesma adaptação *Os Maias* e *A Relíquia*. Sua intenção era fazer um contraponto com o peso de *Os Maias*. Equilibrar a trama com uma história mais engraçada.

Foi uma opção muito discutida, principalmente pelos portugueses fanáticos por Eça de Queiroz que achavam que somente a trama de *Os Maias* já bastava. Eu concordo com eles. Penso que embora fosse mesmo uma história pesada, era um peso que a audiência suportaria bem.

E há respiros na tensão, existem personagens no romance que se não são exatamente cômicos, apresentam uma grande ironia, como é o caso de Ega (Selton Mello). Acho que isso já equilibraria as coisas por si só. Comprovo essa minha tese com o fato de que o DVD da minissérie foi lançado somente com a história de *Os Maias*. Existia, na época, até uma promessa de lançar outro DVD com *A Relíquia*, mas não sei se a ideia se concretizará. Seria ótimo, pois teríamos o registro de um dos últimos trabalhos, se não o último, da grande e única Miriam Muniz.

Nossa grande preocupação era fazer o trabalho com o mesmo requinte de um filme de Visconti e, para isso, escolhemos com extremo cuidado o elenco.

Esse cuidado todo é o que eu mais gosto na televisão. E o Luiz pensa como eu. O grande segredo de um trabalho bem-realizado está na pré-produção. O caminho para o sucesso é saber exatamente o que se quer, da escolha do elenco até o figurino, passando pelo cenário e, claro, pelas locações. Aliás, em primeiro lugar as locações externas, que nesse caso seriam em Portugal.

Essa pré-produção para mim é uma delícia, depois é só curtir a imagem, a interpretação, todo o trabalho de câmera, de fotografia. Naturalmente, fui para Portugal e fiquei dois meses por lá.

Era um trabalho feito com muita seriedade, embora às vezes fosse impossível ser fiel ao livro.

Os Maias: *Em Óbidos, Virginia Marinho, José Lewgoy, Lucia Fernanda e eu, com dois gentis portugueses que nos acompanharam*

Tentávamos sempre procurar o cenário equivalente, como, por exemplo, a mansão que serviria de palácio ao protagonista, no livro nominado por O Ramalhete.

O tipo de casarão do Ramalhete ainda existe, mas com o passar do tempo aquela arquitetura não retratou mais a suntuosidade do passado. Antes de iniciar as gravações eu precisava encontrar essa casa. Aos olhos de hoje, tudo o que eu tinha visto se apresentava muito simples, muito pobre. Achei que deveríamos escolher um local que representasse a grandeza e a suntuosidade descritas no romance.

Pedi à produção de Portugal que me mostrasse um casarão não necessariamente equivalente ao Ramalhete. Em companhia de um senhor, grande conhecedor de toda a Lisboa antiga e da obra de Eça de Queiroz, fui atrás de uma casa que fosse um encantamento para os dias de hoje. Achamos uma propriedade fantástica, que alguém da produção portuguesa havia mencionado. Meio escondida, quase não se percebia da rua. De repente nos deparamos com um enorme portão de ferro que se abria para um enorme jardim. Ao fundo, a casa imensa e deslumbrante. Um espetáculo. Fiquei encantado. Para mim, era aquilo, tinha conseguido.

O Luiz estava aqui no Brasil quando lhe telefonei para dar a notícia dizendo que havia encontrado a casa. Ela saía um pouco fora do conceito do antigo Ramalhete, mas seria perfeita para os olhos de hoje. Ele sugeriu que falasse com o nosso assessor de história da época, o tal senhor português que entendia tudo de história e antiguidades. Visitamos novamente a casa e ele andou por todos os cantos da propriedade, no exterior e no interior, observando tudo. Ele achava incrível que não tivesse conhecido essa casa em Lisboa. Ao final, perguntei: *...E o veredicto? Ele disse: Tem minha benção.* Foi um alívio e uma alegria para mim.

Além dessa casa em Lisboa, gravamos também em outras cidades portuguesas. Em Óbidos, que é uma cidadezinha encantadora e toda preservada, gravamos a procissão; ao longo do Rio Douro gravamos os vinhedos e as quintas produtoras de vinho. Em Monção, pequena cidade ao norte, quase fronteira com a Espanha, gravamos no Palácio da Brejoeira, uma das vinícolas mais famosas, produz um vinho especial e caríssimo.

No palácio morava somente uma senhora e seus empregados. Ela nunca tinha aberto a casa para ninguém. Era uma propriedade que conservava toda a riqueza daquela época. Eu e o Luiz fomos conversar com ela e, durante um café, ela topou

Os Maias: *com o galã italiano Fabio Fulco*

nos alugar a casa. O palácio fica cerca de seis quilômetros distante do centro de Monção e teríamos de selecionar uma grande quantidade de figurantes. Achei que teríamos dificuldades, pelo contrário. As pessoas se ofereciam com prazer, seria a grande oportunidade de conhecer o interior dessa propriedade.

O menino que iria fazer o personagem do Fábio Assunção quando garoto tinha que gravar uma cena onde os homens pisavam as uvas para fazer o vinho. Pensei em arrumar outra quinta onde estivessem fazendo esse trabalho para o garoto não ser pego de surpresa. Conseguimos. Foi uma manhã inacreditável, lindo ver o garoto, mais a menina, sua eterna namoradinha, lado a lado com aqueles homens fortes, de mãos dadas.

Eles pisam a uva com música. Sempre com o mesmo ritmo, atravessam aquele tanque de um a lado a outro e voltam. Na gravação eles deram um show. Foi um grande laboratório para a cena. Ficou comovente.

Gravamos ainda no centro de Lisboa e em Sintra, outro lugar encantador e apaixonante. Além de reproduzir uma tourada, na belíssima Praça de Touros que existe em Lisboa e eu nunca tinha ouvido falar. Foi uma surpresa.

Os Maias: *José Lewgoy chegando de barco pelo Rio Douro, até os vinhedos para gravação*

Os Maias: *Ruy Mattos, diretor administrativo da Globo, visita o set em Portugal durante a festa da colheita da uva, ao lado de um habitante do local*

Quando voltamos para o Rio, ainda havia muito que fazer. Além das gravações nos estúdios precisávamos de mais de externas. Sem esquecer que a trama se passa em Portugal. O bom é que em termos de arquitetura, o Rio de Janeiro ainda tem lindos palacetes que não só reproduziam a riqueza da época como favoreciam e davam continuidade ao clima que pretendíamos.

O elenco era sensacional: Ana Paula Arósio, Fábio Assunção, Matheus Nachtergaele, Miriam Muniz, que protagonizava *A Relíquia*. Uma glória.

E mais Simone Spoladore, Selton Mello, Walmor Chagas, Leonardo Vieira, Stênio Garcia, Osmar Prado, Paulo Betti, Maria Luisa Mendonça, Dan Stulbach, Eva Wilma, José Lewgoy, Eliane Giardini, Antonio Calloni, Cecil Thiré, Ewerton de Castro, Otávio Augusto, Sergio Viotti, Ariclê Perez, Leonardo Medeiros, Jandira Martini, Marília Pêra e Raul Cortez como o narrador.

Os Maias: *um belíssimo instantânea de Selton Mello, num momento meu de reflexão*

Capítulo LXXXV

Curtas

Em seguida me convidaram para atuar num curta-metragem com produção da O2 Filmes. *Imminente Luna* (do latim *À Luz da Lua*) retrata a convivência de dois velhos que dividem o mesmo quarto em um asilo. A direção era do Mauricio Lanzara e o roteiro de Marcus Vinícius de A. Camargo.

É uma história muito bonita. Eu interpretava um personagem que não podia se mexer e ficava sempre na cama. O Raul Cortez, que vivia o meu companheiro de quarto, se divertia em fazer comigo pequenas maldades camufladas de bondades. Já que eu não podia sair da cama, ele descrevia o que acontecia na rua e tudo o que via através de uma janela com grades. No final, o personagem do Raul morre e o meu fica desesperado, principalmente com a falta que sente desse movimento que vinha da rua e que ele descrevia. Num esforço enorme, meu personagem sai da cama e vai se arrastando até chegar a uma cadeira em que sobe para olhar através da janela. O triste é quando a câmera mostra que não há nada para ver. Em frente à janela existe apenas um enorme muro.

É uma joia de curta-metragem. Foi bem legal fazer, eu e o Raul conseguimos uma química muito interessante. Um grande prazer essa oportunidade de contracenar com Raul, que eu já havia dirigido em teatro e novela. Além de mim e do Raul, o curta teve a participação especial do Luis Melo e do Bruno Alves. Foi todo gravado em estúdio, com um cenário que favorecia muito o clima da situação e foi exibido na sala UOL, no dia 13 de junho de 2000.

Vamos aproveitar a deixa para eu falar de outro curta que fiz antes de *O Passeio no Bosque* e que também gostei demais. É uma história inspirada no universo de Nelson Rodrigues e se chama *Os Filhos de Nelson*. A direção é do Marcelo Santiago e, ao meu lado, no elenco estavam o Du Moscovis, a Camila Amado e a Larissa Bracher. Retrata o amor incestuoso de uma jovem por seu irmão e os conflitos familiares decorrentes dessa situação.

Capítulo LXXXVI

Grandes Damas

No ano seguinte fiz outro trabalho para a televisão, mas dessa vez para a GNT.

A Série *Grandes Damas da GNT* era um projeto da BR Distribuidora, Telecom, GNT/GloboSat e a Hergus Empreendimentos Culturais e reunia 16 grandes damas do cenário artístico, quer teatral, quer de TV.

Tudo começou com o pessoal do Centro de Artes Laranjeiras (CAL), a escola de teatro do Rio de Janeiro, e todas as entrevistas foram feitas pelo Eduardo Tolentino de Araújo. O Luiz Fernando Carvalho foi chamado para dar um formato, uma direção aos programas, mas como ele estava meio ocupado, passou para mim. Eram entrevistas de quase duas horas que eu teria de reduzir para 25 ou 30 minutos. Assim, assumi o trabalho de direção de imagens e toda a edição com a supervisão artística do Luiz Fernando.

As entrevistadas eram Beatriz Segall, Cleyde Yáconis, Dercy Gonçalves, Eva Todor, Eva Wilma, Fernanda Montenegro, Glória Menezes, Laura Cardoso, Lélia Abramo, Maria Fernanda, Maríla Pêra, Nathália Timberg, Nicette Bruno, Ruth de Souza, Tereza Rachel e Tônia Carrero.

Convite do lançamento da Série Grandes Damas, *do GNT*

Praticamente me exilei nesse trabalho porque as entrevistas eram muito grandes e eu tinha que aproveitar o máximo para dar um perfil de cada uma delas, escolher as coisas mais interessantes, mais fascinantes, ou mostrar os lados mais desconhecidos de cada uma delas.

Foi delicioso. Imagina mexer com a vida dessas 16 grandes atrizes. Teria que ser um trabalho muito cuidadoso. Não podia simplesmente editar as imagens porque o importante era o que elas diziam.

Pedi que todo o material das entrevistas fosse transcrito e comecei a trabalhar em cima desse material bruto. Foi um exercício de editor mesmo. Depois disso, eu posso dizer que tenho a maior intimidade com essas 16 atrizes, já que mergulhei fundo na vida delas.

Ainda tenho essas transcrições na íntegra, um material precioso, dá até para fazer um livro. Acho que consegui sintetizar tudo, cada aspecto de suas vidas. Inclusive, quando elas tinham material filmado de cenas de peças, acrescentei essas imagens ao áudio de cada uma, o que dinamizou bastante os programas.

Também criei e gravei a abertura, para a qual escolhi a música *Beatriz*, do Chico e do Edu

Lobo, numa belíssima interpretação da Cida Moreira. Participar desse momento precioso, embora com essa edição limitada, foi muito gratificante. O lançamento dessa série foi em novembro de 2001.

Esperança

Esperança: *ensaiando Gianechini*

Capítulo LXXXVII

Esperança

Aí pintou o convite para trabalhar em *Esperança*, mais uma do Benedito Ruy Barbosa que o Luiz Fernando ia dirigir. Outra novela que tratava de imigrantes italianos e que tinha cenas gravadas na Itália. Lá fui eu e o Luiz novamente para aquela maratona de escolher as locações. Contratamos a mesma produção de Roma e fomos rodar a Itália, sempre dando preferência para o sul do país, que é o lado mais interessante, já que não sofreu tanto as transformações para a modernidade tal qual o norte. No sul ainda se encontram mil paisagens e cidades perfeitas para uma novela de época, locais que não mudaram quase nada durante os anos.

Explicamos ao motorista, que era da região, o que procurávamos, mas, depois de muito rodar, não achamos nada. Em cada cidade que passávamos, íamos reforçando com detalhes que tipo de lugar precisávamos encontrar. Já estávamos ficando desesperados quando, numa manhã, ele disse que sabia enfim o que queríamos e que ia nos levar até lá.

A primeira coisa que vimos era uma placa com a inscrição *La Cittá Che Muore (A Cidade que*

Morre). Estávamos à beira de penhasco e dali partia uma ponte estreita, que só era possível atravessar a pé ou de bicicleta. Nesse ponto, o motorista apontou e disse que tudo o que desejávamos estava naquela cidade do outro lado da ponte.

A cidade indicada era Civita Di Bagnoregio. Pequenina, fica em cima de um outro morro, cercada de penhascos e com esse único acesso de entrada. Ficamos espantados, nunca tínhamos visto uma cidade assim. Estava um frio de congelar, um inverno terrível, mas decidimos atravessar a ponte e descobrir a tal cidade. Foi uma coisa impressionante. A cidade estava intacta, tinha parado no tempo, era algo do passado, com construções lindas.

Descobrimos que o nome não é por acaso. A cidade, construída pelos etruscos, está mesmo destinada a morrer. Seus construtores fizeram grandes canais subterrâneos para a passagem de água e, com isso, o terreno foi ficando cada vez mais poroso; assim, com o passar do tempo, a terra vai cedendo e as casas vão desmoronando.

Ficamos andando boquiabertos, nem nos falávamos, cada um foi para um lado fazer suas próprias descobertas. Uma coisa mágica. Apesar de tudo, existem moradores no local. Nos

Esperança: *Civita di Bagnoregio, Itália*

apresentamos a eles e conseguimos visitar o interior de algumas casas. Numa delas, inclusive, o processo de desmoronamento já havia começado, mas o dono da casa continuava morando nela. O desmoronamento ali é uma coisa lenta. A maioria dos habitantes do lugar são pessoas ligadas à arte, pintores, arquitetos, escritores. Numa das casas que entramos, e que também já havia começado a ruir, pudemos apreciar o surgimento de um afresco da época dos etruscos. Maravilhoso.

Estava decidido. Esse era o lugar. Decupamos todas as cenas e começamos a basear o contexto desses personagens nessa cidade, estudamos a história deles, seus hábitos, seus costumes.

Por conta da pequenina ponte, tudo o que entrava na cidade era transportado por uma espécie de jumentos e, num determinado dia do ano, havia uma corrida desses animais. Achamos o fato tão interessante que acrescentamos ao contexto da história do Benedito. E realizamos uma corrida especialmente para a gravação.

Antes de começarmos a busca pela locação, naturalmente, já tínhamos todo o elenco escolhido. Aliás, um elenco maravilhoso. O casal protagonista era formado por Reynaldo Gianecchini e Priscila Fantin.

Foi bem difícil chegar à atriz que interpretaria a protagonista feminina. Até que um dia lembrei de ter visto a Priscila em um episódio de *Malhação*. Foi uma sorte porque eu não costumava assistir a esse programa. Mas, nesse dia, bem antes da novela, eu resolvi assistir e vi a Priscila atuando. Imediatamente senti um carisma fortíssimo, boa atriz, fazendo uma cena de emoção. Enfim, me lembrei dela e sugeri ao Luiz que a incluísse nos testes. Ela chegou ao estúdio com a mãe, conversamos, ela fez o teste de imagem e foi aprovada. É uma grande atriz.

O elenco todo era excepcional: Raul Cortez, Eva Wilma, Ana Paula Arósio, Maria Fernanda Cândido, Walmor Chagas, Regina Dourado, Jackson Antunes, Laura Cardoso, Marelis Rodrigues, Marcos Palmeira, Oscar Magrini, Othon Bastos, Paulo Goulart, Sheron Menezes, Simone Spoladore e o nosso ator português Nuno Lopes.

Em termos de cenografia, fizemos uma revolução. Do outro lado da rua onde fica o Projac (cidade cenográfica da Globo, no Rio de Janeiro) havia um terreno vazio que a Globo já tinha intenção de utilizar para prolongar o Projac. Inauguramos o espaço. *Esperança* foi a primeira novela gravada nessa nova cidade cenográfica.

A grande vantagem é que se poderia definir um traçado diferente do que se usara até então.

Esperança: *novela de Benedito Ruy Barbosa, e a "família" do meu núcleo - Tatiana Monteiro, Claudio Galvan, Regina Dourado, Mareliz Rodrigues, Chico Carvalho, Reynaldo Gianechini e Priscila Fantim*

Havia espaço para um riacho, uma ponte, outro bairro, um bonde, uma praça com árvores, enfim, fomos criando tudo juntos.

Dirigia o cenário da pensão, que era o mais animado. Era um sobradão que tinha o quarto de quatro estudantes, um quintal bacana e uma cozinha bem rústica com fogão de lenha. Mil possiblidades de movimentação de câmera.

A pensão ficava na praça que era ligada com a rua onde passava o bonde, mais adiante. Na minha primeira cena, que mostra os estudantes voltando da faculdade, fiz um plano-sequência que os mostrava descendo do bonde, andando pela rua e entrando na casa. Aproveitei para apresentar a casa e, assim, um dos estudantes foi para o quarto, outro para o quintal, outro para a cozinha, enfim, foi um grande plano-sequência.

O encontro do Gianecchini e da Priscila na praça fiz também em plano-sequência, um travelling circular. Deu um trabalho danado para gravar. A câmera girava 360 graus e deveria mostrar a praça inteira livre, mas não há como fazer uma cena dessas sem utilizar uma equipe enorme. Era o pessoal do áudio, o carrinho da câmera, enfim, um monte de coisas que deveriam ficar escondidas. Pior ainda com a iluminação, era preciso cuidado redobrado para não ter sombra nos atores ou vazar um refletor. No fim, deu tudo certo.

Aproveitei ao máximo a oportunidade de fazer a passagem do exterior para o interior sem cortes. Dava um trabalho extra para o pessoal da iluminação. É um ajuste difícil quando você sai de uma luz natural para uma artificial, mas sempre dava certo.

Essa foi a última novela que eu fiz na Globo. Voltei para São Paulo porque eu estava muito cansado e também porque estava sentindo falta do teatro. Como eu já disse, depois de um trabalho na TV, gosto de voltar ao teatro.

Capítulo LXXXVIII

Amor, Coragem, Compaixão

Comecei a pensar em que peça gostaria de fazer. Tinha uma americana que há tempos estava em minha cabeça, era *Amor, Coragem e Compaixão*, de Terrence McNally. Decidi que era essa mesma.

Comprei os direitos da peça, comecei a traduzir e chamei uns parceiros, o Beto Bellini, que tinha feito comigo *Passeio no Bosque*, com sua querida Erika Barbosa, o Cláudio Curi e o Mario Gorine, formamos um espécie de núcleo e decidimos produzir juntos. Batalhamos muito para conseguir grana, para encontrar patrocinadores, mas, afinal, encontramos a Witow.

Era uma produção cara porque precisava de um grande cenário num palco apropriado. É uma história de sete amigos homossexuais que vão passar um fim de semana prolongado numa casa de campo. Nesse convívio, surgem vários conflitos. É um painel imenso do universo gay. A peça também aborda a questão da Aids e eu achava que ninguém mais falava da Aids. Esse texto fala sobre o tema de uma forma não deprimente; ele mostra que você pode conviver sem problemas com as pessoas que têm a doença.

Além da tradução, eu também assinei a adaptação, os figurinos e a direção do espetáculo. A cenografia era do Renato Scripilliti. A iluminação, do Ricardo Silva. A coreografia, do Wilson Aguiar. A Ariela Goldmann cuidou da coreografia da cena de briga. No elenco, André Fusko, Beto Bellini, Cláudio Curi, Fernando Padilha, Hélio Cícero, Mauro Gorine e Wilson Aguiar.

Foi bem difícil conseguir um teatro. Por fim, alugamos o Teatro Maria Della Costa que estava muito para baixo, nada ia bem por lá, e achamos que essa peça poderia reativar o local. Por conta de todas as discussões do texto, pensamos que a montagem despertaria grande interesse e que poderíamos revitalizar aquela parte da Rua Paim.

Nessa época a prefeitura estava revitalizando a Avenida Nove de Julho e como o teatro fica quase ali, pedimos o apoio municipal. Não conseguimos nada. Tivemos que fazer tudo por nossa conta mesmo, pintamos toda a fachada do teatro, colocamos plantas, consertamos o luminoso que estava com muitas lâmpadas queimadas, colocamos tudo em ordem e ainda mandamos fazer um grande outdoor iluminado, que colocamos em cima do teatro com o cartaz da peça. A iluminação da rua estava muito prejudicada pelas árvores que há muito tempo não eram podadas, pedi ao Celso Frateschi, na época Secretário de Cultura, que pelo menos podassem as árvores para que a iluminação da rua aparecesse.

Estreamos a peça. O espetáculo era muito bonito, mas não foi bem de público. Nosso grande trunfo, que era abrir uma discussão, um debate, não aconteceu.

Nós tínhamos feito um ensaio geral para o patrocinador e me lembro que duas moças que assistiram terminaram a peça aos prantos. Elas ficaram realmente tocadas e acharam que os problemas da relação eram os mesmos entre casais hetero ou homossexuais. Pensei, puxa que bacana, é esse o caminho. Mas não foi.

Fiquei muito decepcionado, principalmente porque constatei que a massa de gays ainda não tinha uma estrutura, uma maturidade suficiente para entrar fundo no problema. Acho que houve uma recusa. A peça tinha momentos e situações muito engraçados, mas quando pesava a barra, pesava pra valer. Não tinha brecha para o escapismo. Mas era para ser assim mesmo, deveria ser uma reflexão e não uma diversão. Até tentamos ir para outro teatro, mas acho que nem era esse o caso. Depois levamos o espetáculo para o Rio. Lá, a temporada até começou muito bem. Foi no

Teatro Laura Alvim, em Ipanema. No início foi um certo sucesso, mas depois foi esvaziando. As pessoas não embarcaram.

Foi um grande sacrifício montar essa peça e infelizmente não teve o sucesso que a gente esperava. Na Broadway ela foi um estouro, mas aqui não deu, acho que não alcançamos esse nível ainda.

Em 2003, finalmente uma grande obra do teatro italiano iria ser montada

Sábado, Domingo e Segunda, de Eduardo De Filippo, com Paulo Goulart e Nicette Bruno. Essa peça é um clássico de muito sucesso no mundo inteiro e muitos atores tentaram montá-la no Brasil, sempre esbarrando em seu orçamento. É uma peça com 17 atores. Eu mesmo, desde que fui para a Itália pela primeira vez, havia comprado o texto com a intenção de, voltando ao Brasil, batalhar para encená-la. Fiz uma tradução com Bri Fiocca, que também domina o italiano, e alimentamos esse sonho por muito tempo. Foi impossível. O Paulo Autran e o Fagundes tinham tentado montá-la, mas também não conseguiram. É a história de uma família, o casal com seus filhos, noras e genros, e um casal de vizinhos. Tudo gira em torno do almoço de domingo. No sábado, um dia antes, já preparam o que será servido no almoço de domingo. A macarronada, claro, e o molho de tomate, que é fundamental na mesa dos italianos. No domingo, o grande almoço, esperado com alegria, mas que resulta numa tragédia bem napolitana, ao mesmo tempo dramática e cômica, pelo ponto de vista de quem assiste. Na segunda, a ressaca dessa tragédia e, afinal, a reconciliação de todos. O motivo da tragédia é que o dono da casa Pepino (Paulo Goulart) cisma que o vizinho Dom Luigi (eu) está cortejando sua mulher, Rosa (Nicette Bruno).

Pepino está-se remoendo por dentro, ninguém sabe por que até que, finalmente, no auge do almoço, saboreando a macarronada, ele revela. O almoço termina com o desentendimento de todos.

O Paulo chamou o Marcelo Marchioro para dirigir e me convidou para fazer o papel de Dom Luigi. Eu adorei receber este convite por causa de todo o meu relacionamento com essa peça através dos anos.

Além de nós três, estavam no elenco um grupo de atores que formavam uma nova grande família: Bárbara Bruno, Vanessa Goulart e Paulo Goulart Filho, naturalmente sendo da família do Paulo e da Nicette, favoreciam ainda mais essa grande família que seria o elenco. Também tínhamos a companhia do Renato Consorte,

Flávio Guarnieri, André Frateschi, Suia Legaspe, Ernando Tiago, Gonzaga Pedrosa, Marcos Daud, Eugênia de Domenico, Tadeu Di Pyetro. E o pequeno/grande Renato Dobal.

Para a cenografia e iluminação veio juntar-se a nós o mais italiano de todos os italianos, Gianni Ratto. O espetáculo era uma delícia e comíamos muito durante a peça, tudo muito realista. O macarrão era verdadeiro e tínhamos que comer de verdade. O público se entusiasmava conosco e torcia para que tudo desse certo. Cada personagem é riquíssimo na sua construção de tipos e cada ator se aprofundava diariamente nas minúcias do comportamento italiano. A peça fez um relativo sucesso e cumprimos nossa missão de revelar ao público esse grande autor italiano.

Capítulo LXXXIX

A Retomada da Televisão

O Herval Rossano foi um dos responsáveis pelo movimento de retomada das novelas na TV Record. Quando ele me chamou para dirigir *A Escrava Isaura*, confesso que estranhei o convite.

Conheci o Herval na Rede Globo, na época íamos fazer um trabalho juntos, mas não deu certo e nunca mais nos falamos. Então ele me chamou para uma conversa e disse que ia fazer uma nova versão de *A Escrava Isaura* e gostaria que eu fosse trabalhar com ele. Seríamos só nós dois, porque ele não queria mais nenhum diretor no projeto.

Foi uma coisa muito louca, uma coisa nova aqui em São Paulo. A Record não tinha estrutura nenhuma para fazer novela, nem espaço. Essa seria a primeira nessa nova fase. Mesmo assim, fiquei no maior entusiasmo.

Além da Globo, eu já havia feito novela na Bandeirantes e nunca entendi por que eles desistiram. Tinham um núcleo muito forte, muito bom. Então, quando soube que a Record ia entrar na parada, claro que fiquei feliz. Sempre achei que a emissora deveria incluir novelas em sua grade de programação e ainda poderia aproveitar os ótimos atores que temos em São Paulo.

Começamos a trabalhar durante a reforma das salas de produção, no meio de tijolos, cimento e coisas do tipo, enquanto aguardávamos a chegada dos equipamentos que eles haviam comprado. No início, meio com o pé atrás, mas depois pude comprovar que era tudo verdade, chegaram câmeras de última geração, melhores até que as da Globo, grides de iluminação de estúdio, foi para valer.

No elenco, como eu ansiava, tinha muita gente legal de São Paulo, inclusive o Leopoldo Pacheco, que eu apresentei pro Herval e que fez o protagonista da novela, o Leôncio. Depois, numa bobeira, a Record o deixou escapar para a Globo onde ele trabalha o tempo todo.

O Rubens de Falco, que havia feito o protagonista na primeira versão, agora era o Comendador Almeida, o pai do Leôncio. E, claro, a Bianca Rinaldi, como Isaura. Um elenco superdedicado: Mayara Magri, Norma Blum, Patrícia França, Miriam Mehler, Maria Ribeiro, Sylvia Bandeira, Chica Lopes, Jackson Antunes, Paulo Figueiredo, Déo Garcez, Jonas Mello, Ivan de Almeida, Cláudio Curi, Fábio Junqueira, Cristovam Neto, Ewerton de Castro.

As externas, nas fazendas de café, a gente gravava numa casa belíssima perto de Rio Claro. Ficávamos hospedados ali mesmo na cidade.

A propriedade tinha um belíssimo terreno de secar café e o exterior da casa era tão bonito que usamos suas duas fachadas, a da frente e a dos fundos, como se fossem construções diferentes.

Foi um sucesso danado, mas eu não fiz a novela até o fim. Entrei num acordo com o Herval e saí. Eu estava muito cansado, fazendo várias externas muito difíceis. Foi um acordo amigável, tanto que depois disso ele voltou a me convidar para trabalhar com ele em outra emissora. Infelizmente eu já tinha um outro trabalho engatilhado. Mas fico muito orgulhoso com o sucesso que a Record está fazendo e me considero um dos responsáveis dessa retomada brilhante. O que eles estão fazendo no Rio de Janeiro é fantástico, acho sensacional ter outra emissora com esse poder.

No mesmo ano eu ainda fiz mais um trabalho na televisão. Dessa vez na Cultura. Me convidaram para participar do projeto Senta Que Lá Vem Comédia. Dirigi *Caiu o Ministério*, de França Júnior, com adaptação de Atílio Bari. A trama era uma sátira que mostrava a situação política brasileira desde os tempos da República. Dividi a direção com Sérgio Galvão. Transformamos a obra num musical.

Em 15 dias, ensaiamos textos, canções, coreografias, execução de cenários e figurinos. Foi um enorme sucesso dentro desse projeto. Com a grande colaboração do Demian Pinto, compositor e diretor musical do espetáculo, que eu não conhecia. Ele compunha da noite para o dia. Eu queria uma canção para a Amanda Acosta em determinada cena. Dei um caminho para ele com relação ao tipo de música. Dois dias depois ele veio com exatamente ou até melhor do que eu esperava. A coreografia ficou a cargo Sidney Ferreira. No elenco, Amanda Acosta, Anamaria Barreto, Noemi Marinho, Cassiano Ricardo, José Rubens Chachá, André Fusko, Flávio Guarnieri, Ernando Tiago, Daniel Warren, Fábio Saltini, Rogério Bandeira, Sidney Ferreira.

Capítulo XC

Saudades do Palco

E, como sempre, depois de um tempo de TV, gosto e preciso voltar ao teatro. Assim, fui dar uma pesquisada nas coisas que eu tinha em casa. Encontrei um livro lindo, que havia comprado há uns 20 anos na Livraria Francesa, *Cinema Éden*, da Marguerite Duras.

Quando eu li a peça pela primeira vez achei que não servia para teatro, porque o texto é extremamente narrativo. Mas, relendo, percebi que a peça, dramaturgicamente, estava completamente encaixada na realidade e na estética atual. Hoje temos muitas peças com grandes trechos narrados que se misturam com cenas dialogadas. Comprei os direitos e decidi traduzir a peça. Mandei um projeto para o CCBB solicitando uma pauta para o teatro deles e consegui. Acho que graças também à presença de Cleyde Yáconis encabeçando o elenco. Ela também achou linda a peça e, de imediato, topou fazer.

Na verdade, essa peça é uma adaptação que a própria Marguerite Duras fez para teatro baseada em seu livro *Barragem Contra o Pacífico*. Além da Cleyde, chamei para o elenco Maria Manoella, André Fusko, Newton Saiki e David Pond.

Cinema Éden: *David Pond, Cleyde Yáconis, André Fusko e Maria Manoella*

Foi um grande prazer, essa era uma peça apropriadíssima para o palco do CCBB e com umas pessoas muito queridas.

O Fusko já havia trabalhado comigo e as pessoas brincam que ele é meu ator fetiche, porque fizemos juntos vários trabalhos seguidos. Além de bonito, ele tem uma aura muito interessante e ficou maravilhoso no papel. Foi ele quem sugeriu a Maria Manoella para interpretar o papel da filha da Cleyde.

Como eu não a conhecia perguntei se topavam fazer uma leitura na minha casa. Eles foram e eu gostei muito da Maria Manoella. Ela é uma ótima atriz e tem uma figura bonita, interessante e uma energia forte. Não tive dúvida, era ela.

Quando eu escalava elenco na Globo e precisávamos de um chinês eu sempre indicava o David Pond, que conhecia há muito tempo. Eu sugeria o nome dele e as pessoas adoravam. Nesse papel, no entanto, ele não falava uma palavra. Era o empregado da Cleyde, apaixonado por ela. O personagem é fantástico e ele fez brilhantemente, as pessoas ficavam encantadas com ele, seus silêncios eram maravilhosos. Ainda precisava de outro chinês, falei com vários, mas nenhum tinha o perfil que eu queria. Até que encontrei o Newton Saiki.

Depois de reunir os atores, começamos a enfrentar o texto, primeiro com aqueles meus exercícios básicos, claro, sem análise de texto só com o conhecimento vago que os atores têm da peça. São exercícios que não têm nada a ver com esse contexto, servem para integração, movimentação. Só depois disso é que vou encaminhando para o texto propriamente dito, mas aí já tenho essa espontaneidade e essa falta de pudor do ator, é aquele momento de o ator se jogar e fazer o que ele acha do personagem e da peça.

Se eu não tivesse Cleyde nesse projeto, não imagino o que seria. Eu já queria reencontrá-la há muito tempo. Ela topava qualquer tipo de exercício e contaminava todos à sua volta com sua energia impressionante. Os outros atores começaram a interagir da mesma forma que ela.

Quando chegou o momento de abandonar os exercícios e saltar para a realização, foi a Cleyde quem deu o *start* que faltava.

Foi a partir dessa sugestão dela que a gente começou a entrar realmente dentro da peça e partimos para trabalhar o texto e as marcações.

Ainda não sabia quem chamar para fazer a cenografia, porque ela tinha que conter um espaço indefinido, híbrido, mas com alguma coisa de cinema. Então me lembrei dos cenários do Flávio Império, que usava muito tecido, as famosas malhas esticadas. Mas, claro, o Flávio já não estava mais entre a gente. No entanto, havia uma pessoa, conhecida por Loira, que trabalhava muito com ele. Pensei em chamá-la quando descobri que conhecia muito bem o cara que agora dividia os trabalhos com ela, era o Wilson Aguiar, bailarino, coreógrafo. Chamei o Wilson. Ele topou e fez um cenário todo de malha branca esticada em armações, uma reta no fundo e duas meio-redondas nas laterais. Lembrava uma tela de cinema e em cima dessas malhas a gente trabalhou muito com a luz, que era do Wagner Freire.

Para cuidar dos figurinos, chamei o Álvaro Franco, que também é ator.

Ele conseguiu um requinte oriental em roupas desgastadas. Ele andou por vários brechós e foi num deles que encontrou o vestido da Cleyde. Muito bonito, todo plissado, cor de violeta, exatamente o que eu queria, só estava muito novo. Fez não sei quantas tinturas até que o vestido parecesse bem usado, quase destruímos o vestido. Mas era assim que eu queria. A trilha sonora era do Kalau. Perfeita para todos os momentos. Ele trabalha como se fosse cinema: vem assistir ao ensaio, grava com sua câmera, leva para casa, fica curtindo e apresenta toda a trilha depois de um tempo.

Não posso deixar de mencionar a história da cadeira. Em cena eu só queria uma cadeira chinesa, onde a Cleyde se sentaria, no centro do palco. Fiquei atrás dessa cadeira feito um louco. Descobri uma loja que vendia peças chinesas e expliquei ao rapaz que atendia que estava atrás de uma cadeira antiga. Ele disse que achava que sabia onde havia uma. Fui parar num depósito, uma espécie de brechó de móveis, e, quando vi *a* cadeira, fiquei encantado. Já pensei, essa vai para a minha casa. E depois da peça, foi mesmo. A produção executiva foi da Célia Duarte, com todo carinho e organização. Ela é irmã da Noêmia Duarte, minha amigona. Obrigado, Célia.

A temporada de *Cinema Éden* foi maravilhosa, sempre lotada, as pessoas gostavam muito, se comoviam, a história é linda. Depois da temporada no CCBB, ficamos em cartaz no Teatro Aliança Francesa.

O Anjo do Pavilhão 5, de *Aimar Labaki*, baseado num conto de *Dráuzio Varella*: Maria Gândara, Fábio Penna, Darson Ribeiro, André Fusko e Ivam Cabral

Capítulo XCI

O Anjo

Quando encerramos *Cinema Éden*, o Fusko me procurou para falar de outro projeto, *O Anjo do Pavilhão 5*. Mas eu estava bem cansado, saindo de férias, ia visitar minha irmã e meus sobrinhos que moram em Recife. Era um conto do Dráuzio Varella chamado *Bárbara*, que não tinha entrado no livro *Carandiru*. Três adaptações feitas por três autores diferentes integravam a ideia original, depois transformaram-se em duas. E a ideia do Fusko foi batizada de *Projeto Bárbara ao Quadrado*.

Achei interessante a proposta, li o conto original do Dráuzio, depois li a adaptação de Aimar Labaki, gostei, mas não quis fazer. Primeiro porque já estava com essas férias programadas e depois porque achava que o tema já havia sido muito explorado, na televisão e no cinema.

Mas como eu ainda fiquei um tempo em São Paulo, o Fusko voltou a falar comigo. Ele insistia que não queria outro diretor e me perguntava se eu não toparia ler mais uma vez. Respondi que viajaria para Recife em dois dias e que não queria pensar nisso.

Ele não se abalou. Disse, então está ótimo, você leva o texto para o Recife e lá, bem tranquilo, você relê. Lá fui eu para o Recife com o texto embaixo do braço.

No começo, claro, nem liguei, mas depois que eu já tinha encontrado todas as pessoas, feito todos os passeios, caminhado muito pela praia, tomado muita água de coco, resolvi pegar o texto e reler. Esquecendo de tudo o que eu tinha pensado antes para ver se conseguia encontrar um caminho para essa adaptação.

Só toparia se encontrasse uma linguagem diferente de tudo o que já tinha sido explorado antes, queria encontrar uma linguagem diferente, mas que tivesse a mesma força. De repente, com a cabeça tranquila, consegui vislumbrar alguma coisa.

Liguei para o Fusko e disse que topava e perguntei onde a gente ia encenar. Ele respondeu que seria no Espaço dos Satyros. Eu nunca tinha ido ao Satyros, nunca havia visto uma peça deles. Avisei que quando retornasse a São Paulo, a primeira coisa que eu queria fazer era conhecer esse espaço.

O Fusko me apresentou pro Ivam Cabral e nós fomos conhecer os dois espaços dos Satyros, para eu escolher onde eu queria fazer, se no espaço um ou no dois. Escolhi o Satyros Dois. O Ivam também integraria o elenco e, nesse meio-tempo, ele estava em cartaz com Inocência. Fui assistir. Gostei muito do Ivam e do trabalho dele, foi uma empatia imediata.

Mas voltando ao *Anjo*..., fomos fechando o elenco. Alguém me falou da Maria Gandara, que é uma atriz fantástica, e achei que ela daria conta do papel da transexual. O chefe, o bambambã da cadeia, também precisava ser escolhido com muito cuidado. O Ivam sugeriu o nome do Darson Ribeiro, que eu já conhecia, mas não via há muito tempo, nem imaginava que ele era amigo do Ivam. Acatei a sugestão.

Faltava mais alguém para fechar o elenco. Tentei dois atores que também não conhecia, o primeiro desistiu depois de dois ou três dias. O outro ia indo bem, mas sofreu um acidente e teve que sair. Resolvi mexer em tudo. Tirei o Fusko do papel que originalmente era para ser dele, para o qual, aliás, ele mesmo havia se escalado, e o coloquei no papel que estava vago. Para a vaga que sobrou chamei o Fabio Penna, que já conhecia de palco e com quem tinha muita vontade de trabalhar.

Foi meio tumultuado esse começo, mas a gente foi à luta. Finalmente começamos os ensaios com

O Anjo do Pavilhão 5, de Aimar Labaki, baseado num conto de Dráuzio Varella: Maria Gândara, Fábio Penna, Darson Ribeiro, André Fusko e Ivam Cabral

aquele meu processo de sempre, de exercícios, nesse caso um coletivo e um individual.

Lembrei da minha experiência na Penitenciária, que tinha sido um momento muito forte e decidi que ia focar mesmo em toda a minha vivência. Minha observação de um universo totalmente desconhecido. Aquela temporada na penitenciária me mostrou que eles eram seres estranhos, totalmente isolados e esse isolamento leva a uma transformação das pessoas. Comprovei que entre os presos existe uma sociedade organizada, politicamente perfeita, sem a interferência de ninguém de fora, é uma coisa interna deles, o Estado não tem nada a ver com isso. Claro que eles obedecem à lei do Estado, mas, além disso, têm suas próprias leis, sobre o que podem e o que não podem fazer.

Isso não deixa de ser uma deformação de personalidade, não é? Na prisão eles são chamados reeducandos e ali deveriam realmente ser reeducados para retornar à sociedade, mas não é isso que acontece. A estada lá não reeduca porra nenhuma, pelo contrário, se reeduca é para uma coisa pior. Eles acabam aprendendo muito mais sobre a vida criminosa ou se tornam extremamente passivos, o que também dificulta sua readaptação fora da cadeia. Em suma, muitas vezes quem está preso não sabe mais quem é, se torna um personagem. Pensando em tudo isso, achei que deveria, de alguma forma, explorar no *Anjo do Pavilhão 5* essas coisas que eu tinha vivenciado, explorar essa espécie de transe em que eles vivem, uma coisa não identificada e que pode explodir a qualquer momento.

Minha ideia era aproveitar ao máximo essa experiência para tentar reproduzir suas vidas cotidianas. Porque a vida excepcional é fácil mostrar, quando acontece uma briga, uma morte, todo mundo sabe como é, mas o dia a dia deles é diferente.

Eu queria que ficasse explícito esse estado de não identidade e de torpor em que eles vivem e que eu considerava a tônica do espetáculo.

Também me lembrei do trabalho do Bob Wilson e a partir disso mudei o ritmo das ações deles. A peça é quase toda feita por monólogos com poucas cenas dialogadas. Nesses monólogos eles se revelam mais intimamente, nos mostram seu passado.

Para isso eu queria uma narrativa muito especial, muito fora de qualquer estilo convencional, e precisava propor isso já no primeiro momento do espetáculo. E foi o que eu fiz.

A peça começava com uma música do Pierre Henry, que foi um dos precursores da música concreta, eletrônica, ruídos... Os atores entravam todos juntos numa lentidão digna de Bob Wilson, carregando nas mãos os seus signos, até que isso contaminasse o começo do texto e servisse de base a todo o espetáculo.

Mesmo nas cenas mais realistas a proposta era sempre não perder de vista esse sentido, essa coisa silenciosa, falada em voz bem baixa, lenta, com uma economia de gestos. Gestos não claramente identificáveis, mas que criavam um clima.

Inicialmente não pegamos o texto. É fácil não falar, ficar só com a ação, sempre se consegue ter um clima. O importante é perceber como, a partir desse estado, você vai incluir a palavra. De que forma ela será dita. Não adianta ficar procurando, tem que ser realmente uma coisa que venha com verdade e espontaneidade.

Por isso resolvi que a gente não ia ler muito o texto, eles já tinham lido e eu não ia ficar analisando nada. Só propunha os meus exercícios. Que eles mesmos encaminhavam para o clima e as ações da peça.

Foi uma maravilha. Depois de alguns exercícios, eu indicava algumas frases significativas do texto para serem exploradas. Fomos fazendo esse trabalho e foi uma coisa fantástica, uma das melhores coisas que já fiz em termos de processo de trabalho. Acho que os atores têm essa mesma opinião.

Juntar tudo, afinal, não foi difícil. Eu ia relembrando os atores de determinadas cenas que haviam pintado a partir dos exercícios e, com muito cuidado, encaixava o texto. Toda aquela explosão interior e bastante significativa na ação foi sendo guiada para o texto dessa maneira.

Acho que o trabalho tem de ter essa espécie de coisa não totalmente compreendida, não totalmente analisada. Acredito em outro estágio, uma coisa que brota a partir de uma situação. No começo, eles estavam desesperados, queriam ler o texto, mas eu pedi que esperassem pelo resultado dos exercícios. E acho que foi bem produtivo. Depois eles foram compreendendo. Foi dos trabalhos mais incríveis que eu fiz.

A luz era da Lenise Pinheiro e a cenografia era minha. O espaço era todo preto e eu só utilizei um retroprojetor que mostrava imagens de umas grades ao fundo. Eventualmente, os atores passavam por essa projeção. Outro elemento importante era um grande pano vermelho, um coringa, utilizado para várias coisas. Os figurinos eram do Fabiano Machado.

E, para causar ainda mais estranheza ou estranhamento, misturando um pouco com o estilo de Brecht, cada personagem tinha o seu signo, que seria compreendido no decorrer da peça.

Por exemplo, a transexual carregava um vidro com um pênis.

O pano vermelho vinha carregado pelo personagem do Ivam. O Darson vinha com uma grande rede de pescaria. O Penna ficava o tempo todo amarrando um pano no outro como se estivesse fazendo uma *tereza* para fugir. O André carregava uma corda com várias bonecas presas nela.

A gente ensaiava num porão de prédio, estávamos totalmente empenhados em fazer um trabalho novo, que acrescentasse algo para a gente. De vez em quando a gente conversava a respeito e brincávamos: *Nós estamos adorando, se o público não gostar, foda-se.*

Às vésperas da estreia o Ivam teve uma crise de apendicite e precisou ser operado às pressas. Foi um susto.

Esse trabalho foi feito sem um tostão. O Fusko produziu o espetáculo e todo mundo tinha uma porcentagenzinha. Dava para tomar uma cerveja. Mas era nosso trabalho, estávamos nisso por prazer. Deu certo. Casa lotada todos os dias. O maior sucesso. Tem coisa melhor? O Dráuzio veio ver na estreia e adorou. Missão cumprida.

O Sérgio Salvia Coelho, que na época trabalhava para a *Folha*, fez uma crítica bacana onde elogiava os atores, a direção, a luz e os figurinos.

Foi um espetáculo que eu vi todos os dias, durante toda a primeira temporada, nunca me cansei. Esses dois espetáculos, *Cinema Éden* e *Anjo*... são os que mais gosto dessa fase mais recente.

Quando terminava o espetáculo, os atores vinham do camarim já limpinhos eu já estava sentado numa mesinha da Praça Roosevelt esperando por eles. Tomávamos umas cervejas e ficávamos conversando. Foi aí que viciei na Praça Roosevelt.

Ali conheci muitas pessoas, toda uma nova geração, com uma cabeça bastante aberta, bastante criativa, isso foi e continua sendo um momento muito bom. Adorei esse contato com esses grupos todos que estão investindo e têm o seu espaço na Praça, porque disso é que é feito o teatro. Da ousadia, da tentativa, da experimentação.

Conhecer o Ivam então, nem se fala. Foi lindo conhecer seu trabalho, seu passado, saber de suas batalhas sempre tão especiais, sempre experimentando, como eu.

Aliás, experimentar foi a base de todo o meu trabalho, mesmo quando eu fazia produções mais comerciais ou televisão.

Capítulo XCII

Amazônia – De Galvez a Chico Mendes

Eu estava em São Paulo sem fazer nada, só descansando e pensando na próxima coisa que ia fazer quando recebo um telefonema do Marcos Schechtman, lá da TV Globo. Ele me convidava para participar da nova minissérie da Glória Perez, que ele assinaria a direção-geral: *Amazônia – De Galvez a Chico Mendes*. Claro que aceitei. Seria um prazer trabalhar com ele, que eu não conhecia pessoalmente, mas já admirava seu trabalho. Marcamos um encontro e ele veio para São Paulo. O papo foi ótimo, agradável, produtivo, uma empatia imediata.

O convite era para fazer um trabalho à parte, mas que envolvia toda a minissérie. Eu deveria dirigir todos os espetáculos que seriam mostrados durante a trama, e eram muitos porque estávamos falando de uma época em que o Teatro Amazonas tinha total efervescência, principalmente pela riqueza do momento. Com toda a produção da borracha, os grandes proprietários tinham como referência, claro, todo o estilo europeu, quer na arquitetura, quer nos espetáculos que importavam da Europa, foi o auge do Teatro Amazonas.

A história teria também um cabaré como um de seus cenários. Ali seriam mostrados, para a burguesia que habitava Manaus, shows ousadíssimos. E ainda um núcleo de Zarzuelas, espécie de opereta espanhola, que vinha da Espanha para cá. Enlouqueci. Para mim não poderia existir nada melhor do que o privilégio de tomar conta dessa parte. Depois dessa conversa em que combinamos como tudo seria feito, fui para o Rio de Janeiro começar efetivamente a trabalhar.

Por exemplo, para fazer a cena das Zarzuelas precisava formar um núcleo espanhol. Contratei as pessoas e, para ensaiá-las, pensei em pedir o apoio do Consulado da Espanha, imaginando que eles poderiam nos fornecer vasto material de pesquisa. Porém, antes de entrar em contato com o consulado, descobri que no Rio de Janeiro havia uma Casa de Espanha, uma grande sede que promove várias atividades coordenadas por Mabel Martín e Alberto Turiña.

Lá encontramos um grupo que já fazia aulas de dança espanhola. Selecionamos este grupo e incluímos a Christiane Torloni, que também dançaria, e a Alessandra Maestrini, que cantaria. Tudo isso foi feito fora da televisão, lá na Casa de Espanha. Ainda precisávamos decidir que música seria usada nesse número, negociar os direitos e escolher que peça seria a mais adequada para apresentar esse tipo de espetáculo de dança às pessoas que nunca o tinham visto.

A ópera não me preocupava, era o ponto no qual eu tinha mais intimidade. Apenas selecionei alguns trechos que seriam adequados à cena que se passaria no foyer ou na plateia com os protagonistas da história. Não me preocupei em escolher necessariamente obras que tivessem sido executadas no teatro naquela época, em alguns momentos podíamos tomar essas liberdades poéticas, mesmo assim fiz uma extensa pesquisa sobre o período. Existe um livro que relata, ano por ano, todas as companhias que se apresentaram no Teatro Amazonas, foi uma delícia saber dessa história toda.

Tudo o que eu fazia, mostrava para o Marquinhos e ele dava suas sugestões. De ópera, por exemplo, ele também conhece bastante. Optamos por três trechos de *A Flauta Mágica* e três de *La Traviata*. Também decidimos, com o diretor e produtor musical da minissérie, o Alexandre de Faria, que teríamos cantores de ópera mesmo. Primeiro gravariam um áudio no estúdio e depois dublariam a si mesmos no momento da gravação. Chamamos a Cláudia Riccitelli, grande soprano de São Paulo, e o Marcos Paulo, ótimo tenor, belíssimos os dois.

Preparando a gravação de A Flauta Mágica, de Mozart, para a minissérie Amazônia, de Glória Perez, com direção geral de Marcos Schechtman

Para o núcleo do cabaré também foi necessária extensa pesquisa. O pessoal da produção, assistentes e pesquisadores, colaborou, mas grande parte do material provinha da internet, então, com raras exceções, eram todos muito parecidos.

Durante toda a minha vida, nas viagens, comprei muitos livros que achava interessantes. Descobri no meio deles livros que eu nem lembrava que tinha, um do Music Hall e outro do Moulin Rouge. Entreguei esse material para o setor de pesquisas; eles fotografaram tudo e eu fui armando cada número. Até perdi a conta de quantos números criei. Dá para ter uma ideia disso no DVD, que saiu com um extra de trechos de todos esses números.

Também fui conversar com Alexandre Brazil, que conhecia há pouco e sabia que ele havia produzido uma peça sobre a Mistinguett, dirigida por Dagoberto Feliz.

Contei que estava à procura de material da França dessa época e que também gostaria de saber alguma coisa sobre a Mistinguett. Ele me passou tudo o que tinha sobre sua pesquisa da época e ainda me disse que tinha um livro sobre tudo o que tinha acontecido no Moulin Rouge naquele período. O Alexandre me emprestou a publicação e nela havia muitas fotos e muito material mesmo, estavam documentados ali todos os números apresentados na famosa casa francesa. Lendo os nomes desses números, criei uma série inspirada por eles. Também estavam registrados números de nudez e outras coisas bastante ousadas.

Ajudou muito essa história da Mistinguett, principalmente para o final da história que mostrava uma das protagonistas se tornando uma grande estrela do cabaré.

Essa cena é uma espécie de passagem para modernidade e a grande revolução desse momento foi a dança apache, introduzida pela Mistinguett. Assim, esse último número mostrava os ares de outra linguagem do cabaré, outra coreografia e outra música, no caso, um tango.

Também tinha uma mulher-cobra, contratei uma moça que fazia o número da cobra, mas criei uma historinha disso, coloquei um homem junto, uma coisa bem erótica, botei um mágico também e o número terminava com a dança apache, um tango que mostra uma disputa entre o gigolô e a prostituta. É uma dança meio violenta, o homem praticamente bate na mulher, mas é também uma coisa muito sensual.

A Mistinguett, que começou num cabarezinho de quinta perto do Moulin Rouge, ficou famosa com essa dança.

Mas não bastava criar os números. Era preciso musicá-los também e não tínhamos nenhuma referência para isso. Mais uma vez, foi fundamental e produtiva a parceria com o Alexandre de Faria; ele sugeriu coisas, eu sugeri outras e tivemos uma comunicação bastante interessante.

Num dos números, que tinha uma ideia inovadora, coloquei *A Valsa*, do Ravel, uma música impressionante, maravilhosa. A ideia veio de uma fotografia que o Marquinhos me mostrou. À primeira vista era uma caveira, mas, quando você observava melhor, via que essa caveira era feita por mulheres nuas. É uma foto famosa de uma obra do Picasso. Queríamos reproduzir essa imagem na TV.

Não foi uma coisa fácil. Primeiro precisamos montar uma estrutura para que as mulheres ficassem na posição correta. Uma coisa realmente complicada, mas na TV sempre se dá um jeito. Todo o *backstage* do estúdio é fantástico porque eles detestam fazer sempre a mesma coisa, adoram desafios.

Foi uma coisa, cada um dava um palpite no tal módulo em que se encaixariam as meninas. Mexe aqui, mexe ali e conseguimos. Faltava só um detalhe, não queríamos simplesmente mostrar a imagem final, mas ela sendo formada. Para isso eu usei o final da *Valsa*, do Ravel. As bailarinas e/ou atrizes se vestiam com uns panos transparentes, não eram vestidos nem túnicas, mas umas coisas que elas pudessem tirar com facilidade. Elas saíam de todos os cantos da plateia do cabaré, que era uma espécie de anfiteatro, com mesas perto da pista e camarotes.

Surgiam de todos os lugares, dançando com esses tecidos e se encaminhando pro palco, onde se despiam e iam subindo nesse módulo para formar a caveira. Foi uma loucura, lindo.

A minissérie começa em 1899 e vai até a década de 1980, portanto, passa pelas mais variadas épocas, entre elas o surgimento do *ragtime*. Achei que deveríamos ter também uma demonstração desse novo ritmo que vinha surgindo nos EUA.

Montamos um conjunto de homens com instrumentos de sopro, mas não podia ser só isso. Faltava algo. Até que Glória Perez sugeriu chamar a Alcione. E ela topou. Não entendo por que essa cena não entrou nos extras do DVD.

Novamente, eu e o Alexandre escolhemos a música, uma espécie de *spiritual*, porque o *ragtime* tem essa influência afro-americana. Comprei dezenas de discos para escolher a música mais adequada. A Alcione foi um deslumbre, um grande momento, até comentei que ela deveria gravar um disco com esse tipo de música, que ela interpretava lindamente.

Outro número delicioso era *O Cortejo da Cleópatra*, que vinha carregada por escravos num andor. Depois de dar uma volta na arena, os escravos a transportavam para o palco e, na sequência, mostrávamos o banho da Cleópatra. Foi armada uma grande estrutura como se fosse uma banheira e Cleópatra aparecia com uma roupa transparente enquanto os escravos iam jogando leite em cima dela. Um escândalo, uma coisa de louco.

Foi um grande prazer porque tive autonomia total. Para determinados números, eu chamei o grupo do Amir Haddad, formado por jovens atores incríveis, que topavam qualquer coisa. Com eles fiz um grande carnaval, belíssimo, com todos os pierrôs e colombinas em branco e preto, ao som de *Ó Abre Alas*, de Chiquinha Gonzaga, só que num ritmo bem lento. Ficou lindo.

Esse trabalho representou um momento altamente produtivo para mim, foi o máximo lidar com tudo isso e poder fazer uma pesquisa dessas na televisão. Sem falar nos figurinos, que eu também me metia muito, fiquei o tempo todo do lado da figurinista, a Emília Duncan.

Às vezes ela me dizia que o dinheiro tinha acabado e eu respondia que então não íamos fazer determinada coisa, aí ela aparecia com umas peças do arquivo e dizia que ia reformar. Sempre dava certo.

Outro número que incluímos chamava-se *Desfile das Pedras Preciosas*. Foi uma sugestão da Glória Perez que, num papo com a Bibi Ferreira, ficara sabendo dessa história. Eu já sabia desse número porque era muito famoso na época da revista. Tratava-se de um desfile de figurinos loucos. A Glória me deu total liberdade.

Acrescentei à cena um apresentador que fazia a descrição das roupas, optei pelo Osmar Prado, que na trama era dono dessas meninas. A descrição era impagável, algo mais ou menos assim, do verde das florestas tropicais da Amazônia vem a esmeralda, e aí entrava o traje verde, depois o rubi, vermelho, e assim por diante. Terminava com os diamantes e a Christiane Torloni, deslumbrante, num vestido branco inacreditável.

Toda essa parte do cabaré foi feita, claro, num estúdio no Rio. O cabaré era enorme e ocupava um estúdio inteiro. Mas as gravações começaram pelas externas, como sempre.

Fui para a Amazônia gravar a cena em que o Galvez levava uma companhia de Zarzuelas para lá, para se apresentarem para os seringueiros e foi lindo. A primeira cena dessas Zarzuelas mostrava a companhia ainda no navio, indo para a Amazônia.

Até esse barco chegar à beira do rio, o grupo vinha dançando no convés.

A gente via os seringueiros e os habitantes ali da região espantados, correndo para a beira do rio para ver o que estava acontecendo, ficou emocionante.

Foi uma loucura essa gravação, fazia um calor infernal, e o convés desse navio, como os daqueles típicos que navegam pelos rios da Amazônia, era de metal. Resultado, ele foi esquentando com o sol e começou a queimar as sapatilhas dos bailarinos, uma doideira.

O Marquinhos gravava tudo do helicóptero e mostrava de cima também o povo assistindo à cena na beira do rio. Por rádio avisei a ele que teríamos que parar para resfriar o convés. Lá de cima, o Marquinhos não estava sabendo de nada. Os bailarinos precisaram colocar um tipo de isolante para proteger as sapatilhas e os pés do chão quente.

Toda a preparação para o início das gravações foi muito estudado, precisávamos tomar cuidado com o período das enchentes e o período das vazantes porque isso poderia alterar tudo. Muita coisa era feita pelo rio e a cidade cenográfica, inclusive, ficava à beira do rio. Se você gravava na vazante, o navio encalhava. Se escolhesse o período de enchente, a água invadiria a beira do rio, tanto que a cidade cenográfica foi feita num barranco. Ficou um trabalho espetacular, foram feitas escadarias de madeira que levavam às construções. As gravações foram feitas num período intermediário, entre a enchente e a vazante.

Mesmo com todo esse cuidado, um dia, por conta de fortes chuvas, fiquei atolado no caminho entre o centro de Rio Branco e a cidade cenográfica e as gravações tiveram que ser canceladas. Eu e a equipe estávamos num micro-ônibus, mas era tanta lama que não conseguimos passar. Antes das gravações também houve um incidente com o navio que trazia figurinos e equipamentos; ele chegou num dia em que o nível do rio estava muito baixo e também encalhou.

As cenas que dirigi terminaram de ser rodadas ainda durante a primeira fase da minissérie, nos estúdios do Rio. Já estava de volta a São Paulo quando o Marquinhos me liga convidando para fazer também uma participação como ator na minissérie. Interpretei um padre que defendia o Chico Mendes. Adorei.

As gravações de *Amazônia*... começaram em agosto de 2006 e a exibição, que teve 55 capítulos, foi de 2 de janeiro a 6 de abril de 2007.

Capítulo XCIII

Uma Pequena Análise

Essa foi a segunda minissérie que fiz. A grande diferença entre minissérie e novela é que já de cara ela pode ser uma obra semifechada. Embora as gravações comecem antes que a obra termine de ser escrita, você sabe que não terá grandes surpresas como acontece numa novela, que, para alimentar os ganchos, a audiência, o ibope, é sempre sujeita a grandes reviravoltas.

A minissérie já está limitada por uma história fechada, quando muito pode haver um *flashback* ou a necessidade de voltar a uma locação, o que se resolve viajando com uma equipe pequena ou encontrando uma locação similar no Rio de Janeiro mesmo. Por esse aspecto é bem mais fácil, você já sabe tudo, o começo, o meio e o fim, de antemão, diferentemente de uma novela. No teatro você também já tem a obra fechada na sua mão. Acho que o desafio é igual nos três casos, mas na TV você conta com a segurança de uma produção muito mais rica em termos financeiros e artísticos.

No teatro você tem de usar mais a imaginação porque normalmente tem limitações financeiras muito maiores. A criatividade nunca pode ser limitada, não é? Exceto pelo orçamento.

Se eu estou ensaiando uma peça que precisa de uma coisa muito cara e não temos esse dinheiro, entra a imaginação nos limites do orçamento. Já na TV isso não acontece. Lá, sua imaginação pode voar. Imagine que tudo isso que contei foi só uma pequena parte da minissérie.

Outra vantagem da TV é o grande acervo de figurinos. Você pode usar as roupas do jeito que estão ou reformar, refazer um traje.

No teatro é maior o valor da interpretação dos atores, você precisa se preocupar mais com isso, mais até do que na TV, afinal, é ao vivo, não é? Não dá para fazer de novo. De qualquer modo, é um grande desafio, talvez até maior do que enfrento no teatro. Pelo menos no caso dessas duas minisséries. Aliás, acho que foi um grande desafio não só para mim, mas para todos os envolvidos.

A pesquisa é fundamental quando você vai fazer uma novela ou minissérie de época, no meu caso as duas que fiz foram de época. Mas eu estava bem seguro com relação à pesquisa. *Os Maias*, por exemplo, abrangia só duas épocas, mesmo assim muito grudadas, já *Amazônia*... cobria um período muito maior.

No teatro, quando pego um novo texto já vou pensando num conceito para encaminhar essa encenação. Se percebo que o texto não propõe nenhum desafio eu me proponho um, que foi o que aconteceu nas últimas peças que dirigi – *Cinema Éden* e *O Anjo do Pavilhão Cinco.* Depois vem a responsabilidade de precisar provar que o desafio foi vitorioso, esse ônus é maior na TV.

No teatro, por exemplo, você pode trabalhar sem dinheiro, *O Anjo...* foi feito sem dinheiro. Já na TV não existe isso. A TV não é possível sem dinheiro. Não se liga nem uma câmera sem dinheiro.

No teatro você junta uma galera de boa vontade e a coisa vai. Todo mundo topa por uma porcentagem e o espetáculo acontece. E é com esse estado de espírito que você vai para o trabalho. Claro que se é uma peça que tem apelo comercial, com um orçamento mais ou menos equilibrado para todo mundo, é diferente. Mas, radicalizando, a gente faz mesmo se não tiver dinheiro, basta que os envolvidos topem.

Aprendi com o Brecht que a pobreza é criativa, que quanto mais pobre mais você cria, mais dá estilo, não precisa criar com dinheiro, tem os atores, tem os espaços, tem a luz... O importante é conhecer os limites, porque, às vezes, quando você tem dinheiro, perde a noção.

Madame Shakespeare, *com Norma Bengell e Maria Manoella*

Capítulo XCIV

Relato Íntimo de Madame Shakespeare

Nesse meio-tempo, até chegar a hora de gravar a minha participação em Amazônia, o Alexandre Brazil queria produzir um novo espetáculo e me procurou. Ele teve a ideia de adaptar para o teatro o livro *O Relato Íntimo de Madame Shakespeare*, de Robert Nye, uma espécie de depoimento da mulher do Shakespeare, um livro belíssimo, que mistura muito bem a realidade e a ficção. É baseado em elementos da biografia real da mulher do Shakespeare. O autor tem uma visão muito interessante. O Alexandre me deu o livro para ler e pediu que eu fizesse a adaptação para o palco. A tradução era do Marcos Daud.

Adorei. Ao ler o livro, imediatamente percebi que seria capaz. Eu não suportaria simplesmente pegar os elementos do livro e adaptar para uma linguagem de teatro.

No depoimento da mulher de Shakespeare eu identifiquei muitas vezes um posicionamento conflitante perante a vida e perante o próprio Shakespeare.

Me pareciam duas mulheres e não uma. Era como se uma respondesse à outra.

Como acontece em qualquer diálogo íntimo que qualquer pessoa tenha com si mesma. Você diz, por exemplo, hoje eu quero ver aquele filme. Em seguida se pergunta, mas será que é bom? Enfim, esse tipo de diálogo íntimo foi o que me chamou mais a atenção.

Decidi que seriam duas personagens. Já que lidava com dois temperamentos bem distintos, um que era mais juvenil e outro que era mais maduro. Baseado nisso, tive apenas o trabalho de cortar, o livro é muito grande, e eu queria que coubesse em duas horas de espetáculo.

Foi um sofrimento, cortei muitos trechos, fiquei com os mais significativos, os que tinham mais sequência lógica para o encaminhamento dramatúrgico. Preservei aqueles que mostrariam os vários acontecimentos até o final surpreendente.

Foi quase um jogo de xadrez, que no fim acho que deu um belo resultado.

Na hora de escolher o elenco, a primeira pessoa em quem pensei foi a Norma Bengell. Há muito tempo que queria ter outro encontro com Norma, sonhava com isso desde *Cordélia Brasil* e os *Convalescentes*.

Fazia tempo que ela não atuava e a chamei para interpretar o papel da mulher mais madura. Para viver a mais jovem, escolhi a Maria Manoella, que tinha feito comigo *Cinema Éden*; as duas formavam uma dupla bastante interessante.

Começamos os ensaios lá no Rio porque eu ainda precisava gravar minha participação em *Amazônia*... Ensaiávamos na casa da Norma, aliás, uma belíssima e espaçosa casa, no bairro da Gávea. Quando terminei as gravações na Globo, viemos todos para São Paulo.

Para os figurinos, chamei a Beth Filipecki, com quem já havia feito muitos trabalhos na TV. Nos damos muito bem. Ela também veio para São Paulo. Eram dois figurinos só, mas tinham que ser perfeitos para um retrato da época. Eu não queria modernizar nada.

Para os cenários, no entanto, queria uma estética mais contemporânea. Chamei o André Cortez. Não o conhecia pessoalmente, mas tinha adorado seus belíssimos cenários em *A Louca de Chaillot*.

Ele fez um cenário surpreendente para o pequeno palco do CCBB, que inclusive parecia enorme, com todo aquele espaço livre, só ocupado por duas cadeiras e um fundo negro, que durante o espetáculo ia ser totalmente modificado.

Madame Shakespeare, *com Norma Bengell e Maria Manoella*

Na verdade, o fundo era feito de várias portas, que aos poucos se abriam e revelavam seu interior todo branco e recheado de signos da própria época e da história. Eram pilhas de papel, simbolizando a obra do bardo, peças de figurinos e outros elementos. As portas não se localizavam somente no nível do palco, elas estavam também em um plano mais elevado, um segundo andar.

No final do espetáculo, todas as portas estavam abertas e causavam o grande e necessário impacto para um desfecho totalmente surpreendente.

A iluminação era do Wagner Freire, a música original do André Abujamra e a coreografia e gestual da Renata Melo.

Foi um trabalho de interpretação muito bom. Estreamos na maior expectativa com relação à volta da Norma. Infelizmente, a estreia não foi muito bem, porque a Norma estava muito insegura, muito nervosa. Mesmo assim as pessoas gostaram. No segundo dia foi maravilhoso e a Norma estava esplêndida, exatamente o que eu imaginava para essa personagem. A segunda apresentação foi realmente um encantamento. No terceiro dia eu precisei voltar ao Rio para gravar uma cena de *Amazônia*...

Fui tranquilo porque o espetáculo anterior tinha sido muito legal. No domingo, recebo uma ligação da produção. Era o Alexandre Brazil contando que a sessão havia sido cancelada porque a Norma passara mal. Eu não podia sair do Rio e fiquei muito aflito, foi muito ruim. A Norma foi internada e não tinha condições de continuar fazendo a peça.

Acho que acumulou tudo, anos de trabalho ou de falta de trabalho, a imensa responsabilidade que ela se atribuiu, as tensões, enfim, explodiu no palco, o teatro provoca essas coisas.

O fato de o artista se expor, que é o que acontece quando está no palco, pode torná-lo muito frágil. Vem à tona muita coisa acumulada que pode prejudicar ou até mesmo impedi-lo de fazer um trabalho. Foi uma pena.

Cancelamos a temporada por 15 dias. Assim que pude, voltei para São Paulo e tínhamos que encontrar uma substituta. Escolhemos a Selma Egrey, que foi muito generosa, teve de aprender em 15 dias o que a gente tinha feito em dois meses.

É um espetáculo difícil, um texto difícil, de muita responsabilidade, complicado mesmo. A Maria Manoella também ajudou muito nesse momento. A peça reestreou e foi muito bem de público.

Depois o CCBB do Rio nos convidou para uma temporada carioca. Foi também um grande sucesso, muito bom, melhor do que em São Paulo, com lotação esgotada em todos os dias.

Embora o espetáculo tenha ficado muito bonito e eu goste muito dele, não posso dizer que foi prazeroso.

O trauma não é só por um trabalho que não foi totalmente realizado. Minha tristeza é por causa de todo o meu envolvimento emocional com a Norma. Sei o que ela passou, o que veio na cabeça dela. Lamento o fato de ela não sustentar esse acontecimento, de não ser capaz de aguentar essa barra, enfim, o teatro provoca esses momentos terríveis e a gente sempre tem de aprender alguma coisa com isso. Mas, dessa vez, está demorando para eu aprender.

Apesar de tudo, um grande saldo positivo: minha bela amizade com Alexandre Brazil. Um jovem sonhador e batalhador. Grande conhecedor de Shakespeare e que vai à luta sempre em busca de um repertório de alto nível.

Capítulo XCV

Turandot do Princípio ao Fim

Sempre ouvia falar do Festival Amazonas de Ópera, mas nunca tinha conseguido assistir nada lá. De todo modo, muito me impressionavam as notícias de como eles estavam montando grandes óperas, óperas difíceis que a gente nunca imaginaria ver no Brasil, como todo o ciclo do *Anel do Nibelungo*, do Wagner, composto por quatro óperas. Eles fizeram uma por ano e no quarto ano apresentaram o ciclo completo.

Em 2007, eu já tinha acabado de fazer a minissérie *Amazônia* e estava livre durante a época do festival. Descobri que no repertório daquele ano ia ser apresentada uma ópera que adoro, *Lady Macbeth do Distrito de Mstsensk*, de Shostakovitch. Nunca imaginei que essa obra pudesse ser montada no Brasil. Imediatamente reservei meus ingressos. Fui a uma agência de turismo e fiz um pacote com passagem e hospedagem para quatro dias em Manaus. Assisti à ópera, linda, maravilhosa, perfeita. Não parecia que estávamos no Brasil, muito menos na Amazônia.

Não conhecia ninguém lá, mas acabei encontrando a Cláudia Riccitelli e seu marido, Martin Mühle. A Cláudia eu tinha convidado para fazer vários trechos de ópera na minissérie, foi um encontro legal, porque nosso trabalho tinha sido ótimo e ficamos amigos. O Martin eu ainda não conhecia, mas ele estava no elenco da ópera do Shostakovitch. Acabei ficando com eles durante todo o festival e conheci um monte de gente, a estrutura do festival e também o maestro Luiz Fernando Malheiro, que é o diretor artístico do Festival Amazonas de Ópera.

Tempos depois recebo um telefonema do Malheiro. Ele me convidava para dirigir uma ópera lá. Nunca havia pensado nessa possibilidade. Respondi que seria ótimo, mas eu nunca havia feito uma ópera, embora, como bom italiano, gostasse muito do gênero, principalmente das óperas italianas.

Perguntei qual seria a ópera que eu dirigiria e ele me disse que era *Turandot*, do Giacomo Puccini. Maravilha, a primeira ópera que eu assisti também era do Puccini, *A Tosca.* Então ele me contou também que essa ópera não seria apresentada dentro do teatro, mas na praça. Todos os anos há uma montagem na praça, uma ópera para o povo. Seria realmente um desafio. O Malheiro até queria me dar um tempo para pensar, mas eu topei na hora. Se me caíra aquele desafio na mão, ia tentar vencer.

Turandot, *com Eiko Senda*

Ele também mora aqui em São Paulo, na verdade, divide seu tempo entre Manaus e São Paulo. Tivemos alguns encontros para acertar detalhes da montagem. Queria saber como seria a logística do espetáculo? O que mais me preocupava era o som. Ele me tranquilizou e explicou que a orquestra e o coro ficariam dentro do teatro e esse som seria transmitido para fora. Já os solistas, que estariam do lado de fora, usariam microfone de lapela.

Não estava totalmente convencido de que daria certo. Não sabia como os solistas iam fazer sem enxergar o maestro e vice-versa.

Ele explicou que os monitores estariam espalhados por todos os lugares e que, por meio deles, os cantores e atores veriam o maestro o tempo todo. E, claro, o maestro também receberia imagens vindas da praça. Solucionada essa questão, partimos para a próxima.

A praça é muito grande e muitas vezes parte do público não vê o que acontece nas laterais. Para resolver isso, decidimos que seriam armados dois grandes telões no alto da escadaria que leva ao teatro.

Ainda havia a questão do coro que nessa ópera tem um papel fundamental. Ele interpreta o povo e interfere constantemente na ação, mas estaria dentro do teatro. O público o ouviria, mas não o veria. Assim, precisaria de pessoas que representassem esse coro do lado de fora do teatro. Isso era imprescindível para o espetáculo.

Comecei a estudar a ópera, em cima da partitura inclusive. Tudo precisava estar no momento certo, cada solista, personagem e até o coro tem seu momento exato de aparecer e eu precisava estar muito atento a isso. Não leio partitura, mas acabei lendo, não sei como. Meu breve contato com partituras era de um tempo distante, lá no começo dos meus estudos, no Colégio São Bento, e depois quando cantei no coro do Citibank.

Aos poucos fui visualizando todo o espetáculo e conhecendo melhor o espaço. Eu tinha uma pequena noção do espaço porque tinha ido para Manaus no Natal de 2007. Sabia que haveria um espetáculo na praça e fui conferir. Na verdade, todos os anos, no Natal, há esse espetáculo. Até deixei de viajar com uns amigos muito queridos que foram passar as festas em Nova York para ir a Manaus. Mas valeu a pena. Voltei a São Paulo com uma noção bem clara do que poderia ser feito e comecei a decupar toda a ópera, os movimentos e tudo o que a gente poderia fazer.

Turandot, *com Eiko Senda*

Chamei o André Cortez para fazer os cenários e figurinos e ele chamou a Adriana Chung, que é maravilhosa, para ser sua assistente.

Me dei muito bem com o André e adorei o trabalho que ele fez em *Madame Shakespeare*. Juntos, fomos criando praticamente todo o espetáculo e pensando onde e como poderíamos interferir na fachada do Teatro Amazonas; na verdade, a interferência seria na fachada lateral, onde estariam uns praticáveis para que o público tivesse uma melhor visualização do espetáculo.

Ignoramos a frente do teatro porque o público só pode ocupar as laterais, então, minha concepção levou isso em conta. É um teatro comprido e a lateral é enorme, e esse seria o meu palco principal, uma grande passarela com alguns praticáveis ligados a ela. Isso facilitaria também as entradas e saídas de alguns carros cenográficos que eram empurrados por escravos. Como não haveria coxia, também os atores/cantores sairiam de cena pela lateral.

Aproveitamos ainda uma dupla escadaria, que começa na rua e vai até a entrada do teatro. A encenação tinha, na verdade, cinco planos diferentes.

As cenas aconteciam no nível da rua, nas passarelas, que ficavam cerca de dois metros acima desse nível, às vezes todo o coro se movimentava para o nível da rua e ficava embaixo dessa passarela. Também usamos o pátio que ficava no topo da escada que dá acesso ao teatro, a varanda e a cúpula do teatro. Então, na verdade, explorei a fachada inteira. Falando assim tudo é muito bonito, mas a logística dessa movimentação toda era uma loucura.

Para sincronizar todo o elenco entrando e saindo do que seria a coxia, subindo ou descendo as escadas, entrando na varanda, era preciso cuidado extremo, cada movimento tinha de ser previsto e calculado com antecedência, era um ritmo alucinante. Eram mais de 150 figurantes, fora todos os solistas, os músicos e mais uma dezena de pessoas nos bastidores.

Toda a comunicação entre as pessoas dos bastidores, técnicos, cenotécnicos, câmeras, era feita por rádio. Durante os ensaios eu dava as coordenadas a uma pessoa e ela ficou responsável por distribuir as funções que cada um desempenharia. No dia da apresentação, eu só assisti.

Mas, bem antes disso, ainda em São Paulo, trabalhei meses com o André Cortez para criar o conceito do cenário e figurinos. Pouco antes de embarcamos para Manaus, um susto. O maestro Malheiro me liga dizendo que precisávamos conversar.

O festival havia sofrido um golpe, um grande corte de verbas e precisaríamos rever os custos de produção, cenários, figurinos, cachês, enfim, tudo.

Tudo o que eu tinha combinado com o Malheiro era num acordo de cavalheiros, não assinamos nenhum papel. Quando ele me perguntou se eu ainda topava fazer, mesmo com esse corte, pedi um tempo para pensar. Conversei com o André Cortez e ele preferiu sair do projeto. Mas eu decidi continuar. Já tinha tido um trabalhão, já tinha criado tudo, não poderia perder a oportunidade de colocar esse desafio à prova.

Como o André não topou, tive que mudar um pouco o conceito da concepção do espetáculo. Complicado mexer num trabalho que já estava claro na cabeça da gente. Principalmente no quesito figurino, porque cenário, na realidade, não tinha. O que havia era só uma disposição de elementos, várias coisas que a gente já havia estudado, como as medidas dos praticáveis, por exemplo, e a própria interferência da fachada, que o André já havia criado. Seria uma espécie de rede onde amarraríamos pedaços de plástico preto, formando quase uma teia, que não esconderia totalmente a fachada, mas criaria uma atmosfera estranha.

A ópera retrata um período de crise dessa época e desse povo; a história se passa sempre na frente do palácio, então a nossa ideia era fazer um contraste entre o moderno e os figurinos de época; essa teia preta poderia remeter a várias coisas – ao luto, à decadência desse palácio ou simplesmente a uma realização estética.

Com o corte de verba, o figurino que havíamos imaginado ficou impraticável. Então a organização do festival entrou em contato com a Opera de Colombia – Fundación Camarín del Carmen, que tinha feito uma montagem de *Turandot* e topou nos ceder os figurinos.

Eu nunca havia me preocupado em saber quanto custariam os figurinos. Esse tema nunca fez parte das minhas conversas com o Malheiro. Em todos os outros festivais, e esse já era o 12º, tudo tinha acontecido no maior capricho. Baseado nisso, não questionei, em nenhum momento, se daria ou não para fazer, simplesmente fui criando. Somente poucos dias antes de ir para Manaus é que fui informado sobre o corte de verbas e descobri que o montante que sobrara não daria para confeccionar os figurinos.

Foram necessárias várias adaptações para que a montagem se encaixasse no novo orçamento. Uma delas era essa questão do figurino. Aliás, esse era também o único ponto possível para alterar. Nos praticáveis era impossível fazer qualquer mudança, já que a marcação cênica toda dependia deles. Nessa parte, portanto, tudo o que eu pedi, consegui. Os figurinos, claro, não eram o que eu imaginava, mas eram bonitos e interessantes.

Fui para Manaus no começo de abril e a ópera ia ser apresentada dia 29/5/2008, após quase dois meses de ensaios. Em primeiro lugar, me concentrei no mais difícil que era escolher o povo e os grupos de personagens que fariam a figuração, era muita gente envolvida, mandarins, sábios, donzelas, carrascos, sacerdotes, arautos, guardas imperiais, dignatários e soldados... Sem contar o Kung Fu e o pessoal do rapel que eu inventei de colocar na história.

Claro que uma produção desse tamanho não se faz sozinho, tinha quatro assistentes para me ajudar: André Duarte, Cleia Mangueira, Francisco Mendes e Cindy Mendes. E, não posso esquecer, claro, a Flávia Furtado e a Carmen Perdomo pelo grande apoio que me deram durante todo esse processo.

Pedi uma figuração feita por pessoas que estivessem de alguma forma ligadas às artes, teatro, canto ou dança. Não queria gente desavisada, para quem tivéssemos que explicar tudo. Eles convocaram as pessoas e eu fui escolher quem faria o quê.

Para o povo até poderia ser uma pessoa sem nenhuma experiência, porque, afinal, era um número muito grande de figurantes. E, se fosse o caso, a gente colocava essa pessoa parada num canto de forma que não comprometesse o espetáculo.

Essa parte foi legal, é comovente quando você pega umas pessoas que vêm com todo o entusiasmo, que querem fazer o melhor.

A maioria das pessoas percebeu de cara a importância da coisa. Às vezes acontecia de eu escolher um cara para um papel e o fulano faltava nos ensaios, desaparecia. Mas isso só no começo. Quanto mais a gente se aproximava da estreia mais eles tinham noção da sua responsabilidade. Sentiam que estavam fazendo uma coisa importante e bonita. Bacana ver aquelas pessoas que estão lá e querem realizar coisas dentro da sua área.

Mas, além desse povo todo, eu precisava de um núcleo mais forte para determinadas cenas. Chamei o pessoal da Companhia de Dança e do Balé Folclórico do Amazonas. Conversei muito com o coreógrafo que é o André Duarte e expliquei o que eu tinha em mente. A partir desse papo, André criou uma coreografia para que o balé representasse o povo. Em cima do que ele criava, eu dava umas sugestões também e aí tive uma ideia que considero bem legal.

A proposta original era que todos os figurantes, inclusive os que não eram do balé, fizessem os mesmos movimentos. Mas eu sabia que eles nunca iriam aprender e ficaria um balé malconduzido. Então sugeri ao André que o pessoal do balé fizesse a coreografia direitinho e, no meio deles, colocaríamos pessoas com gestos espontâneos, como se realmente estivessem reagindo ao que estava sendo dito.

Fizemos um trabalho de corpo com essas pessoas onde pedi que cada um fizesse o que queria. Escolhi os gestos que mais gostei e repassei para turma toda.

Acho que foi uma boa saída. Essa reação espontânea dava um ar mais realista porque coreografia é sempre uma coisa mais estilizada. Ficou muito bonito. Uma outra linguagem, tinha um sabor de povo mesmo, um desenho estranho, mas com estética limpa. Ficou legal à beça.

No fim eu estava inteiramente esvaziado sem saber se ia dar tudo certo. O espetáculo inteiro, completo mesmo, eu só consegui ensaiar duas vezes.

A gente ensaiava por partes e em espaços muito menores do que a praça. Completo mesmo, como seria no dia, foram somente dois ensaios. Eu ia orientando a todos que na praça o espaço seria muito maior e que eles tinham que ter sempre isso em mente. Enquanto o cenário com as passarelas não estava pronto ainda precisava tomar o cuidado de localizar cada um no que seria o espaço real.

Os cantores quem escolhe é o maestro Malheiro. Eu até poderia dar uma opinião, mas, quando cheguei, quase todos já estavam escalados e eram ótimos. A Eiko Senda, que é deslumbrante, interpretava a Turandot. Também tinha a Gabriella Pace, que fazia o papel da escrava Liú. Mas ele não estava conseguindo o tenor que deveria interpretar o Calaf, o herói da história. Me lembrei do Martin Mühle, que eu tinha visto na ópera do Shostakovitch e sugeri seu nome. O Malheiro aceitou a sugestão. O Martin e a Eiko são uns doces, são dois queridos. A Eiko eu já conhecia de palco, mas nunca tinha conversado com ela. Eles foram maravilhosos.

Também estavam no elenco Lucas Debevec Mayer, Homero Velho, Eric Herrero, Flávio Leite, Eduardo Amir. A direção e regência eram de Marcelo de Jesus. Os figurinos, cedidos pela produção colombiana, levavam a assinatura de Adan Martinez. A coreografia foi uma criação de André Duarte. Pianista preparador numa ópera é fundamental, tive uma turma jovem fantástica: Franco Bueno, Thiago Rodrigues, Lucas Bojikian e Nathália Kato.

Eu queria aproximar a história da atualidade, enfatizar a relação e a comunicação com a plateia, principalmente com a plateia jovem. Queria algo interessante e que estimulasse o público. Logo no começo da peça é anunciado que todos os pretendentes que desejarem casar com a rainha deverão responder a três enigmas. Se acertarem, casam com ela. Se errarem, morrem. Durante esse comunicado, o povo descobre também que o último que tentou, o príncipe da Pérsia, será executado.

Nessa hora entrava a tal coreografia do povo cenográfico acompanhada das reações espontâneas de indignação, afinal esse povo não aguenta mais tanto terror. Queria uma imagem bastante violenta para representar isso. Simulei uma invasão ao palácio e, além do povo que estava nas passarelas e subia as escadarias correndo, decidi colocar um grupo do rapel escalando o muro do teatro. Os guardas em cima, no parapeito, impediam a invasão. A cena ficou linda.

Também solicitei aos meus assistentes que me trouxessem umas pessoas que lutassem kung fu e os coloquei em cena durante um desfile do imperador. Eles abriam o cortejo fazendo os movimentos da luta por toda a passarela.

Outra interferência que dava modernidade era que em vez de decapitar os acusados, como descrito no original, eu usei uma cadeira elétrica. Acho que essas pequenas interferências, essas brincadeiras, facilitaram a comunicação.

Acho que minha encenação até ajudou a descontrair o público. Na cena em que a Turandot finalmente beija o Calaf foi uma gritaria geral. A meninada gritava, aplaudia, parecia um show de rock, foi um grande sucesso popular, a praça em festa.

A luz foi feita por Caetano Vilela e ficou uma maravilha. Ele colocou embaixo e em cima da passarela umas luzes de néon, ficou realmente muito bonita a iluminação.

Outra coisa interessante, até como conceito, surgiu por causa dos telões.

Neles estavam projetadas não as imagens centrais, mas detalhes da encenação captados por quatro cinegrafistas. Decidi que eles usariam uma roupa tradicional chinesa. A mistura dos figurinos de época, os cenários com a instalação e esses cinegrafistas vestidos de chineses, com uma câmera na mão, circulando por entre a ópera resultaram num espetáculo à parte. Era o tradicional misturado ao *high tech* numa integração perfeita. Foi maravilhoso.

Na estreia, eu estava no meio do povo. Povo real e não o cenográfico. Tudo o que tinha de ser feito já havia sido feito. Todos os meus auxiliares e assistentes já estavam bem orientados, inclusive quanto aos cálculos de tempo que deveriam ser feitos entre um ator sair de uma cena e subir uma escada ou retornar como outro personagem.

Quando comecei era um desafio e queria fazer tudo da melhor maneira possível. Tudo dentro de um conceito. Nada gratuito. E, quando assisti à estreia, senti que esse conceito fora totalmente realizado. Graças a Deus deu tudo certo.

Apesar da felicidade, foi um grande desgaste, físico e mental, porque eu também precisava subir e descer escadas, correr para cá e para lá, mas a estreia realmente compensou tudo. Todo mundo estava preocupado como seria se chovesse, mas só caíram uns poucos pingos. Até São Pedro colaborou.

A imprensa internacional especializada em ópera deu grande destaque a esse evento. A revista italiana *Opera* disse que eu era um diretor muito esperto e com uma grande preocupação com a estética. Fiquei feliz. Acho que venci o desafio.

Cronologia

1961
• *O Chapéu de Palha da Itália* (interpretação)
São Paulo SP

• *José, do Parto à Sepultura* (interpretação)
São Paulo SP

• *O Julgamento do Tião* (interpretação)
São Paulo SP

1962
• *Antígone, América* (interpretação)
São Paulo SP

• *Os Fuzis da Senhora Carrar* (direção)
São Paulo SP

1963
• *Terror e Miséria do III Reich* (interpretação)
São Paulo SP

• *Sorocaba, Senhor* (interpretação)
São Paulo SP

1964
• *O Inoportuno* (interpretação)
São Paulo SP

• *O Patinho Torto* (interpretação)
Rio de Janeiro RJ

1965
• *Electra* (interpretação)
Rio de Janeiro RJ

1966
• *Julio César* (interpretação)
São Paulo SP

1967
• *Oh! Que Delícia de Guerra* (interpretação)
Rio de Janeiro RJ

• *O Olho Azul da Falecida* (interpretação)
Rio de Janeiro RJ

• *Hamlet* (interpretação)
Rio de Janeiro RJ

• *Os Inconfidentes* (interpretação
Rio de Janeiro RJ

1968
• *Cordélia Brasil* (direção)
São Paulo SP

1969
• *Aquele Que Diz Sim, Aquele Que Diz Não* (direção)
Campinas SP

- ***O Cão Siamês*** (direção)
São Paulo SP

- ***Prometeu Acorrentado*** (direção)
São Paulo SP

1970
- ***Os Convalescentes*** (interpretação)
Rio de Janeiro RJ

- ***A Vinda do Messias*** (direção)
São Paulo SP

- ***Língua Presa*** (interpretação)
São Paulo SP

- ***Olho Vivo*** (interpretação)
São Paulo SP

- ***Olhos Vazados*** (direção)
São Paulo SP

1971
- ***Um Homem É Um Homem*** (direção)
São Paulo SP

- ***Palhaços*** (direção e interpretação)
São Paulo SP

- ***Mirandolina*** (direção)
São Paulo SP

1972
• *A Massagem* (direção)
São Paulo SP

1972 e 1974
• *Boca de Ouro* (direção)
São Paulo SP

1973 e 1974
• *A Morta* (direção)
São Paulo SP

1973
• *Hoje É Dia de Rock* (direção)
São Paulo SP

• *Adeus Fadas e Bruxas* (direção)
São Paulo SP

1975
• *Tio Vânia* (direção)
São Paulo SP

• *Um Homem* Chamado Shakespeare
(interpretação)
São Paulo SP

• *Eles Não Usam Black-Tie* (direção)
Tupã SP

- ***O Homem e o Cavalo*** (direção)
São Paulo SP

1976
- ***A Moratória*** (direção)
São Paulo SP

- ***Leito Nupcial*** (direção)
São Paulo SP

1977
- ***Delírio Tropical*** (direção)
São Paulo SP

- ***Mariana Pineda*** (direção)
São Paulo SP

1978
- ***Caixa de Sombras*** (direção)
São Paulo SP

1979
- ***Vejo um Vulto na Janela, Me Acudam que Sou Donzela*** (direção)
São Paulo SP

- ***Navalha na Carne*** (direção)
São Paulo SP

- ***O Contestado*** (direção)
Curitiba PR

1980
• *Ninguém Telefonou* (direção)
São Paulo SP

• *Auto do Burro de Belém* (direção)
São Paulo SP

1982
• *Hamleto* (interpretação)
São Paulo SP

• *O Grande Circo Místico* (direção)
São Paulo SP

1984
• *A Lei de Lynch* (direção)
São Paulo SP

• *Boca Molhada de Paixão Calada* (interpretação)
São Paulo SP

1985
• *Direita, Volver!* (direção)
São Paulo SP

• *Espectros* (direção)
São Paulo SP

1986
• *Doce Privacidade* (direção)
São Paulo SP

1987
• *O Tempo e a Vida de Carlos e Carlos*
(texto e direção)
São Paulo SP

1989
• *Cais Oeste* (interpretação)
Rio de Janeiro RJ

• *Gepeto* (direção)
Rio de Janeiro RJ

1992
• *Dois Perdidos Numa Noite Suja* (direção)
São Paulo SP

1994
• *Budro* (direção)
São Paulo SP

1995
• *O Natal de Harry* (interpretação e direção)
Rio de Janeiro RJ

1998
• *ppp@WllmShkspr.br* (direção)
Curitiba PR

1999
• *Um Passeio no Bosque* (interpretação e direção)
Rio de Janeiro RJ

2003
• *Sábado, Domingo e Segunda* (interpretação)
São Paulo SP

2004
• *Amor, Coragem e Compaixão* (direção)
São Paulo SP

2005
• *Cinema Éden* (direção)
São Paulo SP

2006
• *O Anjo do Pavilhão 5* (direção)
São Paulo SP

2007
• *O Relato Íntimo de Madame Shakespeare*
(direção)
São Paulo SP

TV
Novelas/Minissérie e outros programas

1980
• *Um Homem Muito Especial* (novela/atuação)

1981
• *Os Imigrantes* (novela/consultoria de costumes/
preparador de prosódia e atuação)

• *Floradas na Serra* (minissérie/atuação)

• *Os Adolescentes* (novela/atuação)

1982
• *O Ninho da Serpente* (novela/atuação)

1988/1989
• *Vida Nova* (novela/ preparador de elenco)

1993
• *Renascer* (novela/direção)

1996/1997
• *O Rei do Gado* (novela/direção)

1997/1998
• *Anjo Mau* (novela/direção)

2001
• *Os Maias* (minissérie/direção)

• *Grandes Damas da GNT* (direção de imagens e edição)

2002/2003
• *Esperança* (novela/direção)

2004
• *A Escrava Isaura* (novela/direção)

2005
• *Caiu o Ministério* (teleteatro/direção)

2007
• *Amazônia – De Galvez a Chico Mendes* (direção)

Cinema/Longas

1986
• *Filme Demência*, de Carlos Reichenbach
(atuação)

1987
• *Anjos do Arrabalde*, de Carlos Reichenbach
(atuação)

1993
• *Alma Corsária*, de Carlos Reichenbach (atuação)

Cinema/Curtas

2000
• *Imminente Luna* (atuação)

• *Os Filhos de Nelson* (atuação)

Ópera

2008
Turandot (direção)
Manaus - Amazonas

Índice

Apresentação – Alberto Goldman	5
Coleção Aplauso – Hubert Alquéres	7
Da Capo – Erika Riedel	13
Antes de tudo – Emilio Di Biasi	21
A Primeira Vez	23
Minhas Origens	29
A Infância	41
Art Palácio	47
Mudando de Ramo	49
A Escola	51
Citibank	59
Os Farsantes	71
Vera Cruz	77
Tomando uma Decisão	81
Indo à Luta	87
A Primeira Direção	91
O Grupo Decisão	97
O Golpe e a Volta para o Rio de Janeiro	109
O Dops	117
A Viagem	121
O Piccolo di Milano	125
Um Trem para Berlim	131

Londres	137
Shakespeare na Fonte	141
A Itália e Fellini	145
Atrás de um Pouco de Dinheiro	147
O Difícil Retorno ao Brasil	151
Outras Perspectivas	153
Tempos Modestos	155
O Primeiro Shakespeare	161
Garantindo a Sobrevivência	167
A Nova Dramaturgia	169
Conquistando uma Grande Estrela	173
A Censura	177
Acertos e Equívocos da Direção	179
O Terror	183
Outro Bivar	187
Novos Desafios	195
O Primeiro Texto de Timó	201
1970 – Os Convalescentes	205
Tempos de Terror	209
Uma Grande Alegria	213
A Produtora	217
Três em Um	221
Goldoni	225

Um Parêntese	227
A Massagem	229
O Primeiro Nelson	235
De Criança para Adulto Ver	243
Remontando Zé Vicente	247
Outro Parêntese	251
O Teatro 13 de Maio	253
Outras Viagens	257
O Teatro Comercial	267
Espírito Aventureiro	275
Alma Espanhola	283
Influência Americana	285
A Circus	295
De Volta às Raízes	303
Guaíra	307
Plínio Marcos	311
Do Palco para a Telinha	313
No Intervalo	317
Na Penitenciária	323
Cultura Italiana	327
Outra Vez na TV	331
De Volta aos Palcos	333
Off Broadway	337

O Ninho da Serpente	341
O Grande Circo Místico	345
Remontagens	347
A Lei de Lynch	349
Altos e Baixos	353
Relembrando Bob Wilson	365
A Rede Globo	387
De Volta a Sampa	389
Plim-Plim	395
Revelando Talentos	399
Dois Perdidos Numa Noite Suja – Versão Contemporânea	401
Assumindo a Direção	407
Budro	415
Cinema e Carlão	419
Uma Oficina de Atores em São Paulo	427
Outra Direção	433
Descobrindo Locações	455
Trocando de Ritmo	457
Coincidências Levam a um Passeio no Bosque	471
De Volta à Telinha	479
Curtas	491
Grandes Damas	493

Esperança	499
Amor, Coragem, Compaixão	507
A Retomada da Televisão	513
Saudades do Palco	517
O Anjo	525
Amazônia – De Galvez a Chico Mendes	537
Uma Pequena Análise	551
Relato Íntimo de Madame Shakespeare	555
Turandot do Princípio ao Fim	563
Cronologia	581

Crédito das Fotografias

Carlos - Rio 111

Djalma Limongi Batista 354, 355, 356, 357, 369, 371, 406

Kodama 65, 318

Lenise Pinheiro 554, 558

Luiz Doro 461, 464

Osmar G. Nina 69

Sergio Bianchi 216

A despeito dos esforços de pesquisa empreendidos pela Editora para identificar a autoria das fotos expostas nesta obra, parte delas não é de autoria conhecida de seus organizadores.
Agradecemos o envio ou comunicação de toda informação relativa à autoria e/ou a outros dados que porventura estejam incompletos, para que sejam devidamente creditados.

Coleção Aplauso

Série Cinema Brasil

Alain Fresnot – Um Cineasta sem Alma
Alain Fresnot

Agostinho Martins Pereira – Um Idealista
Máximo Barro

Alfredo Sternheim – Um Insólito Destino
Alfredo Sternheim

O Ano em Que Meus Pais Saíram de Férias
Roteiro de Cláudio Galperin, Bráulio Mantovani, Anna Muylaert
e Cao Hamburger

Anselmo Duarte – O Homem da Palma de Ouro
Luiz Carlos Merten

Antonio Carlos da Fontoura – Espelho da Alma
Rodrigo Murat

Ary Fernandes – Sua Fascinante História
Antônio Leão da Silva Neto

O Bandido da Luz Vermelha
Roteiro de Rogério Sganzerla

Batismo de Sangue
Roteiro de Dani Patarra e Helvécio Ratton

Bens Confiscados
Roteiro comentado pelos seus autores Daniel Chaia e Carlos
Reichenbach

Braz Chediak – Fragmentos de uma Vida
Sérgio Rodrigo Reis

Cabra-Cega
Roteiro de Di Moretti, comentado por Toni Venturi e Ricardo
Kauffman

O Caçador de Diamantes
Roteiro de Vittorio Capellaro, comentado por Máximo Barro

Carlos Coimbra – Um Homem Raro
Luiz Carlos Merten

Carlos Reichenbach – O Cinema Como Razão de Viver
Marcelo Lyra

A Cartomante
Roteiro comentado por seu autor Wagner de Assis

Casa de Meninas
Romance original e roteiro de Inácio Araújo

O Caso dos Irmãos Naves
Roteiro de Jean-Claude Bernardet e Luis Sérgio Person

O Céu de Suely
Roteiro de Karim Aïnouz, Felipe Bragança e Maurício Zacharias

Chega de Saudade
Roteiro de Luiz Bolognesi

Cidade dos Homens
Roteiro de Elena Soárez

Como Fazer um Filme de Amor
Roteiro escrito e comentado por Luiz Moura e José
Roberto Torero

O Contador de Histórias
Roteiro de Luiz Villaça, Mariana Veríssimo, Maurício Arruda e
José Roberto Torero

*Críticas de B.J. Duarte – Paixão, Polêmica e
Generosidade*
Luiz Antonio Souza Lima de Macedo

Críticas de Edmar Pereira – Razão e Sensibilidade
Org. Luiz Carlos Merten

Críticas de Jairo Ferreira – Críticas de invenção:
Os Anos do São Paulo Shimbun
Org. Alessandro Gamo

Críticas de Luiz Geraldo de Miranda Leão –
Analisando Cinema: Críticas de LG
Org. Aurora Miranda Leão

Críticas de Ruben Biáfora – A Coragem de Ser
Org. Carlos M. Motta e José Júlio Spiewak

De Passagem
Roteiro de Cláudio Yosida e Direção de Ricardo Elias

Desmundo
Roteiro de Alain Fresnot, Anna Muylaert e Sabina Anzuategui

Djalma Limongi Batista – Livre Pensador
Marcel Nadale

Dogma Feijoada: O Cinema Negro Brasileiro
Jeferson De

Dois Córregos
Roteiro de Carlos Reichenbach

A Dona da História
Roteiro de João Falcão, João Emanuel Carneiro e Daniel Filho

Os 12 Trabalhos
Roteiro de Cláudio Yosida e Ricardo Elias

Estômago
Roteiro de Lusa Silvestre, Marcos Jorge e Cláudia da Natividade

Feliz Natal
Roteiro de Selton Mello e Marcelo Vindicatto

Fernando Meirelles – Biografia Prematura
Maria do Rosário Caetano

Fim da Linha
Roteiro de Gustavo Steinberg e Guilherme Werneck; Storyboards de Fábio Moon e Gabriel Bá

Fome de Bola – Cinema e Futebol no Brasil
Luiz Zanin Oricchio

Francisco Ramalho Jr. – Éramos Apenas Paulistas
Celso Sabadin

Geraldo Moraes – O Cineasta do Interior
Klecius Henrique

Guilherme de Almeida Prado – Um Cineasta Cinéfilo
Luiz Zanin Oricchio

Helvécio Ratton – O Cinema Além das Montanhas
Pablo Villaça

O Homem que Virou Suco
Roteiro de João Batista de Andrade, organização de Ariane Abdallah e Newton Cannito

Ivan Cardoso – O Mestre do Terrir
Remier

João Batista de Andrade – Alguma Solidão e Muitas Histórias
Maria do Rosário Caetano

Jorge Bodanzky – O Homem com a Câmera
Carlos Alberto Mattos

José Antonio Garcia – Em Busca da Alma Feminina
Marcel Nadale

José Carlos Burle – Drama na Chanchada
Máximo Barro

Liberdade de Imprensa – O Cinema de Intervenção
Renata Fortes e João Batista de Andrade

Luiz Carlos Lacerda – Prazer & Cinema
Alfredo Sternheim

Maurice Capovilla – A Imagem Crítica
Carlos Alberto Mattos

Mauro Alice – Um Operário do Filme
Sheila Schvarzman

Máximo Barro – Talento e Altruísmo
Alfredo Sternheim

Miguel Borges – Um Lobisomem Sai da Sombra
Antônio Leão da Silva Neto

Não por Acaso
Roteiro de Philippe Barcinski, Fabiana Werneck Barcinski
e Eugênio Puppo

Narradores de Javé
Roteiro de Eliane Caffé e Luís Alberto de Abreu

Olhos Azuis
Argumento de José Joffily e Jorge Duran
Roteiro de Jorge Duran e Melanie Dimantas

Onde Andará Dulce Veiga
Roteiro de Guilherme de Almeida Prado

Orlando Senna – O Homem da Montanha
Hermes Leal

Pedro Jorge de Castro – O Calor da Tela
Rogério Menezes

Quanto Vale ou É por Quilo
Roteiro de Eduardo Benaim, Newton Cannito e Sergio Bianchi

Ricardo Pinto e Silva – Rir ou Chorar
Rodrigo Capella

Rodolfo Nanni – Um Realizador Persistente
Neusa Barbosa

Salve Geral
Roteiro de Sergio Rezende e Patrícia Andrade

O Signo da Cidade
Roteiro de Bruna Lombardi

Ugo Giorgetti – O Sonho Intacto
Rosane Pavam

Viva-Voz
Roteiro de Márcio Alemão

Vladimir Carvalho – Pedras na Lua e Pelejas no Planalto
Carlos Alberto Mattos

Vlado – 30 Anos Depois
Roteiro de João Batista de Andrade

Zuzu Angel
Roteiro de Marcos Bernstein e Sergio Rezende

Série Cinema

Bastidores – Um Outro Lado do Cinema
Elaine Guerini

Série Ciência & Tecnologia

Cinema Digital – Um Novo Começo?
Luiz Gonzaga Assis de Luca

A Hora do Cinema Digital – Democratização e Globalização do Audiovisual
Luiz Gonzaga Assis De Luca

Série Crônicas

Crônicas de Maria Lúcia Dahl – O Quebra-cabeças
Maria Lúcia Dahl

Série Dança

Rodrigo Pederneiras e o Grupo Corpo – Dança Universal
Sérgio Rodrigo Reis

Série Música

Maestro Diogo Pacheco – Um Maestro para Todos
Alfredo Sternheim

Rogério Duprat – Ecletismo Musical
Máximo Barro

Sérgio Ricardo – Canto Vadio
Eliana Pace

Wagner Tiso – Som, Imagem, Ação
Beatriz Coelho Silva

Série Teatro Brasil

Alcides Nogueira – Alma de Cetim
Tuna Dwek

Antenor Pimenta – Circo e Poesia
Danielle Pimenta

Cia de Teatro Os Satyros – Um Palco Visceral
Alberto Guzik

Críticas de Clóvis Garcia – A Crítica Como Oficio
Org. Carmelinda Guimarães

Críticas de Maria Lucia Candeias – Duas Tábuas e Uma Paixão
Org. José Simões de Almeida Júnior

Federico Garcia Lorca – Pequeno Poema Infinito
Antonio Gilberto e José Mauro Brant

Ilo Krugli – Poesia Rasgada
Ieda de Abreu

João Bethencourt – O Locatário da Comédia
Rodrigo Murat

José Renato – Energia Eterna
Hersch Basbaum

Leilah Assumpção – A Consciência da Mulher
Eliana Pace

Luís Alberto de Abreu – Até a Última Sílaba
Adélia Nicolete

Maurice Vaneau – Artista Múltiplo
Leila Corrêa

Renata Palottini – Cumprimenta e Pede Passagem
Rita Ribeiro Guimarães

Teatro Brasileiro de Comédia – Eu Vivi o TBC
Nydia Licia

O Teatro de Abílio Pereira de Almeida
Abílio Pereira de Almeida

O Teatro de Aimar Labaki
Aimar Labaki

O Teatro de Alberto Guzik
Alberto Guzik

O Teatro de Antonio Rocco
Antonio Rocco

O Teatro de Cordel de Chico de Assis
Chico de Assis

O Teatro de Emílio Boechat
Emílio Boechat

O Teatro de Germano Pereira – Reescrevendo Clássicos
Germano Pereira

O Teatro de José Saffioti Filho
José Saffioti Filho

O Teatro de Alcides Nogueira – Trilogia: Ópera Joyce – Gertrude Stein, Alice Toklas & Pablo Picasso – Pólvora e Poesia
Alcides Nogueira

O Teatro de Ivam Cabral – Quatro textos para um teatro veloz: Faz de Conta que tem Sol lá Fora – Os Cantos de Maldoror – De Profundis – A Herança do Teatro
Ivam Cabral

O Teatro de Noemi Marinho: Fulaninha e Dona Coisa, Homeless, Cor de Chá, Plantonista Vilma
Noemi Marinho

Teatro de Revista em São Paulo – De Pernas para o Ar
Neyde Veneziano

O Teatro de Samir Yazbek: A Entrevista – O Fingidor – A Terra Prometida
Samir Yazbek

O Teatro de Sérgio Roveri
Sérgio Roveri

Teresa Aguiar e o Grupo Rotunda – Quatro Décadas em Cena
Ariane Porto

Série Perfil

Analy Alvarez – De Corpo e Alma
Nicolau Radamés Creti

Aracy Balabanian – Nunca Fui Anjo
Tania Carvalho

Arllete Montenegro – Fé, Amor e Emoção
Alfredo Sternheim

Ary Fontoura – Entre Rios e Janeiros
Rogério Menezes

Berta Zemel – A Alma das Pedras
Rodrigo Antunes Corrêa

Bete Mendes – O Cão e a Rosa
Rogério Menezes

Betty Faria – Rebelde por Natureza
Tania Carvalho

Carla Camurati – Luz Natural
Carlos Alberto Mattos

Cecil Thiré – Mestre do seu Ofício
Tania Carvalho

Celso Nunes – Sem Amarras
Eliana Rocha

Cleyde Yaconis – Dama Discreta
Vilmar Ledesma

David Cardoso – Persistência e Paixão
Alfredo Sternheim

Débora Duarte – Filha da Televisão
Laura Malin

Denise Del Vecchio – Memórias da Lua
Tuna Dwek

Elisabeth Hartmann – A Sarah dos Pampas
Reinaldo Braga

Emiliano Queiroz – Na Sobremesa da Vida
Maria Leticia

Etty Fraser – Virada Pra Lua
Vilmar Ledesma

*Ewerton de Castro – Minha Vida na Arte:
Memória e Poética*
Reni Cardoso

Fernanda Montenegro – A Defesa do Mistério
Neusa Barbosa

Fernando Peixoto – Em Cena Aberta
Marília Balbi

Geórgia Gomide – Uma Atriz Brasileira
Eliana Pace

Gianfrancesco Guarnieri – Um Grito Solto no Ar
Sérgio Roveri

Glauco Mirko Laurelli – Um Artesão do Cinema
Maria Angela de Jesus

Ilka Soares – A Bela da Tela
Wagner de Assis

Irene Ravache – Caçadora de Emoções
Tania Carvalho

Irene Stefania – Arte e Psicoterapia
Germano Pereira

Isabel Ribeiro – Iluminada
Luis Sergio Lima e Silva

Isolda Cresta – Zozô Vulcão
Luis Sérgio Lima e Silva

Joana Fomm – Momento de Decisão
Vilmar Ledesma

John Herbert – Um Gentleman no Palco e na Vida
Neusa Barbosa

Jonas Bloch – O Ofício de uma Paixão
Nilu Lebert

Jorge Loredo – O Perigote do Brasil
Cláudio Fragata

José Dumont – Do Cordel às Telas
Klecius Henrique

Leonardo Villar – Garra e Paixão
Nydia Licia

Lília Cabral – Descobrindo Lília Cabral
Analu Ribeiro

Lolita Rodrigues – De Carne e Osso
Eliana Castro

Louise Cardoso – A Mulher do Barbosa
Vilmar Ledesma

Marcos Caruso – Um Obstinado
Eliana Rocha

Maria Adelaide Amaral – A Emoção Libertária
Tuna Dwek

Marisa Prado – A Estrela, O Mistério
Luiz Carlos Lisboa

Mauro Mendonça – Em Busca da Perfeição
Renato Sérgio

Miriam Mehler – Sensibilidade e Paixão
Vilmar Ledesma

Naum Alves de Souza: Imagem, Cena, Palavra
Alberto Guzik

Nicette Bruno e Paulo Goulart – Tudo em Família
Elaine Guerrini

Nívea Maria – Uma Atriz Real
Mauro Alencar e Eliana Pace

Niza de Castro Tank – Niza, Apesar das Outras
Sara Lopes

Paulo Betti – Na Carreira de um Sonhador
Teté Ribeiro

Paulo José – Memórias Substantivas
Tania Carvalho

Paulo Hesse – A Vida Fez de Mim um Livro e Eu Não Sei Ler
Eliana Pace

Pedro Paulo Rangel – O Samba e o Fado
Tania Carvalho

Regina Braga – Talento é um Aprendizado
Marta Góes

Reginaldo Faria – O Solo de Um Inquieto
Wagner de Assis

Renata Fronzi – Chorar de Rir
Wagner de Assis

Renato Borghi – Borghi em Revista
Élcio Nogueira Seixas

Renato Consorte – Contestador por Índole
Eliana Pace

Rolando Boldrin – Palco Brasil
Ieda de Abreu

Rosamaria Murtinho – Simples Magia
Tania Carvalho

Rubens de Falco – Um Internacional Ator Brasileiro
Nydia Licia

Ruth de Souza – Estrela Negra
Maria Ângela de Jesus

Sérgio Hingst – Um Ator de Cinema
Máximo Barro

Sérgio Viotti – O Cavalheiro das Artes
Nilu Lebert

Silnei Siqueira – A Palavra em Cena
Ieda de Abreu

Silvio de Abreu – Um Homem de Sorte
Vilmar Ledesma

Sônia Guedes – Chá das Cinco
Adélia Nicolete

Sonia Maria Dorce – A Queridinha do meu Bairro
Sonia Maria Dorce Armonia

Sonia Oiticica – Uma Atriz Rodriguiana?
Maria Thereza Vargas

Stênio Garcia – Força da Natureza
Wagner Assis

Suely Franco – A Alegria de Representar
Alfredo Sternheim

Tatiana Belinky – ... E Quem Quiser Que Conte Outra
Sérgio Roveri

Theresa Amayo – Ficção e Realidade
Theresa Amayo

Tony Ramos – No Tempo da Delicadeza
Tania Carvalho

Umberto Magnani – Um Rio de Memórias
Adélia Nicolete

Vera Holtz – O Gosto da Vera
Analu Ribeiro

Vera Nunes – Raro Talento
Eliana Pace

Walderez de Barros – Voz e Silêncios
Rogério Menezes

Walter George Durst – Doce Guerreiro
Nilu Lebert

Zezé Motta – Muito Prazer
Rodrigo Murat

Especial

Agildo Ribeiro – O Capitão do Riso
Wagner de Assis

Av. Paulista, 900 – a História da TV Gazeta
Elmo Francfort

Beatriz Segall – Além das Aparências
Nilu Lebert

Carlos Zara – Paixão em Quatro Atos
Tania Carvalho

Célia Helena – Uma Atriz Visceral
Nydia Licia

Charles Möeller e Claudio Botelho – Os Reis dos Musicais
Tania Carvalho

Cinema da Boca – Dicionário de Diretores
Alfredo Sternheim

Dina Sfat – Retratos de uma Guerreira
Antonio Gilberto

Eva Todor – O Teatro de Minha Vida
Maria Angela de Jesus

Eva Wilma – Arte e Vida
Edla van Steen

Gloria in Excelsior – Ascensão, Apogeu e Queda do Maior Sucesso da Televisão Brasileira
Álvaro Moya

Lembranças de Hollywood
Dulce Damasceno de Britto, organizado por Alfredo Sternheim

Maria Della Costa – Seu Teatro, Sua Vida
Warde Marx

Mazzaropi – Uma Antologia de Risos
Paulo Duarte

Ney Latorraca – Uma Celebração
Tania Carvalho

Odorico Paraguaçu: O Bem-amado de Dias Gomes – História de um Personagem Larapista e Maquiavelento
José Dias

Raul Cortez – Sem Medo de se Expor
Nydia Licia

Rede Manchete – Aconteceu, Virou História
Elmo Francfort

Sérgio Cardoso – Imagens de Sua Arte
Nydia Licia

Tônia Carrero – Movida pela Paixão
Tania Carvalho

TV Tupi – Uma Linda História de Amor
Vida Alves

Victor Berbara – O Homem das Mil Faces
Tania Carvalho

Walmor Chagas – Ensaio Aberto para Um Homem Indignado
Djalma Limongi Batista

© imprensaoficial 2010

Dados Internacionais de Catalogação na Publicação
Biblioteca da Imprensa Oficial do Estado de São Paulo

Riedel, Erika
    Emilio Di Biasi : o tempo e a vida de um aprendiz / Erika Riedel. –
São Paulo : Imprensa Oficial do Estado de São Paulo, 2010.
    620p. : il. (Coleção aplauso. Série perfil / Coordenador geral/
Rubens Ewald Filho)

    ISBN 978-85-7060-834-5

    1. Atores e atrizes de teatro – Biografia – Brasil 2. Teatro –
Produtores e diretores 3. Di Biasi, Emilio, 1939 I. Ewald Filho,
Rubens II. Título. III. Série.

                                                    CDD 791.092

Índice para catálogo sistemático:
1. Atores brasileiros : Biografia :
Representações públicas : Artes 791.092

Proibida reprodução total ou parcial sem autorização
prévia do autor ou dos editores
Lei n° 9.610 de 19/02/1998

Foi feito o depósito legal
Lei n° 10.994, de 14/12/2004

Impresso no Brasil / 2010

Todos os direitos reservados.

Imprensa Oficial do Estado de São Paulo
Rua da Mooca, 1921   Mooca
03103-902   São Paulo   SP
www.imprensaoficial.com.br/livraria
livros@imprensaoficial.com.br
SAC 0800 01234 01
sac@imprensaoficial.com.br

Coleção Aplauso Série Perfil

Coordenador Geral	Rubens Ewald Filho
Coordenador Operacional e Pesquisa Iconográfica	Marcelo Pestana
Projeto Gráfico	Carlos Cirne
Editor Assistente	Claudio Erlichman
Assistente	Karina Vernizzi
Editoração	Ana Lúcia Charnyai
	Selma Brisolla
Tratamento de Imagens	José Carlos da Silva
Revisão	Dante Pascoal Corradini

Formato: 12 x 18 cm

Tipologia: Frutiger

Papel miolo: Offset LD 90 g/m^2

Papel capa: Triplex 250 g/m^2

Número de páginas: 620

Editoração, CTP, impressão e acabamento:
Imprensa Oficial do Estado de São Paulo

*Nesta edição, respeitou-se o novo
Acordo Ortográfico da Língua Portuguesa*

Coleção *Aplauso* l em todas as livrarias e no site
www.imprensaoficial.com.br/livraria

imprensaoficial